Kerstin Garde

Ein Winterwunder für die kleine Pfoten-Villa

Kerstin Garde, 1977 geboren, schreibt über liebenswerte Heldinnen mit kleinen Schwächen und gefühlvolle Helden, die ihr Herz nicht verstecken. Wichtig ist ihr ein Augenzwinkern zwischen den Zeilen. Die Autorin lebt mit Freund und Katzen in Berlin. Sie hat studiert und eine kaufmännische Ausbildung absolviert.

Kerstin Garde

Ein Winterwunder für die kleine Pfoten-Villa

Roman

PIPER

Mehr über unsere Autorinnen, Autoren und Bücher:
www.piper.de

Wenn Ihnen dieser Roman gefallen hat, schreiben Sie uns unter Nennung des Titels »Ein Winterwunder für die kleine Pfoten-Villa« an empfehlungen@piper.de, und wir empfehlen Ihnen gerne vergleichbare Bücher.

ISBN 978-3-492-50906-0

Für einen direkten Kontakt und Fragen
zum Produkt wenden Sie sich bitte an:
info@piper.de
Redaktion: Diana Steigerwald
Satz auf Grundlage eines CSS-Layouts
von digital publishing competence (München)
mit abavo vlow (Buchloe)
Covergestaltung: Giessel Design
Covermotiv: Bilder unter Lizenzierung von Shutterstock.com genutzt
Printed in the EU

1. Kapitel

Laura

»Wir können Frau Grunau anrufen, die Blutwerte ihrer Katze sind eingetroffen und haben sich verbessert. Das Mittel schlägt an.« Ich legte meiner Tierarzthelferin den Ausdruck aus dem Labor auf den Tresen, woraufhin sie zum Telefon griff.

»Erledige ich gleich, Frau Dr. Erle.«

Hinter mir erklang das Bimmeln der Eingangstür, und Familie Bergmann betrat die Praxis.

Die kleine Jana hüpfte fröhlich auf und ab, ihre Wangen gerötet. »Hallo Frau Dr. Erle, wir möchten Freddy abholen.«

Ich lächelte. »Hallo Jana. Ich bringe ihn euch. Die Operation ist gut verlaufen.« Routiniert durchquerte ich den Flur zum Aufwachraum. Die Nachmittagssonne fiel durch das Fenster und tauchte die Praxis in warmes Licht.

Ich öffnete die Tür. Beugte mich zu dem Transportkorb hinunter und hielt verwundert inne. Freddy lag reglos in seiner Box. Dabei war die OP einige Stunden her, und bei der letzten Überprüfung hatte er sogar schon auf seine Umgebung reagiert.

»Freddy?«, rief ich besorgt, doch eine Reaktion blieb aus. Ich öffnete die Box, strich vorsichtig über sein Fell und kontrollierte seinen kleinen Körper. Keine Atmung und kein Puls.

Tränen stiegen mir in die Augen, als ich mir der Situation bewusst wurde. Wie konnte das sein? Es hatte keine Komplikationen gegeben, war eine Routine-Operation gewesen. Wir hatten Backenzähne aufgrund starker Zahnfleischentzündungen ziehen müssen.

Ich schluckte.

In meinem Kopf überschlugen sich die Gedanken. Die vorherigen Bluttests waren bei Freddy unauffällig gewesen, deswegen hatte ich der Zahn-OP zugestimmt, obwohl er in die Jahre gekommen war. Eine Narkose war besonders bei älteren Tieren mit einem gewissen Risiko behaftet, aber Freddy war kerngesund gewesen.

Meine Assistentin kam herein.

»Die Bergmanns fragen, wo Sie bleiben …« Keuchend hielt sie inne, als sie Freddy sah.

»Was ist passiert?«, fragte sie.

Ich schniefte. »Ich fürchte, Freddy hat verspätet auf das Narkosemittel reagiert und einen Kreislaufstillstand erlitten.«

»Aber wir haben ihn doch gründlich untersucht und überwacht.«

Solche Vorfälle waren selten, konnten aber trotzdem vorkommen. Dennoch machte ich mir Vorwürfe.

Hatte ich eine Vorerkrankung übersehen? Beim Abhorchen war mir nichts aufgefallen, aber in dem Alter konnte der Hund durchaus eine Herzrhythmusstörung entwickelt haben.

»Wir sollten es der Familie mitteilen, Frau Dr. Erle.«

Meine Knie wurden weich, mein Mittagessen wollte sich einen Weg nach oben bahnen. Der Geschmack von Gemüsecurry legte sich auf meine Zunge. Aber das Würgen blieb aus.

Was machte ich denn jetzt? Nicht nur die beiden älteren Bergmanns warteten draußen. Auch die kleine Jana, die ihren Hund über alles liebte.

Mein Körper verkrampfte sich, reglos starrte ich auf den Hund vor mir.

»Wie soll ich ihnen diese Nachricht übermitteln? Es war nur eine Zahnoperation. Der Patient war gesund und stabil. So etwas darf nicht passieren!«, rief ich und wich zurück, während mich schreckliche Schuldgefühle überfluteten wie ein Wasserfall. Rücklings stolperte ich aus dem Aufwachraum und stieß mit der Familie des Hundes zusammen, die wohl nicht länger auf ihren Liebling hatte warten wollen.

»Es tut mir leid. Freddy hat es nicht geschafft«, wisperte ich.

Die Augen des Mädchens weiteten sich vor Schmerz, Tränen schossen hervor.

»Ich will zu Freddy!«, rief Jana, als hätte sie meine Worte überhört. »Du hast versprochen, dass ihm nichts passiert!«

»Es tut mir leid …« Die Übelkeit nahm zu, Blut rauschte in meinen Ohren.

»Das muss ein Irrtum sein«, sagte Herr Bergmann.

»Unser Freddy gehörte doch zur Familie. Wie konnten Sie uns das antun?«, zischte Frau Bergmann.

»Selbst eine versierte Fachkraft wie Frau Dr. Erle kann solche Fälle nicht verhindern«, erklärte meine Tierarzthelferin ruhig, doch die Wut der Familie nahm zu.

Ich konnte ihren Schmerz verstehen und wünschte mir mehr als alles andere, dass ich ihnen ihren geliebten Hund hätte mitgeben können.

Der Raum fing an, sich zu drehen, und wurde schneller, je lauter die Stimmen an mein Ohr drangen. Mein Kreislauf wollte nachgeben. Die Stimmen um mich herum klangen wie aus weiter Ferne, ich drohte zu stürzen. Ich streckte den Arm aus, um mich irgendwo festzuhalten …

Es folgte ein Klirren, das mich schweißgebadet aufschrecken ließ.

Ich schnappte nach Luft und blickte mich um. Erkannte die Umrisse meines Schlafzimmers. Die alte Kommode, der noch viel ältere Kleiderschrank mit seinen dunklen Astansätzen, die ein Fleckenmuster bildeten.

Ich schüttelte mich, versuchte, mich zu beruhigen und mir klarzumachen, dass ich sicher war. Dass ich in meinem Bett saß und nicht in der Praxis war.

Mein Herzschlag wurde ruhiger. Bis zu dem Moment, in dem mein Blick über das Nachtschränkchen glitt und ich merkte, dass etwas Wichtiges fehlte. Das Klirren!

Hatte ich etwa im Traum ...? Ich beugte mich über das Bett, schaute auf den Boden. O nein! Ich schlug mir die Hand vor Schreck vor den Mund. Vallis Schneekugel. Das Geschenk, das mir mein bester Freund vor zehn Jahren zu Weihnachten übergeben hatte, war zerbrochen. Ich musste die Kugel in meiner Panik vom Tisch gefegt haben. Ein nasser Fleck hatte sich auf dem Teppich gebildet, ringsherum war der Kunstschnee verstreut.

Ich stieg vorsichtig aus dem Bett, organisierte mir ein Tuch aus der Küche, Handfeger sowie Schippe, kniete mich dann auf den Boden und versuchte, den Teppich zu trocknen, die Scherben einzusammeln und den Schnee aufzufegen. Nachdenklich musterte ich die zwei großen Glasstücke, mehr Teile waren es nicht, vielleicht konnte ich sie kleben? Immerhin hatte das kleine Häuschen, das sich im Innern der Kugel befunden hatte und nun auf dem losen Sockel steckte, keinen Schaden genommen. Andächtig hob ich es auf und stellte es auf das Nachtschränkchen.

Just in der Sekunde bimmelte mein Handy mit der Erkennungsmelodie meiner Mutter. Da ich sie nicht warten lassen wollte, brach ich die Reinigungsarbeit ab, schnappte mir das Gerät vom Nachttischchen und ging ran.

»Ja?«, fragte ich.

»Guten Morgen, Laura, ich hoffe, ich habe dich nicht geweckt.«

»Nein, das nicht.« Mein Albtraum hatte das übernommen. Ich trocknete die feuchte Stelle weiter ab.

»Ein Glück. Wie geht es dir? Hast du schon mal aus dem Fenster geschaut?«

»Wieso?« Ich legte das Tuch beiseite und klemmte das Handy zwischen Ohr und Schulter, um die Reste vom Glitzerschnee zusammenzufegen. Doch das war schwerer als gedacht, denn der Teppich bildete Widerstand. Da entdeckte ich eine weitere kleine Scherbe, hob sie mit den Fingern auf.

»Es hat über Nacht in Darlingerode geschneit. Richtig viel. Bei euch in Wernigerode sieht es sicher genauso aus, schau mal raus …«

»Au!«, zischte ich. Ein Blutstropfen quoll aus meiner Fingerspitze, ich steckte sie in den Mund. Die Scherbe landete neben den anderen beiden auf dem Nachtschränkchen.

»Was ist los, Schatz?« Mama klang besorgt.

»Nichts, alles gut …«, murmelte ich mit dem Finger im Mund.

»Du kannst mir nichts vormachen, Liebling, dich bedrückt etwas.«

Wieso hatten Mütter immer einen sechsten Sinn?

»Die Schneekugel …« Ich zog den Finger hervor, betrachtete ihn. Er blutete kaum noch. »Sie ist zerbrochen.«

»Die von Valli?«

»Ja.«

»Ach, das ist aber schade.«

»Ich werde sie reparieren …«, sagte ich und lächelte. Natürlich war es schade, dass die Kugel zerbrochen war, aber die Erinnerung daran, wie Valli sie mir geschenkt hatte, war dafür wieder aufgeflammt. Sie war zugleich ein Weihnachts- als auch ein Abschiedsgeschenk gewesen, weil er nach Berlin gezogen war, um dort eine Ausbildung zum Veranstaltungstechniker zu beginnen.

Wie stolz ich auf ihn gewesen war, und nicht nur ich, sondern ganz Darlingerode, unser Heimatdörfchen. Eigentlich hatte er nach seinem Abschluss in den Harz zurückkehren wollen, stattdessen hatte er sich in die Metropole verliebt und war dort sesshaft geworden. Anfangs war er mindestens einmal im Jahr zu Besuch zu uns zu kommen. Bis er schließlich vor vier Jahren eine eigene Eventagentur gegründet hatte, die, so viel hatte ich mitbekommen, ein großer Erfolg war. Er steckte Herz und Seele hinein, allerdings forderte sie all seine Zeit. Dieses Jahr hatte ich noch gar nichts von ihm gehört, weswegen mir nun die Idee kam, nach Berlin zu fahren und ihn zu besuchen. Am besten vor den Feiertagen, denn zu Weihnachten fanden sicher viele Events statt, die er begleiten musste. Vielleicht kam ich so auch auf andere Gedanken?

Mama räusperte sich. Ich war so in Gedanken gewesen, dass ich ihr nicht mehr zugehört hatte.

»Weswegen hast du eigentlich angerufen? Sicher nicht nur wegen des Wetters«, hakte ich nach.

»Hulki.« Mehr musste Mama nicht sagen. Ich ahnte, worum es ging. Hulki, der Kater, der meinen Eltern zugelaufen war, war ein verfressener Kerl, der gern über die Stränge schlug. Ich hatte Mama unzählige Male erklärt, dass sie ihn auf Diät setzen, zumindest die Futtermenge reduzieren sollte. Aber hörte sie auf mich?

»Gestern Abend hat er sich übergeben. Ich dachte, er hätte sein Futter zu schnell gegessen. Aber in der Nacht ging es weiter, und jetzt ist er ganz schlapp.«

Klang ernst. Ich schnappte mir die Schippe mit dem Glitzerschnee und schüttete ihn in den Mülleimer in der Küche. Ich wollte ihn nicht für die Reparatur verwenden, zu viele Teppichfussel hingen dazwischen.

»Kannst du bitte nach der Arbeit bei uns vorbeikommen und ihn dir ansehen, Liebes?«

»Ich denke, es ist besser, wenn du ihn zum Tierarzt bringst. Es hört sich nicht an, als hätte er sich wie sonst nur überfressen. Er könnte sich einen Infekt zugezogen haben.«

»Aber du bist Tierärz...«

»Mama«, sagte ich scharf, und für einen Sekundenbruchteil blitzte das Bild von Freddy auf, der sich nicht mehr regte ... Ich hatte die Konsequenzen daraus gezogen. War gerade dabei, mir etwas Neues aufzubauen. Etwas, wobei ich weniger Schaden anrichten konnte.

»Du weißt, dass ich seit drei Monaten nicht mehr praktiziere.«

Mama seufzte.

»Was geschehen ist, ist furchtbar ... aber gehört zu dem Beruf dazu.«

Nein. Ich hätte es besser wissen und auf die OP verzichten müssen. Die Angst, es könnte sich wiederholen ... saß tief.

»Dr. Meier ist ein kompetenter Tierarzt. Du hast gesagt, dass Hulki ihn mag. Bring ihn zu ihm«, meinte ich sanfter.

»Na gut. Ich hoffe, ich bekomme ihn in die Transportbox.«

»Das schaffst du.« Hulki war zwar ein richtiger Muskelprotz von einem Kater, aber er war eine ruhige Seele, die sich selbst auf dem Untersuchungstisch kooperativ verhielt.

»Ich rufe Dr. Meier gleich an, vielleicht können wir schon vormittags hin. Ich halte dich auf dem Laufenden.«

»Super! Drück den kleinen Kerl von mir.«

»Mach ich. Danke, Laura.«

Schon hatte sie aufgelegt.

Mein Blick glitt zur Wanduhr. Ich sollte mich auch ranhalten, um zehn wollte ich meine allererste Kundin in meinem Büro in Darlingerode empfangen. Nach einer Umschulung hatte ich vor einer Woche mein kleines Unternehmen offiziell eröffnet. Mit eigener Webseite, Onlineberatungen und Terminen vor Ort. Es hatte eine kleine Einweihungsfeier mit selbst gebackenem Kuchen von Mama gegeben. Heute würden gleich zwei Klientinnen zu mir fahren, was eine Feuerprobe wäre. Ziemlich aufregend.

Aber bevor ich aufbrach, brauchte ich frische Luft. Ich zog die Vorhänge zur Seite und öffnete das Fenster, um einen Blick hinaus zu werfen. Auf Wernigerode. Seit ich nach meinem Studium aus Hannover in meine Heimatregion zurückgekehrt war, war *Die bunte Stadt am Harz* mein Zuhause geworden. Die Straßen waren voller Schnee, die Geschäfte bereits geöffnet und emsige Menschen überall, die durch die Gassen eilten. Mama hatte recht. Es sah wundervoll aus. Versöhnte mich mit dem holprigen Start des Tages. Ein paar Läden hatten sogar schon ihre Weihnachtsdekoration angebracht. Das Jahr war so schnell vorübergegangen.

Aber so war das mit der Zeit. Sie glitt einem durch die Finger, ohne dass man es merkte, und dann stand plötzlich das nächste Jahr vor der Tür. Doch wenn alles klappte, würde ich noch vor Jahresende in Berlin sein. Bei Valli. Ich war mir sicher, er würde sich freuen, und schloss das Fenster mit einem warmen Gefühl in der Brust, nahm mir vor, ihn bald anzurufen und alles zu klären.

Eilig verschwand ich unter der Dusche, machte mir anschließend ein kleines Frühstück und rannte im dicken Mantel aus dem Haus. Dort musste ich das Eis von den Scheiben kratzen, ehe ich in meinen Käfer stieg und losdüste. Nach Darlingerode, zu dem Ort, in dem ich groß geworden war und wo ich nun auf eine Zukunft als Tierverhaltensberaterin hoffte.

2. Kapitel

Laura

Der Verkehr war an diesem Morgen zäh in Wernigerode, doch bald wurde die malerische Kulisse mit ihren Fachwerkhäusern im Rückspiegel kleiner. Die Straße führte mich hinaus in die weite Harzlandschaft mit ihren Hügeln und Wiesen, die nun leuchteten, als hätte sich über Nacht eine kuschelige weiße Decke darüber ausgebreitet.

Vier Kilometer später tat sich Darlingerode mit seinen hübschen Gassen und den schmuckvollen Giebeldächern auf, und das Gefühl, heimzukommen, schlich sich in meine Brust. Hier war ich aufgewachsen. Ich genoss den Anblick, bis mein Wagen überraschend stotterte.

Und dann blieb ich mitten auf der Hauptstraße von Darlingerode mit meinem Käfer liegen.

Die kaputte Tankanzeige hatte mich wieder einmal getäuscht, mir vorgemacht, ich hätte genügend Sprit für die Fahrt. Verärgert schlug ich mit der flachen Hand gegen die Anzeige. Und mit einem Mal glitt der Pfeil nach unten.

Ein Auto hupte hinter mir, fuhr schließlich um mich herum. Mist, was machte ich nun? Zurücklaufen und einen Kanister mit Benzin organisieren? Ich schaute in den Rückspiegel, sah eine junge Frau, deren roter Pony unter ihrer Wollmütze hervorragte und bis zu ihren Augen reichte. Hinter ihr tat sich die verschneite Hauptstraße auf. Die Tankstelle lag genau zwischen Wernigerode und Darlingerode. Und gerade schneite es noch mehr. Unter anderen Umständen hätte ich den Anblick der durch die Luft tanzenden Flockenparade geliebt. Angesichts des Fußmarschs, den ich vor mir hatte, wollte jedoch keine Freude aufkommen.

Plötzlich klopfte jemand an die Scheibe. Keuchend drehte ich den Kopf und linste in Stefans lächelndes Gesicht. Der Kerl trug allen Ernstes nur ein Shirt und eine Jeanslatzhose. Keinen Mantel. Nicht mal einen Pullover.

Schnell kurbelte ich das Fenster herunter.

»Bist du etwa liegen geblieben, Laura?«

»Sieht so aus, oder?« Ich lachte leise. Was für ein Tag. Und er hatte gerade erst begonnen! »Bin auf dem Weg zum Büro. Sag mal, ist dir denn nicht kalt, Stefan?« Ich bekam beim Anblick meines ehemaligen Klassenkameraden Schüttelfrost.

»Nö. Ich geh doch gleich wieder ins Haus.« Er deutete hinter sich, wo seine Schreinerwerkstatt mit Wohnetage lag. Ein hübsches Fachwerkhaus mit dunklen Außenbalken und einem Spitzdach. Unten befanden sich riesige Schaufenster, in denen verschiedene Möbel ausgestellt waren. Hergestellt von Stefan, der mein Malheur offenbar von dort beobachtet hatte.

»Kann ich dir helfen?«

»Du könntest mich zur nächsten Tankstelle fahren.« Das würde mir einiges erleichtern.

»Ich weiß was Besseres.«

Er strahlte von einem Ohr zum anderen, wodurch seine Wangen im kantigen Gesicht sich rundeten.

Schon hielt er einen Kanister hoch.

»Wow. Stefan, wie konntest du denn wissen, dass …«

»Mir ist vor Kurzem was Ähnliches passiert, daher hab ich immer einen Kanister für den Notfall parat.«

Verschmitzt lächelte mich der breitschultrige Kerl an, der mich an Kristoff aus dem Film *Die Eiskönigin* erinnerte.

»Vielen Dank, Stefan, du bist mein Retter!« Mir fiel ein Stein vom Herzen. Ich hätte eine Ewigkeit zur Tankstelle gebraucht und wäre womöglich zu spät zu meinem ersten Termin gekommen.

»Alte Schulfreunde halten zusammen«, erklärte er und lächelte so freundlich, dass die Kälte, die durchs offene Beifahrerfenster drang, abklang. Die Kids in meiner Klasse hatten Stefan belächelt, weil er recht leichtgläubig war. Doch er hatte was drauf, wie die hervorragenden Möbel in seinem Schaufenster bewiesen, und er gehörte zu den nettesten Menschen, die ich kannte.

»Komm, ich helfe dir«, sagte ich voller Tatendrang, stieg aus, schraubte den Verschluss am Wagen auf, und er gab das wertvolle Benzin mit einem Trichter hinein.

»Man muss immer einen gefüllten Tank haben.«

»Da sagst du was. Leider ist meine Anzeige kaputt, und die Leute von der Werkstatt haben zigmal versucht, sie zu reparieren. Eine Zeit lang funktioniert sie, dann wieder nicht.«

Stefan war sehr sorgsam, sodass kein Tropfen danebenging, und schließlich schraubte er den Kanister wieder zu. Ich hingegen schraubte den Verschluss am Wagen zu.

»Danke, Stefan. Ehrlich.«

»Gerne, Laura. Für dich immer. Ich kann mir die Anzeige mal ansehen, wenn du magst.«

Überrascht hob ich eine Braue. »Kennst du dich damit aus?«

»Ich kann vieles reparieren. Kann nicht schaden, einen Blick drauf zu werfen. Ich komme nachher zum Hof und kümmere mich darum.«

»Das ist nett. Ich danke dir. Nun geh lieber rein, sonst ziehst du dir noch eine Erkältung zu.« Er war inzwischen von oben bis unten eingeschneit. Auf seinem Kopf hatte sich eine Haube wie aus Zuckerguss gebildet.

Stefan lachte. »Keine Sorge, Laura, ich bin widerstandsfähig.« Schon marschierte er zu seinem Haus zurück, drehte sich an der Tür um, über der in dicken Lettern *Stefans Schreinerwerkstatt* hing, und winkte.

Ich hob den Arm zum Gruß, stieg in den Wagen und fuhr weiter.

3. Kapitel

Laura

Ich parkte am Straßenrand und atmete tief ein. Mein Blick glitt durch die Windschutzscheibe zu der alten Villa, die nicht nur mein Beratungsbüro beherbergte, sondern auch Teil des Gnadenhofs von Darlingerode war. Schneeflocken legten sich sanft über die Dachschiefer, gleich einer dicken Wolldecke. Im Harz konnten wir uns nicht über zu wenig Schnee im Winter beklagen. Ich schnallte mich ab, öffnete die Tür und schlug sie nach dem Aussteigen sanft hinter mir zu.

Mit den Moon Boots stapfte ich durch die weißen Massen, weil der Weg zum Haus bisher nicht freigeschaufelt worden war. Ich näherte mich dem Eingangstor, über dem ein farbenfrohes Schild hing.

Willkommen in der Kleinen Pfoten-Villa

Lustige Tiere schauten mich an. Valli und ich hatten einst dieses Schild für seine Tante Clementine und seinen Onkel Oskar gemalt, die damals gemeinsam den Gnadenhof geleitet hatten. Meine Liebe zu Tieren war immer schon groß. Vallis ebenso. Es war ein wunderschöner Sommertag gewesen, daran erinnerte ich mich noch.

Aber dieser Sommer war lange vorbei und heute vieles anders.

Die alte Villa, vor über hundert Jahren die Herberge vornehmer Leute, wirkte so müde, wie ich mich fühlte. Die Fassade blätterte ab, als hätte das Haus Falten bekommen.

Ich schob das quietschende Tor auf, schloss es behutsam hinter mir, damit keines der Tiere versehentlich entwischte. Ein wahres Wintertraumland erstreckte sich hier. Aus Schneetürmen und Kristallbäumen. Es war ein idealer Platz für die zehn Hunde, die zusammen mit ein paar Katzen, Kleintieren sowie einem Shetland Pony und einer Zwergziege auf dem Hof der Pfoten-Villa lebten. Die Anzahl der Tiere, die hier ihren Lebensabend verbrachten, war klein, weil unsere Aufnahmekapazitäten begrenzt waren. Die Villa mochte auf den ersten Blick imposant wirken, Hof und Stall boten hingegen wenig Raum, sodass der Fokus auf der Aufnahme von alten oder kranken Haustieren lag, die nur schwer ein Zuhause fanden. Daher auch der Name Kleine Pfoten-Villa.

Seit Oskars Ableben führte Clementine den Gnadenhof allein. Das war nicht leicht für die ältere Frau. Dennoch gab sie ihr Bestes. Und da sich mein Beratungsbüro in der Villa befand, lieh ich ihr oft meine helfenden Hände.

Clementine war ein Original. Sie sorgte für artgerechte Lebensbedingungen, kannte jeden ihrer Schützlinge beim Namen und die persönliche Hintergrundgeschichte. Für sie waren sie Familienmitglieder und wurden als solche behandelt. Eine Einstellung, die ich teilte.

Gerade kam Therri aus dem Geräteschuppen neben dem Haus, mit einer Schneeschaufel in der Hand. Sie war eine kleine Frau mit dunklem Pixiecut, die nie gute Laune zu haben schien. In ihrem lilafarbenen Mantel wirkte sie ungewöhnlich blass. Dass sie am liebsten woanders wäre, merkte ich ihr jeden Tag an.

»Guten Morgen, Theresa«, rief ich.

Energisch stapfte sie an mir vorbei, offenbar in der Absicht, den Weg freizuschaufeln.

Kein Wort, nur ein Nicken und ein unübersehbares Augenrollen. Ob sie sich je hier eingewöhnen würde? Für sie wäre es ebenfalls angenehmer. Neun Wochen würde sie Sozialstunden auf dem Hof ableisten. Das war eine lange Zeit. Insbesondere, wenn man sich unwohl fühlte.

Ich kämpfte mich durch den Schnee bis zur Haustür, die ich aufschloss, und trat ein. Der Geruch von frischem Hühnchen mit Reis stieg mir in die Nase.

»Guten Morgen«, rief ich in den Flur hinein.

Keine Antwort. Dafür Stimmen. Von Clementine und Noah, einem ehrenamtlichen Helfer, der bereits zum Inventar gehörte.

Sie waren wohl vertieft in ein Gespräch.

Ich klopfte mir Schnee vom Mantel, zog ihn aus und hängte ihn an einem Garderobenhaken auf.

Mein Blick wanderte zu der Holztreppe, die an der Diele vorbei in den oberen Stock führte. Auf jede der acht Stufen hatte sich eine Katze gelegt, als hätten sie sich abgesprochen. Eine schwarze thronte auf der obersten Stufe, danach folgte eine mit Frack-Muster, die Tigerkatzen mit und ohne weiße Maserungen, der rot-weiße Kater und am Schluss die kleine Colourpointdame, die der Meme-Legende Grumpy Cat zum Verwechseln ähnlich sah und deswegen von allen Grumpy genannt wurde. Neugierig glänzende Augenpaare schauten mich an. Ich musste schmunzeln, denn es sah zu niedlich aus. Gewiss hoffte jede der Fellnasen auf ein Leckerli.

Ich strich Grumpy über das samtweiche Köpfchen und folgte dem Duft von Reis und Hühnchen durch den Flur, der sich zu einer Einbuchtung mit Tisch und Stühlen erweiterte. Dort saßen Clementine, Noah und eine Teenagerin, die mir unbekannt war, am Tisch.

»Also, wie läuft das hier genau?«, fragte diese, während

Noah ihr einen Stapel Papiere abnahm, diese kurz durchging und an Clementine weiterreichte, die ihre Lesebrille aus den grauen Haaren zog, um sie sich auf die Nase zu setzen.

»Morgens und abends Stallreinigung und Fütterung, das hat oberste Priorität. Wir haben zwar nur ein Pony und eine Ziege, aber die verdienen eine optimale Pflege.« Clementine sah von den Unterlagen auf und deutete hinter sich, wo ein genauer Ablaufplan an der Wand hing. Die Namen der Helferinnen und Helfer, die die jeweilige Aufgabe übernahmen, waren mit Magneten befestigt. »Dazwischen dreimal täglich Auslauf für die Hunde, Reinigung der Katzentoiletten und Kleintierzimmer. Alle Tiere brauchen ihre festen Routinen.«

»Ich werde dich in den ersten Tagen einarbeiten«, erklärte Noah.

Ohne ihn funktionierte auf dem Hof nichts. Ich war noch klein gewesen, als Noah angefangen hatte, hier zu arbeiten. Stets hatte er Valli und mich mit kindergerechten Aufgaben betraut wie der Katzenfütterung. So hatten wir früh gelernt, mit Tieren umzugehen.

»Alles klar. Meine Schwester lebt in Hannover und arbeitet dort in einer Tierarztpraxis, da habe ich einiges mitbekommen. Aber ich freue mich, wenn ich mein Wissen auf dem Gnadenhof vertiefen kann.« Der Blick der jungen Frau glitt an Clementine vorbei zu mir.

Grüßend hob ich die Hand.

»Wir freuen uns sehr, Lotta, dass du bei uns dein Praktikum machen möchtest. Deine Einarbeitung ist auch für uns wichtig. Denn das Veterinäramt schaut genau hin – zu Recht. Um einen Gnadenhof zu betreiben, braucht man einen Sachkundenachweis, regelmäßige Fortbildungen, und alle Helferinnen und Helfer müssen entsprechend geschult sein«, erklärte Clementine und gab Lotta die Unterlagen zurück. Mir fiel auf wie dünn und sehnig Clementines Arm war, als sie diesen ausstreckte. Die harte Arbeit zerrte an allen.

»Genau«, sagte Noah. »Hier haben wir zudem bestimmte Herausforderungen, denn die Tiere bleiben bis zum Schluss bei uns. Das bedeutet auch viel Pflege für die Älteren und Kranken. Ein Netzwerk aus Tierärzten, anderen Höfen, sogar eine Kooperation mit dem Tierheim von Wernigerode.«

»Allein die Dokumentation ...« Clementine seufzte.

Noah schob seinen Stuhl zurück. »Komm, ich führ dich mal rum.«

Ich räusperte mich, um auf mich aufmerksam zu machen. »Guten Morgen, ich sehe, wir haben ein neues Gesicht.«

»Ach, Laura! Wie schön!« Clementine erhob sich, stützte sich an der Stuhllehne ab. »Darf ich euch bekannt machen? Laura hilft uns, wo sie kann, und bietet hier Tierverhaltensberatungen an.«

Die Schülerin reckte sich über den Tisch, um mir die Hand zu reichen. Ich nahm sie an.

»Szarlota Kowalcyk. Short Lotta.«

»Laura Erle, sag einfach Laura. Freut mich.«

»Sie macht hier ihr Schulpraktikum. Es geht ab dem zweiten Januar los.«

»Ich darf schon jetzt ein paarmal in der Woche kommen und helfen. Sieht so aus, als könntet ihr mich brauchen.«

Sympathisch, diese Lotta, dachte ich. Sie hatte die Lage erfasst. Hier brauchten wir stets helfende Hände.

»Das stimmt, wir sind für jede Hilfe dankbar. Nun komm mal mit.« Noah stakste mit seinen langen Beinen voran und warf sein schulterlanges dunkles Haar zurück.

Lotta kam hinter dem Tisch hervor, nickte mir zu und folgte ihm nach draußen.

»Ein liebes Mädchen«, schwärmte Clementine.

Ich nickte. Den Eindruck hatte ich auch. Abermals stieg mir der Duft aus der Küche in die Nase.

»Was kochst du denn gerade?« Was immer es war, umhüllt von diesem Geruch würde es ein interessantes Mittagessen werden.

»Ach, du liebe Güte. Das hätte ich fast vergessen. Das ist das Futter für unsere Kummermäuse.«

Kummermäuse – so nannte Clementine liebevoll die kranken Tiere in der Villa. Dass immer irgendwer krank war, hatte ich schnell auf dem Gnadenhof gelernt.

Clementine griff nach ihrem Stock und humpelte in die Küche.

Ich folgte ihr zum Herd, wo sie den Stock an den Schrank lehnte und mit beiden Händen versuchte, den schweren Topf von der Platte zu ziehen.

»Komm, wo soll der Topf denn hin?« Ich umfasste die Griffe, aber Clementine schob mich sanft beiseite.

»Ich schaffe das, Kind. Du weißt, Clementine Hagedorn gibt niemals auf. Möge kommen, was wolle.«

Sie griff erneut nach dem Topf und hievte ihn in die Höhe. Bonny, die Hütehündin, erhob sich von ihrer Decke und beobachtete angespannt die Situation.

Clementine keuchte leise auf, platzierte den Topf auf einem Untersetzer auf der Arbeitsfläche und hielt sich das Kreuz. »Geht doch.«

»Ich hätte es wirklich machen können.«

»Du bist nicht immer da. Es ist besser, selbstständig zu bleiben.«

Punkt für sie.

»Jetzt muss das Frühstück für die Kummermäuse nur noch abkühlen.«

»»Was haben die Kummermäuse denn?«»

»Ein Magen-Darm-Infekt grassiert derzeit.« Gewissenhaft spülte Clementine den Kochlöffel unter dem Hahn ab.

»Mamas Kater hat sich auch einen eingefangen.«

»Das ist die Jahreszeit«, sagte Clementine.

Mit der Hand strich ich über Bonnys Kopf, die mir zum Dank mit ihrer Zunge über die Handinnenfläche schleckte.

»Da bleibt mir nur, gute Besserung zu wünschen. Wie viele Patienten hast du denn?«

»Drei Katzen und zwei Hunde.«

Clementine griff nach ihrem Stock, setzte sich auf den Stuhl am Fenster und hielt sich das Knie, rieb an diesem, als versuchte sie, die Durchblutung anzuregen.

»Die Knie-Arthrose, mh?« Zu dieser Jahreszeit war sie besonders schlimm.

»Halb so wild, Unkraut vergeht nicht.«

Eines musste ich ihr lassen, sie hatte zwar ihre Probleme, aber sie machte stets weiter.

Ich deutete mit dem Daumen hinter mich in den Flur, Mein Büro befand sich direkt neben Clementines Arbeitszimmer unter der Treppe. Der alten Zeiten willen und weil ich mit anpackte, durfte ich den Raum mietfrei für Beratungen nutzen.

»Heute erwarte ich gleich zwei Klientinnen. Premiere.« Darauf war ich stolz. Jeder fing klein an, doch leistete ich gute Arbeit, würde sich das herumsprechen.

»Zwei ...« Aus Clementines Mund klang es weniger begeistert. »Das ist immerhin ein Anfang.« Zustimmend schaute mich Bonny an.

»Die Nachfrage an Tierverhaltensberatung ist groß und nimmt stetig zu. Ich konnte sogar ein paar Online-Klienten auftun.«

»Ein paar ...«

»Du weißt, dass ich erst vor wenigen Monaten ...« Ich ließ den Satz offen. Wir beide wussten, dass ich meinen Job als Tierärztin in einer angesehenen Praxis in Wernigerode gekündigt hatte. Und das aus gutem Grund.

»Nun starte ich durch«, sagte ich, um dem Thema eine positive Wendung zu geben.

Clementine bedachte mich mit ihrem Blick, der eindeutig verriet, dass die Kündigung ihrer Meinung nach ein Fehler gewesen war.

»Laura, du weißt, ich wünsche dir nur das Beste und

unterstütze dich, wo ich kann. Aber dieser Vorfall sollte dich nicht daran hindern, das zu tun, was du liebst ...«

Schon tauchten die traurigen Augen des kleinen Mädchens vor mir auf. Wie sehr es gelitten hatte, als ich ihm sagen musste, dass der geliebte Familienhund die Routineoperation nicht überstanden hatte ... So etwas vergaß man nicht. Ich zumindest nicht. Denn es war mein Fehler gewesen. Ich hatte das Narkoserisiko für den Hund unterschätzt ...

Es klingelte an der Tür. Genau zur richtigen Zeit.

»Das ist meine Klientin!« Wie von der Tarantel gestochen eilte ich zum Eingang, öffnete und stolperte beinahe in Stefans Arme.

Überrascht wich zu zurück. »So schnell sieht man sich wieder.«

Wenigstens trug er nun Mütze, Schal und Mantel.

»Ein Kunde hat abgesagt. Soll ich mir deine Anzeige angucken?«

»Stefan, das wäre wunderbar! Ich sag nur Clementine Bescheid.« Für den Fall, dass die Klientin ausgerechnet jetzt hereinschneite.

»Lass mal, Laura. Gib mir nur den Schlüssel. Ich mach das.«

»Ernsthaft?«

»Na klar.«

Ich nickte, kramte in meiner Hosentasche und holte den Autoschlüssel hervor, den ich in Stefans riesige Hand legte.

»Ich krieg das schon hin«, versicherte er mir, als hinter ihm eine Frau mittleren Alters in einem dicken Mantel auftauchte.

»Guten Morgen, bin ich hier richtig, bei Tierverhaltensberaterin Laura Erle?«

»Ja, ganz recht. Das bin ich. Kommen Sie herein.«

Die Frau schob sich an Stefan vorbei, der mir zuwinkte und dem freigeschaufelten Weg zur Straße folgte. Ich schloss die Tür und atmete durch, ehe ich mich umwandte. Jetzt wurde es ernst. Mein erstes Beratungsgespräch.

Ich war gut vorbereitet, hatte mich die letzten Wochen und Monate auf diese neue Herausforderung eingestellt und Onlineannoncen geschaltet. Es war sogar ein Artikel in der Lokalpresse über meine Beratungsstelle erschienen. Es war ein Neubeginn, auf den ich mich sehr freute. Und doch war ich nervös, jetzt, da meine Klientin plötzlich vor mir stand.

Es würde sich zeigen, ob all die Arbeit sich gelohnt hatte. Ob ich mich etablieren konnte. Würde ich ihr helfen können? Würde sie mit meinen Vorschlägen etwas anzufangen wissen?

Die kleine Grumpy tapste auf meine Klientin zu, strich ihr vertrauensvoll um die Beine.

»Wie entzückend!«, rief sie. Und ich atmete auf.

Das Eis schien gebrochen. Unauffällig hielt ich Grumpy den Daumen hoch, die daraufhin gutmütig die Augen zusammenkniff.

»Hängen Sie Ihre Sachen gern an der Garderobe auf.« Ich wies auf einen Haken, aber die Dame hatte nur Augen für die Colourpointkatze. Sanft kraulte sie das Köpfchen, lauschte dem erfreuten Schnurren. Grumpy war alles, nur nicht grumpy. Sie ging neugierig auf die Menschen zu, obwohl sie, wie viele unserer Tiere, schlechte Erfahrungen gemacht hatte. Aber Clementine vermochte es, eine vertrauensvolle Atmosphäre zu schaffen, in der sich die meisten Tiere früher oder später wohlfühlten. Grumpy hatte genug, schenkte der Frau einen liebevollen Blick und trabte die Treppe hoch in den ersten Stock. Mit einem Lächeln hängte meine Klientin ihre Jacke auf, danach führte ich sie in mein Büro. Auf meinem Tisch stand eine mir unbekannte Tasse mit dem Motivationsspruch »Kaffee rein, Tiger raus!«. Wie süß, sie musste von Clementine stammen. Ein Geschenk zur Premiere. Glaubte sie also doch an mich. Lächelnd widmete ich mich dem Fall meiner Klientin.

4. Kapitel

Laura

»Auf Wiedersehen und vielen Dank, Frau Erle, für die Unterstützung.«

»Sehr gern. Sollten Sie weitere Tipps benötigen, melden Sie sich einfach bei mir.«

»Das werde ich.«

Ich nickte der Dame zu, und erneut gaben sie und Stefan sich die Klinke in die Hand.

Es war ein erfolgreiches Gespräch gewesen, ich hatte ihr einige Tipps für das Zusammenleben mit ihrem ängstlichen Hund geben können und erste Erfahrungen gesammelt. Es hatte mir Spaß gemacht und mich darin bestätigt, dass in der Verhaltensberatung meine Zukunft lag. Ich half Menschen und Tieren zwar nicht mehr als Veterinärin, aber als Beraterin.

Stefan drückte mir den Autoschlüssel in die Hand.

»Habs repariert!« Er lächelte stolz. Seine Wangen wirkten trotz seiner länglichen Gesichtsform und dem markanten Kinn so rund wie die des Weihnachtsmanns. Und strahlten mindestens genauso rot.

»Wirklich?«

»Ja, war nicht schwer. Jetzt geht die Anzeige wieder.« Er zwinkerte.

»Wenn das wahr ist, solltest du einen Zweitjob als Automechaniker anstreben.«

Da die Leute meiner Werkstatt immer wieder Probleme mit der Reparatur der Anzeige gehabt hatten, fiel es mir schwer zu glauben, dass es Stefan nun geglückt war. Ich zog mir den Mantel über und trat hinaus.

»Das musst du mir zeigen.«

»Gern, Laura.«

Wir liefen den Weg hinunter, Stefan hielt mir das Tor auf und folgte mir zur Straße, wo mein Käfer unter einer üppigen Tanne stand, die aussah, als würde sie ein glitzerndes Hochzeitskleid tragen. Auf dem Autodach hatte sich eine flauschig aussehende Schneedecke gebildet.

Ich schloss auf, setzte mich hinters Steuer und startete den Motor. Tatsache! Die Anzeige hatte sich verändert, zeigte einen gefüllten Tank an.

Stefan ließ sich neben mir in den Beifahrersitz sinken. »Siehst du, das ist in etwa die Menge, die wir nachgefüllt haben. Es geht wieder, und das sollte auch so bleiben.«

»Fantastisch! Wie hast du das hinbekommen?«

Er senkte den Blick und zuckte mit den Schultern. »Hab ein Händchen dafür, das ist alles.«

Ich war schwer beeindruckt.

»Sollte die Anzeige doch noch mal kaputt gehen, kommst du wieder zu mir.«

Ich nickte. Kramte nach meinem Portemonnaie, aber Stefan schüttelte den Kopf.

»Nicht doch, wir sind alte Schulfreunde.«

Ein warmes Gefühl breitete sich in meiner Brust aus.

»Was kann ich dir dann Gutes tun, Stefan?« Dank musste sein.

Er fuhr sich mit seiner großen Hand über das Gesicht. Dabei linste er durch die Windschutzscheibe, die schon wieder eisig war.

»Sag mal …« Er nickte zu einem der Plakate, die an den

Laternenpfählen wehten, als wollten sie uns zuwinken. *Chorabend der Harzer Herzstimmen auf dem Weihnachtsmarkt* stand dort in bunten Lettern.

»Hast du ... vielleicht Lust, mit mir dahin zu gehen?« Seine sonst kräftige Stimme war kaum hörbar.

Ich musste lächeln. Ich war seit Ewigkeiten nicht rausgekommen, hatte mich auf die Gründung meiner kleinen Ein-Frau-Firma konzentriert. War zu diversen Fortbildungen gegangen. Aber jetzt, da die erste Kundschaft da war, hatte ich Lust auf einen schönen Abend mit Gesang und Weihnachtslichtern. Außerdem hatte ich Familie und Freunde im Chor, da war es Ehrensache, den Auftritt anzusehen.

Der Herz-Chor gehörte zu Darlingerode wie der Brocken zum Harz.

»Ja, wieso nicht?«

Stefan strahlte übers ganze Gesicht.

»Ein Treffen unter Freunden.« Ich betonte es, damit es keine Verwirrung gab. Stefan war ein lieber Mensch, aber mehr als Freundschaft konnte ich mir mit ihm nicht vorstellen.

Stefan nickte. »Super. Ich hol dich ab.«

Ich lachte. »Es ist fast vier Wochen hin, der große Auftritt. Wir besprechen das noch genauer.«

»Alles klar, Laura.«

Er nickte mir zu, öffnete dann die Beifahrertür und stieg aus. Ich tat es ihm gleich. »Ich muss wieder zur Arbeit.«

»Ich auch. Bis dann.« Ich beobachtete, wie dieser Hüne von einem Mann durch den Schnee stapfte und dabei fröhlich und unbeschwert wirkte, als könnte ihm kein Hagelsturm etwas anhaben. Ein sanfter Riese.

Ich machte mich auch auf den Weg zurück und holte vorher noch die Post aus dem Briefkasten, ehe ich das warme Haus betrat.

Dort legte ich ab und anschließend die Briefe und Werbeflyer auf die Kommode im Flur. Dabei kam ich am offen stehenden Büro von Clementine vorbei, das direkt neben meinem lag.

»Und wie lief deine Beratung?«, fragte Clementine, die ein paar Unterlagen in einem dicken Ordner durchging. Ich setzte mich zu ihr.

»Sehr gut. Ich habe das Gefühl, dass ich der Klientin wirklich helfen konnte. Danke auch für die schöne Tasse.«

Clementine lächelte sanft.

»Und was machst du gerade?«

»Rechnungen.« Sie seufzte. »Und die nächste Fütterung steht auch an.«

»Kann ich dir helfen?«, fragte ich. Ich hatte einen kleinen Puffer, bis der nächste Klient kam, und es machte mir Spaß zu helfen.

»Aber gern doch! Die Rechnungen mache ich danach fertig.«

Voller Tatendrang schob Clementine den Stuhl zurück, griff nach ihrem Stock und erhob sich, indem sie sich auf diesen stützte.

»Ich übernehme die Vögel, du die Reptilien?«

Ich nickte.

Sie humpelte zu einer verschlossenen Tür, drückte die Klinke hinunter, schon drang munteres Zwitschern von Wellensittichen und Kanarienvögeln zu uns. Aus Sicherheitsgründen und um Stress für unsere Federfreunde zu vermeiden, musste das Vogelzimmer stets geschlossen sein. Auch, um Katzenbesuch zu verhindern.

Ähnlich sah es mit dem Reptilienzimmer aus, das nebenan lag. Ich trat in dieses ein.

Warme, feuchte Luft und das vertraute Plätschern der Aquarien schlugen mir entgegen. Aus dem Regal schnappte ich mir die Dose mit den getrockneten Krabben. Die Wasserschildkröten reckten bereits die Köpfe – sie kannten die Routine und freuten sich über jede Portion, die ich ins Wasser gab. Schnell fingen die kleinen Racker an, um jeden Bissen zu kämpfen. Im Gehege daneben dösten zwei Landschildkröten unter ihrer Wärmelampe. Sie bekamen getrocknete Kräuter und Gräser aus dem Zoofachhandel. Clementine und ich waren gleichzeitig fertig und trafen uns im Flur wieder, schlossen die Türen hinter uns. Ein eingespieltes Team.

»Ich habe übrigens einen Kuchen im Kühlschrank. Heute früh gebacken, sei so lieb und nimm ein paar Stücke für deine Eltern mit.

Das ist ein Vorschlag für Annas und meinen Gebäckstand.« Es war in den letzten Jahren zur Tradition geworden, dass Mama und Clementine zu Weihnachten Kuchen und Plätzchen auf dem Adventsfest verkauften, das stets am letzten Adventswochenende auf dem Gnadenhof stattfand. Als eine Art Dankeschön an alle Spenderinnen und Spender sowie Tierpatinnen und Tierpaten. Der Erlös kam den Tieren zugute. Es war ein kleines, aber feines Event, das zu Oskars Zeiten ins Leben gerufen worden war.

»Klar, mache ich gern. Da fällt mir ein, die Post war da.«

Ich griff nach dem Stapel Kuverts, die ich aus dem Briefkasten geholt hatte, und reichte ihr diesen. Obenauf lag ein Flyer der Harzer Herzstimmen, die für ihren Weihnachtsauftritt warben.

»Da gehe ich mit Stefan hin.« Zum Glück überschnitt sich der Termin nicht mit unserem Adventsfest. Der Auftritt fand später am Abend statt.

Clementines Augen blitzten auf. »Du gehst mal wieder aus? Mit Stefan?«

Sie lächelte von einem Ohr zum anderen, als hätte ich ihr statt vom Chorabend von meiner Verlobung erzählt. Dabei war Stefan nur ein alter Freund aus der Schulzeit, der auch ab und zu auf dem Hof aushalf. Und ich wusste, Clementine ging es mehr um mein Liebesleben als um Stefan. Ich hatte in den letzten Jahren ein paar Beziehungen gehabt, nichts Ernsts, nichts, was für die Ewigkeit gehalten hätte. Ich war der Ansicht, das musste auch nicht sein. Aber Clementine hatte in ihrem Oskar die Liebe ihres Lebens gefunden und dachte, dass es für jeden Topf einen passenden Deckel geben musste.

Ich zuckte die Schultern. »Na ja, sieht so aus. Aber ausgehen würde ich es nicht nennen. Stefan und ich sind bloß Freunde.«

Gedankenversunken sortierte sie die Briefe. Eine Karte fiel ihr aus der Hand, glitt zu Boden und landete mit der Motivseite nach oben, die ein weihnachtliches Berlin zeigte.

Mein Herz schlug sofort schneller. Ich bückte mich nach ihr, hob die Karte auf. »Ist die von Valli?«

»Wie?«

Clementine nahm mir die Karte aus der Hand, las sie vor meinen Augen.

»Du hast recht. Sie ist von ihm.« Clementine nickte bedeutsam.

»Er schickt uns beste Grüße und wünscht ein frohes Fest. Der arme Junge hat wieder so viel um die Ohren. Gerade jetzt stehen viele Events an.«

»Du ... ich hab mir überlegt, dieses Jahr nach Berlin zu fahren und ihn zu besuchen.«

»Ach ja? Das ist ja eine süße Idee.«

Ich war noch nie in Berlin gewesen. War neugierig auf Vallis Stadt, wie er dort lebte.

»Aber denk dran, dich vorher anzukündigen, Laura. Er hat vielleicht gar keine Zeit. Oder nur ganz wenig.«

Das hatte ich vor, auch wenn ich mich selbst mit wenig Zeit zufriedengeben würde. Es genügte mir, ihn einfach mal wiederzusehen. Nach vier Jahren.

Der Gedanke an ein Wiedersehen löste ein seltsames Gefühl in mir aus – eine Mischung aus Neugier, Unsicherheit und etwas, das ich nicht näher beschreiben konnte.

5. Kapitel

Laura

»Den hat Clementine gebacken. Ein Rezeptvorschlag für euren Stand auf dem Adventsfest.« Ich drückte Mama an mich und ihr anschließend den Kuchen in die Hand, der in einer formschönen Box steckte.

Mit glänzenden Augen hob sie den Deckel an, ein Lächeln breitete sich auf ihrem Gesicht aus.

»Ah, wunderbar. Davon hat Clementine schon am Telefon erzählt. Bin gespannt, wie er schmeckt. Ich habe auch eine neue Idee! Zimtstangen mit Anis.«

»Hört sich lecker an.«

»Leg doch ab.«

Ich nickte, zog Mantel, Mütze und Schal aus, hängte alles an der Garderobe auf und folgte Mama ins Innere des Hauses, in dem ich aufgewachsen war. Nostalgie pur empfing mich. Gedimmtes Licht, dunkle Fenster, ein stimmungsvoller Abend. So hatte es schon in meiner Kindheit zu dieser Jahreszeit ausgesehen. Und immer schon liebte ich die Vorweihnachtszeit.

»Ich bringe die Box in die Küche.« Schon bog Mama in den rustikal ausgestatteten Raum mit Holzpaneelen an der Wand ein, während mein Weg mich zur Wohnstube führte.

Wie so oft fluteten mich Erinnerungen, als ich die Bildergalerie an der Wand dort erblickte. Alles, was von Bedeutung war, jeder Urlaub, jedes Fest, jeder Geburtstag, war in Form von Fotos verewigt worden.

»Hallo Kleines! Da bist du ja. Habe ich richtig gehört.« Papa erhob sich aus seinem Sessel, kam auf mich zu und umarmte mich herzlich. Wie jedes Jahr hatte er in der Vorweihnachtszeit ein paar Pfunde zugenommen, die er sich im Frühjahr wieder abtrainieren würde.

»Bist du wegen Hulki hier?« Sorge schwang in seiner Stimme mit.

Dabei war Hulki ein robuster Kerl, viel größer als die meisten Katzen. Ich vermutete, dass er ein Maine-Coon-Mix war oder sogar Norwegische Waldkatze in ihm steckte.

Eines Tages hatte er im Garten gesessen und spontan meine Eltern adoptiert. Nicht umgekehrt. Denn Katzen suchten sich ihre Menschen aus und waren dabei durchaus wählerisch. Für meine Eltern war es also ein Kompliment, dass Hulki sie auserwählt hatte.

Seitdem umsorgten meine Eltern ihn, hegten und pflegten ihn, als wäre das ihre Lebensaufgabe. Freigang hatte er im kontrollierten Maße. Er durfte in den Garten, wenn es warm draußen war. Im Winter blieb er drinnen.

»Der Kuchen ist im Kühlschrank, wir können ihn morgen probieren. So spät am Abend liegt er im Magen.« Mama trat zu mir. »Es sei denn, du möchtest unbedingt ein Stück, Laura?«

»Nein danke.« Ich wandte mich an Papa. »Wart ihr nicht beim Tierarzt?«

»Doch, doch. Er hat eine Magenpaste bekommen und ein ... wie hieß das, Anna?«

»Magensäurehemmer«, sagte Mama.

»Ah, genau. Jedenfalls muss er ein bisschen Diät machen, um den Magen zu schonen.«

»Eine gute Idee. Dann verliert er vielleicht auch das überzählige Pfund. Bei Clementine grassiert übrigens auch der Mageninfekt. Ich kann sie fragen, ob sie etwas von ihrem selbstgekochten Diätfutter mit Reis übrig hat. Was meinst du, Mama?«

»Wir wollen den Kummermäusen von der Pfoten-Villa nichts wegfuttern. Ich koche selbst für unseren Spatz.«

Just in der Sekunde strich mir ein flauschiges Fellknäuel um die Beine und miaute mit leisem Stimmchen.

Hulki war optisch der Hulk der Katzenwelt. Aber seine Stimme war so zart, dass sie leicht zu überhören war. Eine Kombination, die unwillkürlich ein Lächeln erzeugte.

Ich beugte mich zu ihm hinunter, um ihn zu begrüßen, strich über sein Fell.

»Na, er sieht trotz allem gut aus.« Seine Augen wirkten wach und aufmerksam.

»Wenn du das sagst, ist es so«, sagte Papa überzeugt, und Mama nickte. Sie hatten mehr Vertrauen in meine Fähigkeiten als ich selbst. Aber sie hatten auch nicht im Aufwachraum den leblosen Freddy gefunden. Nein, daran wollte ich jetzt nicht denken ...

Hulki sprang in Papas Sessel, wo es sicher schön warm war, und rollte sich zusammen.

Mein Blick glitt weiter zum Panoramafenster, durch das ich die gegenüberliegende Straßenseite mit den bunten Lichtern von Vallis Elternhaus betrachten konnte.

»Setz dich, magst du etwas trinken?« Mamas Stimme klang wie aus weiter Ferne.

»Gern«, hörte ich mich sagen, dann drang Kinderlachen an mein Ohr. Es war nur eine Erinnerung. Ein Echo aus alten Zeiten überlagerte die Realität.

Meine Sicht verschwamm. Mit einem Mal sah ich Valli und mich über die Straße laufen, wir spielten Fußball. Dann waren wir plötzlich Teenager, kamen von einer Schulfeier nach Hause. Stets war er an meiner Seite gewesen. Ich hatte nur die Straße überqueren müssen, um ihm wieder nah zu sein.

Ich vermisste ihn. Schmerzlich.

»Sabine möchte uns übrigens beim Kuchenstand helfen«, erklärte mir Mama. Die Erwähnung von Vallis Mutter ließ mich aus den Erinnerungen auftauchen.

»Wirklich?«

»Ja, und das passt gut. Sie und ich stehen erst am Stand und ziehen dann weiter zum Weihnachtsmarkt, wo wir unseren Chorauftritt haben.«

»Da hat sie sich genau wie du ja einiges vorgenommen.«

Ich schaute immer noch aus dem Fenster, betrachtete den Vorgarten von Vallis Haus, über den seine Eltern weißes Vlies ausgebreitet hatten.

»Na komm, Laura, hilf mir mal mit den Getränken«, sagte Mama und schob mich aus dem Zimmer in die Küche, wo sie ein Klappfach des Hängeschranks öffnete und mir drei Gläser in die Hand drückte.

»Orangensaft?«

»Ja, klar, was sonst?«, meinte ich schmunzelnd. Es war mein Lieblingsgetränk.

Mama nickte. »Manche Dinge ändern sich nie, oder?«

Sie öffnete den Kühlschrank, holte die Flasche hervor und nahm mir eines der Gläser aus der Hand. Als sie es mir gefüllt zurückgab, sah sie mich eindringlich an.

»Ich musste an früher denken, als du eben aus dem Fenster zu den Hagedorns gesehen hast.«

»Ich auch.«

»Nach diesem einen Sommer hast du das ständig gemacht. Du warst kaum ansprechbar. Weißt du noch?«

Sie lächelte, und meine Wangen wurden warm. Stimmt, das hatte ich fast vergessen. Eine Zeit lang war ich bis über beide Ohren in Valli verschossen gewesen. Es war einfach so passiert. Plötzlich hatte ich mehr in ihm gesehen als nur meinen guten Kumpel, mit dem ich hätte Pferde stehlen können. Ich hatte seine Lippen schön gefunden, seine Haare.

Allerdings hatte ich weder ihm noch sonst wem davon erzählt. Ich hatte mich nicht getraut, befürchtet, dass er mich auslachen und es unsere Freundschaft belasten würde. Und dann war die Phase wieder vorbei gewesen. Ich war mit einem anderen Jungen zusammengekommen, hatte mit ihm meine ersten Erfahrungen gesammelt. Und auch Valli hatte damals eine Freundin gefunden.

Wie konnte Mama von meinen Gefühlen für ihn wissen? Hatte sie es … gespürt?

»Du vermisst Valli, oder? Das ist verständlich. Gerade jetzt zu Weihnachten.« Sie schraubte die Flasche zu, stellte sie in den Kühlschrank zurück und zog eine Packung Multivitaminsaft hervor, um auch die anderen beiden Gläser zu befüllen.

»Das tue ich. Deswegen will ich nach Berlin fahren.«

Mama schaute mich mit großen Augen an. »Ach so ist das.« Sie lächelte wissend.

Ich lachte. »Mama, ich bin keine siebzehn mehr. Es geht nicht um romantische Gefühle. Ich will einfach nur meinen besten Freund wiedersehen.« Wie albern, da jetzt eine Verbindung zu ziehen.

Sie zuckte mit den Schultern. »Ich dachte ja nur …«

»Ich weiß Bescheid, Mama. Du und Sabine wart zusammen schwanger und habt damals schon fantasiert, dass Valli und ich eines Tages heiraten.« Das war noch absurder als die Vorstellung, wir wären als Teens zusammengekommen. Valli war zwar ein Mann fürs Herz, und ich hatte ihn immer geliebt – aber als besten Freund.

»Wir waren jung und haben etwas herumgealbert.«

Gefallen hätte es ihnen dennoch. Da war ich mir sicher.

»Eigentlich will ich doch nur, dass du glücklich bist, Kind.«

»Ich weiß, danke, Mama.«

Wir kehrten ins Wohnzimmer zurück. Mama gab Papa seinen Saft, dann setzten wir uns zusammen, plauderten über alte Zeiten und meine zwei ersten Klienten des heutigen Tages. Papa machte mir Mut, war begeistert, dass ich nun selbstständig war. Mama hatte gemischte Gefühle. Denn als Tierberaterin verdiente ich weniger, aber das war kein Problem für mich. Ich hatte heute gemerkt, wie wohl ich mich mit dieser Tätigkeit fühlte, und wollte sie fortführen. Und die Miete konnte ich trotzdem bezahlen. Entweder mit meinen Ersparnissen oder dem Verdienst, den ich haben würde, wenn ich meine Firma mehr und mehr ausbaute.

Irgendwann verabschiedete ich mich und verließ das Haus, stieg in meinen Käfer und fuhr nach Wernigerode. Wo nun mein Zuhause war. Kurz schwebte das seltsame Gespräch in der Küche durch meine Gedanken. Wie hatte Mama nur diese Andeutung machen können? Ich schüttelte den Kopf.

In meinem Briefkasten wartete eine Überraschung auf mich.

Eine Weihnachtskarte von Valli!

Ich lächelte, strich mit dem Finger über die Pappe, seine Schrift. Er hatte mich nicht vergessen …

Mein Herz hüpfte, und ich beschloss, gleich mit dem Handy zu recherchieren, wie ich am besten nach Berlin kam.

6. Kapitel

Valentin

Ich starrte auf die Zeitung auf dem Schreibtisch mit der Schlagzeile: *Flammenfest im KaDeWe – ausgelöst durch einen brennenden Weihnachtsbaum.*

»Erkläre mir, wie das passieren konnte?«, schnauzte mich Mike, mein Agenturpartner, an.

Ich zuckte zusammen. Vor mir stand nicht mein guter Freund, die fleischgewordene Ruhe in Person, sondern ein Berserker.

»Scheiße ... was ist das denn?« Die Schlagzeile ergab für mich keinen Sinn.

»Du solltest öfter Zeitung lesen«, bellte Mike verärgert.

Ich überflog den Artikel.

... Großeinsatz der Feuerwehr in der Nacht zum Montag im Kaufhaus des Westens ... Schaden beläuft sich auf mehrere hunderttausend Euro.

Meine Zehennägel stellten sich auf.

Langsam sickerte zu mir durch, dass das kein Scherz war. Es ging um das Event, das wir gestern Abend in Kooperation mit dem bekannten Warenhaus veranstaltet hatten. Die Beleuchtung des KaDeWe-Weihnachtsbaums war zum ersten Mal in diesem Jahr erstrahlt. Und ich war der verantwortliche Event-Manager gewesen. Mit Musik, Speis und Trank hatten wir diesen bedeutenden Moment eingeleitet. Den

Leuten hatte es gefallen. Ich konnte dankbar sein, dass das Flammenfest erst viel später stattgefunden hatte und niemand verletzt worden war.

»Erklär mir das! Du wolltest diesen Job unbedingt machen, weil du mal wieder aus dem Büro rauskommen und kreativ sein wolltest, und hättest fast das KaDeWe abgefackelt!« Mit verzerrtem Gesicht raufte sich Mike die Haare, lief durch das gläserne Büro, das uns einen Blick über den morgendlichen Potsdamer Platz erlaubte. Nur wenige Menschen waren jetzt schon unterwegs, ein paar trugen Weihnachtseinkäufe in bunten Tüten vor sich her. Gerne hätte ich mich unter sie gemischt, mich in der Anonymität der Großstadt versteckt.

»Wie kommt es überhaupt, dass du von alldem gar nichts weißt? Das Unglück ist letzte Nacht passiert. Alle berichten darüber. Es ist das Thema des Tages. Keine Mails oder Anrufe?«

Ich fuhr mir durch die Haare. Um den Morgen entspannter zu beginnen, hatte ich mir angewöhnt, das Bürohandy erst nach meiner Ankunft in der Agentur einzuschalten. Da Mike mich mit diesem Artikel abgefangen hatte, war ich noch nicht dazu gekommen.

Ich schaltete es nun ein, und ein wahres Konzert aus Klingeltönen überflutete uns. Mike rollte mit den Augen.

Ein Blick aufs Display verriet, dass mich der Manager des KaDeWe heute früh an die zwanzigmal angerufen hatte. Ich hätte vor Scham im Boden versinken können.

»Was ist mit dir los, Valentin? So unkonzentriert kenne ich dich gar nicht. Wo ist der Valentin hin, mit dem ich die Ausbildung gemacht habe? Mit dem ich diese Agentur gegründet habe?« Nun klang Mike besorgt. »*Perfect Events Berlin* hat ihren Zenit erreicht. Wir sind in der Branche angesehen, gehören zu den VIP-Veranstaltern. Wobei jetzt ...« Er brach ab, und ich legte das Handy zur Seite. Würde den

Manager nach dem Gespräch mit Mike zurückrufen und ihm Rede und Antwort stehen.

»Wie konnte dir so etwas passieren? Du bist doch Profi.«

Ich zuckte hilflos mit den Schultern.

Schnaubend wandte Mike sich ab, steckte die Hände in seine Anzughose und schaute aus dem Fenster, während ich mir den Kopf zermarterte, wie dieses Unglück hatte geschehen können.

Ich liebte meinen Job, ich liebte es, Events zu organisieren, gleichzeitig arbeitete ich weniger zuverlässig als früher. Das musste ich einsehen. Die letzten Monate hatten an mir gezehrt. Der Job hatte zu viel Raum eingenommen.

Scheiße ... hatte ich vergessen, die Lichterketten zu prüfen? War es ein Kurzschluss gewesen? Wieso erinnerte ich mich nicht, ob ich diese Standardprozedur durchgeführt hatte? Weil es wieder einer dieser hektischen Tage gewesen war, an denen ich mit der Arbeit kaum hinterherkam? Moment, ich hatte eine der Lichterketten in der Hand gehabt, aber dann hatte es Probleme mit dem Catering gegeben. Was war das noch gleich gewesen ... Ich hatte mich jedenfalls erst mal diesem Problem zugewandt. Und dann? Dann hatte ich wohl vergessen, die Überprüfung zu Ende zu bringen. Jetzt wurde mir schlecht.

»Es kann sein, dass ich ... Die Lichter ... prüfen ... vergessen ...«

Mikes Blick verengte sich.

»Die Versicherung untersucht gerade, was der Grund für den Brand war, aber dir ist hoffentlich klar, dass wir am Arsch sind! Wer will schon ein Event bei jemandem buchen, der es nicht mal hinkriegt, eine beschissene Lichterkette im Vorfeld zu testen?«

Etwas krampfte sich in meinem Magen zusammen. Er hatte recht. Die Folgen könnten verheerend sein.

»Tut mir leid, das ... war so nicht geplant.«

»Ach, nicht? Das ist so was von beruhigend. Lass dir gefälligst was einfallen, um das geradezubiegen! Du bist dafür verantwortlich! Es war dein verdammter Auftrag!« Schnaubend verließ er das Büro, knallte die Tür zu, sodass die Wände wackelten.

Sofort knüllte ich die Zeitung zusammen und warf sie in den Papierkorb neben meinem Schreibtisch. Ich fühlte mich, als würde alles um mich herum in Flammen stehen.

In den nächsten Tagen verschlimmerte sich die Lage, und meine Sorgen wuchsen, führten zu noch mehr Anspannung. Das KaDeWe drohte mit Klage. Verlangte Schadensersatz, den wir im Falle eines Urteils nicht aufbringen könnten. Zudem verloren wir reihenweise Kundschaft.

Mike betrat mein Büro. »Ich muss mit dir reden.«

Im Gegensatz zum letzten Mal wirkte er kühl, fast distanziert, ein Verhalten, das ich nicht von ihm kannte.

Er schob den Stuhl vor meinem Tisch zurück und setzte sich. Die starre Miene verhieß nichts Gutes.

»Du weißt, in welcher Lage wir uns befinden. *Perfect Events Berlin* war unser Traum. Aber im Augenblick sieht es so aus, als müssten wir bald daraus aufwachen. Wir werden uns unter den gegebenen Umständen nicht halten können. Ich hatte gehofft, dass Gras über die Sache wächst. Normalerweise findet die Presse jeden Tag ein neues Thema zum Ausschlachten. Aber sie hat sich an der Weihnachtsbaumgeschichte festgebissen.«

Er seufzte, spielte am Knopf seines Jacketts.

Meine Finger krallte ich um die Lehne meines Bürosessels.

»Es ist ärgerlich«, gab ich schließlich zu. »Mehr als das sogar. Und du weißt, wenn ich das Geschehene wiedergutmachen könnte, ich würde es tun.«

Vergeblich hatte ich mit dem Manager des Kaufhauses telefoniert, war auch persönlich vorbeigefahren, um ihn zu beruhigen. Mike und ich hatten zudem unseren Anwalt eingeschaltet. Ob er Erfolg haben würde, war derzeit in der

Schwebe. Ob Mike eine Idee hatte, um den Schaden zu minimieren?

»Ich weiß, dass dir die Agentur genauso viel bedeutet wie mir und deshalb hoffe ich auf dein Verständnis.«

Ich hob eine Braue. Das Gespräch entwickelte sich in eine merkwürdige Richtung. »Hört sich an, als wolltest du mich rauswerfen.«

Mikes Mundwinkel zuckte. »Nicht unbedingt.«

»Aber?«

»Es wäre vielleicht ... im Sinne der Agentur, wenn du sie vorübergehend ... oder auch für längere Zeit verlassen würdest. Von dir aus. Sodass ... sich alles etwas beruhigen kann. Wir geben eine öffentliche Stellungnahme raus, erklären, dass sich unsere Wege einvernehmlich getrennt haben. Intern ist es natürlich anders, unsere Verträge bleiben bestehen. Später stellen wir es als Rückkehr und erneute Zusammenarbeit dar, wenn du die alte Stellung wieder übernimmst.«

Ich biss mir auf die Unterlippe. Es war nicht so, als wäre mir der Gedanke nicht auch gekommen, und *Perfect Events* musste irgendwie reagieren. Als Mitarbeiter wäre ich aufgrund der besonderen Umstände bereits gekündigt worden. Den Chef zu feuern, ging jedoch nicht ohne Weiteres.

Mike spekulierte darauf, dass sich die Agentur erholte, wenn ich sie für einige Zeit verließ. Klar, ich war der verantwortliche Event-Manager gewesen. Alles fiel auf mich zurück. Deswegen war ich das Gesicht des Schadens, die Leute brachten den Brand mit mir in Verbindung. Wenn ich von der Bildfläche verschwinden würde, bestand die Hoffnung, dass sich alles beruhigte. Das war eine sinnvolle Idee. Ließ sie die Option auf Rückkehr zu.

Trotzdem, nach all den Jahren, tat der Gedanke weh, die Agentur zu verlassen. Ich hatte gehofft, dass wir das zusammen durchstehen würden. Doch Mike hatte vor allem das

Wohl der Agentur im Sinn. Würde ich das an seiner Stelle auch so handhaben?

»Es ist nichts Persönliches, das weißt du. Sieh es als einen ausgiebigen Urlaub an, du kannst all die Dinge tun, die du schon immer mal tun wolltest. Geh auf Weltreise, lern eine neue Sprache, was immer dir vorschwebt. Sobald sich die Wogen geglättet haben, kommst du zurück. Bis dahin erhältst du selbstverständlich einen finanziellen Ausgleich.«

Ich nickte langsam. »Wie lange soll ich denn untertauchen?«

»Ich würde sagen, mindestens für die Wintersaison. Im Frühjahr besprechen wir deine Rückkehr, dann stehen neue Events an, andere Themen.«

»Ich ... denke drüber nach.«

»Gut.«

»Ich habe übrigens einen Mitarbeiter des KaDeWe an der Hand.«

Mike hob eine Braue.

»Er wird mich auf dem Laufenden halten und sich parallel zur Versicherungsgesellschaft umhören, um herauszufinden, wie das Feuer entstehen konnte.« Schließlich bestand die Möglichkeit, dass der Fehler nicht bei mir lag. Eine Ermittlung in meinem Auftrag gab mir zudem das Gefühl, die Kontrolle zu behalten.

»Das ist eine gute Idee, Valentin. So sichern wir uns zusätzlich ab.«

Mike erhob sich, verließ mein Büro. Ich wollte mich eigentlich nicht verstecken, obwohl es die naheliegendste Lösung war. Durfte ich mein Baby im Stich lassen?

7. Kapitel

Valentin

Als ich abends meine Loftwohnung in Charlottenburg betrat und in den Badspiegel sah, blickte mir nicht derselbe Mann entgegen, der mich heute Morgen begrüßt hatte. Er wirkte blass, nein, fahl, was die dunklen Augenringe betonten.

Ich drehte den Hahn auf, hielt die Handgelenke unters Wasser und erfrischte mein Gesicht. Ich sah keinen Ausweg, wollte Mike und den anderen nicht schaden. Also was blieb mir, außer die Agentur zu verlassen?

Plötzlich wurde mir schwindelig, ich umklammerte den Waschbeckenrand. Der stressige Tag und das Gespräch mit Mike hatten dafür gesorgt, dass ich den Tag über keinen Bissen hinunterbekommen hatte. All die Anrufe von Presse, verärgerter Kundschaft und Kanzleien hatten mich geschlaucht.

Zum Schwindel gesellte sich ein Ziehen in Brust und Magen. Mir wurde speiübel. Ich lockerte meine Krawatte, musste mich setzen. Nach ein paar Minuten schaffte ich es zumindest ins Bett. Aber der enorme Druck, der auf meinen Schultern lastete, schien sogar noch schwerer zu werden und hielt mich wach.

Wie hatte ich nur in diese Situation geraten können? Hatte ich es verpasst, die Notbremse zu ziehen? Es war einfach alles zu viel geworden.

Mein Leben hatte eine andere Geschwindigkeit angenommen. Termine, Meetings, Events. Und vor allem Verantwortung, die mich erdrückt hatte. Und jetzt lag ich hier, fühlte mich elend.

Morgen würde ich als Erstes zum Arzt gehen.

Ich beobachtete, wie auf dem Monitor eine gezackte Linie erschien, die meinen Herzrhythmus anzeigte. Die Arzthelferin kontrollierte den Ausdruck, nickte zufrieden und löste vorsichtig die Elektroden von meiner Haut. Fünf Minuten später saß ich im Sprechzimmer, Dr. Rieker prüfte die Aufzeichnungen mit kritischem Blick.

»Ihr Herz ist in Ordnung. Allerdings müssen die Symptome, die Sie geschildert haben, ernst genommen werden. Ich rate Ihnen dringend zu einer Auszeit, Herr Hagedorn. Mehrere Wochen, idealerweise. Andernfalls sehen wir uns vielleicht unter weniger guten Umständen wieder. Ich glaube nicht, dass Sie das wollen.«

Natürlich wollte ich das nicht.

»Brauchen Sie eine Krankschreibung?«

Ich schüttelte den Kopf. Als Freiberufler war das nicht nötig und zudem ganz in Mikes Sinne. Vielleicht war die Auszeit wirklich eine gute Idee. Ich könnte Urlaub machen, mich zurückziehen und erholen. Käme dann gestärkt zurück.

Aber was, wenn der Anwalt sich meldete? Wenn die Sache vor Gericht ging? Ich musste abrufbereit bleiben. Wobei, eigentlich war es unwahrscheinlich, dass noch vor Weihnachten etwas geschehen würde. Die Mühlen der Justiz mahlten oft langsam.

»Es ist in Ihrem Interesse, Herr Hagedorn.

Gibt es denn einen Ort, an dem Sie Erholung finden könnten?«

Sofort tauchte Laura vor meinem geistigen Auge auf. Laura, mit der ich viel Zeit auf dem Gnadenhof meiner Tante in Darlingerode verbracht hatte. Gerade in der Vorweihnachtszeit war es im Harz besonders schön, weil in dieser Region noch Schnee fiel und liegen blieb. Es wäre wundervoll, wieder dort zu sein.

Ich lächelte, weil mir auffiel, dass ich Lauras Nummer noch immer im Kopf hatte, auch wenn ich sie dieses Jahr noch kein einziges Mal gewählt hatte. Und davor war unser Kontakt nur sporadisch gewesen. Ab und zu mal eine Nachricht, mehr nicht.

Konnte ich mich jetzt einfach so bei ihr melden? Oder würde das komisch wirken? Ich musste wohl über meinen Schatten springen, um es herauszufinden.

Ich nickte Dr. Rieker zu. »Den gibt es. Danke.« Ich reichte ihm die Hand und verließ kurz darauf die Praxis, um mir die Sache noch einmal durch den Kopf gehen zu lassen. Abends stand mein Entschluss fest. Ich würde dieses Weihnachten nach Darlingerode zurückkehren. Ein paar Wochen dort verweilen und überlegen, wie ich die Zeit bis zu meiner Rückkehr in der Frühjahrssaison nutzen konnte. Vielleicht plante ich noch Urlaub in wärmeren Regionen ein? Ein Schritt nach dem anderen.

Ich wischte über das Display meines Handys, hielt inne, als mir der Kontakt meiner Eltern angezeigt wurde. Ich könnte in mein altes Zimmer unter dem Dach zurückkehren, dachte ich schmunzelnd. Aber meine Familie würde zu viele Fragen stellen, sich zu viele Sorgen machen. Besonders meine Mutter. Vermutlich würden die Tage dort fast genauso anstrengend werden wie im Büro. Zum Glück gab es noch Tante Clementine ... Und auch wenn Mama und Papa sicher hellhörig werden würden, könnte ich in der Pfoten-Villa die Ruhe bekommen, die ich dringend benötigte ...

8. Kapitel

Valentin

Ich stieg aus dem Wagen und blickte die Hauptstraße von Darlingerode in beide Richtungen hinunter. Ein kühler Wind strich über meine Wange. Kaum zu glauben, ich war wieder hier. In meinem Geburtsort. Auf den ersten Blick sah alles aus wie immer, unverändert.

Tief atmete ich ein, lief um meinen BMW herum und öffnete den Kofferraum, um meine beiden Taschen herauszuholen. Ich warf sie mir über die Schulter, schloss das Auto ab und lief die letzten Meter zur Pfoten-Villa, die im Licht der Abenddämmerung majestätisch wirkte. Ein altehrwürdiges Gebäude, vielleicht das älteste im Dorf. Doch bei Tageslicht zeigte sich stets, dass das Haus in einem eher maroden Zustand war. Abgeblätterte Fassaden, wild bewachsenes Mauerwerk.

»Valentin, bist du es?« Eine ältere Dame kam mit ihrem Hund auf mich zu. Ich erkannte sie wieder. Es war Frau Sommer. Ihr gehörte der Weinladen hinter dem Kräuterhäuschen, der Teestube mit Herz. Sie war schon lange mit Clementine befreundet.

Ich nickte ihr zu.

»Das gibts nicht!« Ihre Augen leuchteten erfreut auf, sie schlitterte die letzten Meter zu mir. Ich fing sie auf, damit sie nicht stürzte.

Ihr Rauhaardackel hatte weniger Glück und fiel der Länge nach hin, rappelte sich aber auf und wedelte mit dem Schwanz, als wäre nichts geschehen.

»Wir sind alle so stolz auf dich, Valentin! Auf deine Erfolgsgeschichte in Berlin«, verkündete sie, was mir Hitze ins Gesicht trieb. Nicht nur wegen des Lobs, sondern weil meine Erfolgssträhne gerade zu enden drohte.

»Erst neulich habe ich dem Hubert von der Bäckerei gesagt, dass wir bei uns einen Promi aufgezogen haben.«

»Promi? Nein, ich bitte Sie.« Der Gurt meiner linken Tasche drohte, über meine Schulter zu rutschen, ich zog ihn wieder hoch.

»In der Eventbranche bist du einer«, sagte Frau Sommer, während ihr Rauhaardackel an meinem Hosenbein schnüffelte.

»Immerhin veranstaltest du VIP-Partys. Ich weiß zwar nicht, was VIP heißt, aber es klingt wichtig.«

»Very Important Person.«

»Oh, mit meinem alten Schulenglisch hätte ich das wissen müssen.« Sie betrachtete mich, als wäre ich selbst ein VIP. Wenn sie nur wüsste.

»Ich danke Ihnen für Ihre lieben Worte«, sagte ich diplomatisch.

»Bestimmt bist du hier, um meiner guten Freundin Clementine beim Adventsfest zu helfen, nicht wahr? Wirst du es mit ihr ausrichten? Aber ein bisschen früh bist du dafür schon dran, es findet doch stets am letzten Adventswochenende statt, und das ist noch Wochen hin.«

»Oh, ich ... bin nur zu Besuch hier.«

»Ach so! Ja dann hab eine gute Zeit.«

Sie lächelte, deutete dann die Hauptstraße hinunter. »Wir müssen weiter. Einen schönen Abend.« Schon folgten Frau Sommer und ihr Dackel dem Licht der Laternen.

Ich atmete tief durch. Adventsfest. Daran hatte ich gar nicht gedacht. Sicher könnte ich da nützlich sein. Doch dieses Loblied, das Frau Sommer auf mich gesungen hatte ... Es war mir unangenehm, dass ich hier diesen besonderen Ruf genoss. An Berlin und das, was dort geschehen war, wollte ich lieber nicht erinnert werden.

Ich ging weiter, schob vorsichtig das Gittertor auf, das knarrte wie eh und je. Ich lief zur Haustür, überwand die Steinstufen mit wenigen Schritten und klingelte.

Von drinnen erklang alarmierendes Gebell.

»Bonny!«, rief ich durch die Tür.

Stille, dann erneutes Bellen, diesmal freudig.

»Meine Süße, schön, dass es dich noch gibt. Aber wo hast du Tantchen gelassen?«

Clementine wusste doch, dass ich heute Abend ankommen wollte.

Vielleicht ist sie im Stall, ging es mir durch den Kopf. Ich stellte die Taschen ab und lief um das Haus herum über den Hof. Zwischen den Stäben des Paddocks erkannte ich die Zwergziege Berta und das Shetland Pony Mathilda.

Mit ihren Zungen versuchten sie, die Schneeflocken zu fangen, die in sanften Wellen herabrieselten. Mathilda war im Vergleich zu Berta etwas geschickter darin, die tanzenden Eiskristalle zu erwischen.

Kaum zu glauben, dass diese verspielten Wesen einst verwahrlost im Schuppen eines alten Landwirts gehaust hatten, der mit ihnen überfordert gewesen war. In ihrer Not hatten das Shetland Pony und die Zwergziege eine enge Freundschaft geschlossen. Daher blieben sie stets Seite an Seite und teilten sich sogar eine Box. Der Auslauf, den sie seit ihrem Einzug in die Pfoten-Villa vor mehr als zehn Jahren genossen, war ihnen zuvor versagt gewesen. Zum Glück hatten sie auf dem Gnadenhof ein schönes *Forever Home* gefunden. Inzwischen zeichneten sich in ihren Gesichtern feine silbrige Härchen ab.

Seufzend strich ich Berta über den Kopf, fuhr an den kleinen Hörnern vorbei und spürte das raue Fell selbst durch meinen Handschuh hindurch. Sanft schaute mich die Zwergziege aus ihren horizontalen Pupillen an.

Ob sie mich wiedererkannte? Nach der langen Zeit kaum möglich. Doch Berührungen von Fremden würde sie nicht zulassen. Und wer wusste schon, woran sie sich erinnerte?

»Hey, wir sind kein Streichelzoo«, blaffte mich jemand von der Seite an.

Überrascht blickte ich über die Schulter zu einer jungen Frau mit dunklem Pixiecut, die mich mit mürrisch verzogenen Mundwinkeln anschaute.

»Bitte?« Wer war das denn?

»Was wollen Sie hier?«

»Ich bin Valentin Hagedorn.« In Berlin sagte den Leuten mein Name etwas. In Darlingerode eigentlich auch. Aber ich merkte schnell, dass die junge Frau nichts damit anfangen konnte.

»Und wenn Sie der *Prinz of Wales* wären, wir sind ein Gnadenhof und empfangen außerhalb unserer offiziellen Festtage keinen Besuch.«

Ihr Blick glitt über meinen Mantel, als wäre nicht nur dieser, sondern auch das, was darin steckte, also ich, ein Fremdkörper.

»Hören Sie, Frau …«

»Therri, sagen Sie einfach Therri.« Es schien, als wollte sie nicht mehr über sich preisgeben.

»Na schön, Therri, ich bin Clementines Neffe. Wenn Sie mir also sagen könnten, wo ich meine Tante finde, wäre ich Ihnen sehr dankbar.«

Sie hob eine Braue. »Sie sind der Neffe?« Sie klang, als wäre diese Vorstellung völlig absurd.

Ich nickte nur.

»Warten Sie.« Sie verschwand im Stall.

»Habt ihr das mitbekommen? Diese Jugend von heute ist aber ganz schön vorlaut«, sagte ich zu Berta und Mathilda.

So hatte ich mir meinen Empfang jedenfalls nicht vorgestellt.

Da schallte Therris Stimme durch den Stall. »Clementine? Da steht so ein Schickmicki-Typ draußen, der sagt, er wäre dein Neffe.«

Keinen Wimpernschlag später hechtete Clementine aus dem Gebäude, ihren Stock benutzte sie geschickt, um das Gleichgewicht zu halten.

»Valli! Da bist du ja schon.«

»Schon? Ich stand im Stau.« Ein Lachen drang aus meiner Kehle, mit einem warmen Gefühl in der Brust kam ich ihr entgegen. Wie schön es war, sie zu sehen! Gott, es war eine Ewigkeit her. Innig umarmten wir uns, wie gut das tat. Ich hatte sofort das Gefühl, dass es richtig gewesen war, herzukommen.

»Schön, dass du hier bist, Junge. Lass dich mal ansehen.« Sie trat einen Schritt zurück und musterte mich von oben bis unten.

»Ja, Schickimicki stimmt.« Sie streckte die Arme hoch, um meine Schultern zu drücken. »Wo hast du denn deine Taschen?«

»Die stehen vor dem Haus.«

»Dann bringen wir sie am besten rein. Therri, gibst du Berta und Mathilda frisches Wasser?«

»Alles klar«, schallte es erneut aus dem Stall.

Clementine hakte sich bei mir ein. »Laura freut sich bestimmt riesig, dass du hier bist. Soll ich sie anrufen und ...«

»Sie weiß es ehrlich gesagt noch nicht.«

Abrupt blieb meine Tante stehen. »Wieso denn nicht?«

Ich seufzte. »Ich ... hab mich lange nicht bei ihr gemeldet ... Zwar habe ich ihr eine Karte geschickt ... aber nicht mehr. Ich ... weiß nicht, wie sie auf mich reagieren wird.«

Machte ich mir deswegen ernstlich Sorgen? Ja, das tat ich, musste ich mir eingestehen.

Der Moment, in dem es noch akzeptabel gewesen wäre, sich einfach zu melden, war überschritten.

»Du machst dir zu viele Gedanken, Junge. Sie hat sogar überlegt, dich in Berlin zu besuchen.«

»Hat sie?« Der Gedanke löste ein freudiges Kribbeln in mir aus.

Meine Tante nickte.

»Lass uns trotzdem noch etwas warten, ehe sie es erfährt. Ich will erst mal ankommen.«

»Wie du meinst, Junge. Spätestens am Montag kommt sie sowieso, um in ihrem Büro zu arbeiten.«

»Sie hat hier ein Büro? Ich dachte, sie wäre Tierärztin ...«

»Ähm ... das ist eine längere Geschichte«, sagte Clementine. Es hatte sich offensichtlich einiges verändert in all der Zeit.

»Du kannst es mir ja beim Abendessen genauer erklären.«

»Jetzt komm erst mal rein in die warme Stube, Valli. Dann sehen wir weiter.« Wir setzten unseren Weg fort bis zum Eingang, sie schloss die Haustür auf, ich schnappte mir meine Taschen und trat ein.

Bonny peste um die Ecke und sprang an mir hoch. Was für eine Begrüßung! Sie wollte gar nicht von mir ablassen, so viel Freude schien sie zu empfinden. Ich ging lachend in die Hocke, ließ mir das Gesicht abschlecken und kraulte die einäugige Hütehündin hinter den Ohren.

»Siehst du? Auch Bonny freut sich, dass du wieder da bist. Laura geht es gewiss genauso. Du musst kein schlechtes Gewissen haben.«

»Das ist was anderes«, sagte ich leise und erhob mich. »Hör mal, Clementine, das mit dem Schwächeanfall, das bleibt bitte unter uns, ja? Ich ... möchte niemandem Kummer machen. Vor allem nicht Mama und Papa.«

Clementine nickte ernst. »Schon verstanden. Aber du wirst dir eine Erklärung einfallen lassen müssen, warum du überraschend hergekommen bist. Alle werden das wissen wollen.«

Kein Wunder, sie glaubten, dass ich der Karriereerfolg aus Berlin war. Der, der nie Zeit für irgendetwas außer dem Job hatte.

»Komm, wir gehen hoch und richten dein Gästezimmer her, was meinst du dazu?«

»Klingt großartig.«

Wir nahmen die Treppe nach oben, streiften durch den langen Flur an ein paar der unzähligen Zimmer vorbei, die eine alte Villa wie diese mit sich brachte. Viele davon wurden heute nicht mehr genutzt, das hatte Clementine mir schon gesagt. Früher jedoch waren Tiere darin untergebracht worden. Doch die Einrichtung war dieselbe. Der Geruch von altem Holz ebenso. Und das Knarzen der Dielen war die schönste Melodie in meinen Ohren. Ein Gefühl von Nostalgie schlich sich in meine Brust. Ich fühlte mich angekommen.

9. Kapitel

Valentin

Wieder hier zu sein, erfüllte mich mit Tatkraft und Energie. Zwar war es schon zehn, als ich die Augen aufschlug, doch ich wollte mich sofort auf dem Hof nützlich machen. Körperliche Arbeit war zudem eine willkommene Abwechslung zu meinem Büroalltag, half beim Stressabbau. Ein paarmal noch hatte ich an diese Schickimicki-Äußerung von Therri gedacht. Nicht, dass es mir wichtig gewesen wäre, was die junge Frau über mich dachte. Aber irgendwie stach es wie ein Dorn in der Brust. Schließlich hatte ich jahrelang auf dem Hof gearbeitet. Ich war mir nie zu schade gewesen, zu helfen.

Spontan hatte ich die Idee, den Stall von Berta und Mathilda auszumisten. So konnte ich Clementine einiges an Arbeit abnehmen, und später würde ich bei meinen Eltern vorbeischauen. Ich duschte, zog mich an und stellte fest, dass ich überwiegend Anzüge eingepackt hatte. Zu meiner Freude fand ich ein bequemes Hemd und eine Jeans. Damit sollte es gehen. Ich begab mich auf direktem Weg zum Stall.

Dort eingetreten, beförderte ich Berta und Mathilda in den Paddock. Früher haben Laura und ich solche Arbeiten zusammen erledigt, ging es mir durch den Kopf. Berta stupste mich an, weil sie gestreichelt werden wollte. Ich konnte nicht anders, gab nach. Aber nur kurz. Denn zu lange wollte ich die beiden nicht in der Kälte stehen lassen.

»Tut mir leid, Süße, aber ich möchte mich ranhalten.« Mathilda ließ das nicht gelten, beugte sich vor und fischte mit ihren weichen Lippen nach meinem Ärmel. »Ah, du hast recht. Dir steht auch eine kleine Streicheleinheit zu.« Schmunzelnd strich ich über die Mähne, die sich seidig weich anfühlte. Nicht verfilzt wie zu dem Zeitpunkt, als die beiden Tiere zur Pfoten-Villa gekommen waren. »So, jetzt muss ich aber.«

Ich zwinkerte, wandte mich ab und holte Mistgabel und Schubkarre aus dem Schuppen, um die Box auszumisten. Das einzelne Rad schlitterte über den eisigen Untergrund, bis ich den Stall erreichte und eintrat. Eine Mischung aus trockenem Gras und Ammoniak stieg mir in die Nase. Sicher, es gab schönere Düfte, aber ich war trotz der langen Pause an diese besondere Note gewöhnt. Schließlich hatte ich hier bereits gearbeitet, als ich in der sechsten Klasse gewesen war. Wieder dachte ich an Laura. Sah ihr jüngeres Ich vor mir mit den roten Zöpfen und wie es voller Elan mit der Mistgabel hantierte.

Ich hielt einen Moment inne. Wie unser Wiedersehen wohl aussehen würde? Würde es zwischen uns sein wie früher? Oder wären wir wie Fremde? Wir hatten uns vorgenommen, uns wenigstens einmal im Jahr zu treffen. Ich war es gewesen, der das nicht hatte einhalten können. Vier Jahre lang hatten wir uns nicht mehr gesehen und nur sporadisch Kontakt gehabt.

Ich öffnete die Box, schaufelte kraftvoll das Heu samt Hinterlassenschaften in die Karre.

Nachdem ich die Box geleert hatte, zog ich eine Leiter aus, die unter das Stalldach führte. Leise knarzten die Stufen unter jedem Tritt. Im Halbdunkeln erspähte ich einen Heuballen in der Nähe, schnappte mir diesen und warf ihn vorsichtig nach unten. Langsam stieg ich wieder hinunter, klappte die Leiter ein und löste die Schnur, um das Heu in der Box auszulegen, damit Mathilda und Berta es gemütlich hatten.

Sieht nicht schlecht aus, dachte ich. Manches verlernte man eben nicht. Ich umfasste die Griffe der Karre, schob diese raus zum Komposthaufen, um sie auszuladen, als mir Noah entgegenkam, zügigen Schrittes, mit angespannter Körperhaltung.

Er war ein Urgestein auf dem Hof, ich kannte ihn von früher. Eigentlich ein entspannter Typ. Aber gerade schien er vor Wut zu kochen.

»Hey«, rief ich ihm zu.

Sein Blick verengte sich. Seltsam.

»Was machst du da, Valli?« Das war keine sehr nette Begrüßung für jemanden, der lange fort gewesen war.

»Was schon? Den Stall ausmisten.«

»Aber das habe ich heute früh schon getan. Jetzt haben wir Heu verschwendet.«

»Oh.« Das hatte ich gar nicht gemerkt. Offenbar ... hatte ich das Ausmisten doch verlernt ...

Fing ja gut an. Jetzt baute ich hier direkt den nächsten Mist.

»Tut mir leid, ich wollte nur helfen ...«

»Schön, dass du mal wieder hier bist. Aber guck beim nächsten Mal auf den Plan. Da steht doch, wer was wann macht. Bist doch kein Anfänger.« Kopfschüttelnd begab er sich zu Berta und Mathilda, um sie wieder in die Box zurückzubringen. Ich konnte seinen Ärger verstehen, seufzte leise. Hoffentlich wurde es ab jetzt nur besser.

10. Kapitel

Laura

»Heute stehen drei Termine in meinem Kalender, da staunst du, oder Caruso?« Ich zwinkerte dem Langhaar-Chihuahua zu und schnappte mir voller Tatendrang einen Caffè-Latte-Becher aus dem Minikühlschrank in meinem Büro. Früh am Montag gab es für mich nichts Besseres, um munter zu werden.

Carusos Zunge berührte fast den Boden, während er mit seinen großen Augen jede meiner Bewegungen verfolgte, als hoffte er auf ein Leckerli. Da es keines gab, machte er kehrt und verließ mit seinem Rollstuhl das Zimmer. Stefan hatte ihm dieses Fortbewegungsmittel zusammengeschraubt, womit der kleine Kerl wie der Wind durch die Räume huschte.

Herr Josefs vom Tierheim Wernigerode hatte gesagt, dass Caruso mit gelähmten Hinterläufen geboren worden war. Zuerst war er zur Adoption zugelassen gewesen, da ihn aber keine Familie hatte aufnehmen wollen, hatte sich Clementine dazu bereit erklärt.

Es war eine Freude, ihm dabei zuzusehen, wie er hier sein Leben genoss.

Ich zog den Deckel von meinem Becher, gönnte mir einen Schluck und setzte mich wieder an meinen Schreibtisch, blickte auf meinen ungewohnt vollen Terminkalender auf dem Laptopbildschirm. Ich war froh, mich für einen Neuanfang und diese Firma entschieden zu haben, auch wenn mir bewusst war, dass viele das nicht verstanden. Ich rief meine E-Mails ab, um zu sehen, ob es neue Beratungsanfragen gab, als es klopfte.

»Guten Morgen, Liebes. Du bist ja schon da.«

Ich hob den Kopf, sah Clementine, die sich im Rahmen der offen stehenden Tür auf ihren Stock stützte.

»Guten Morgen. Wie war dein Wochenende?«, fragte ich.

»Gut, gut. Und deines?«

»Auch gut. Meinen Eltern hat der Kuchen übrigens hervorragend geschmeckt. Und mir auch.« Ich nahm einen Schluck aus meinem Becher und stellte ihn neben meinem Laptop ab. »Euer Kuchenstand wird ein voller Erfolg.«

»Wie schön, dass es euch geschmeckt hat. Ich hoffe, den anderen wird es genauso gehen. Die Einnahmen können wir gut gebrauchen.«

»Ach ja, ich habe einen Termin für meine Berlinreise ausgesucht und wollte mich mit dir abstimmen …«

»Oh, ähm … was Berlin angeht …«

Clementine humpelte in mein Büro. Ich ahnte sofort, es war etwas passiert. Etwas Gutes offenbar, denn ein Lächeln glitt über ihr Gesicht.

»Du solltest wissen, dass …«

Schritte erklangen auf dem knarzenden Dielenboden im Stockwerk über uns. Ich runzelte die Stirn. Es konnte niemand der Mitarbeitenden sein, denn die Etage war privat.

»Wer ist das? Hast du einen Gast?«

Gleich darauf erklangen weitere Schritte, diesmal auf der Treppe. Jemand kam herunter.

»Darüber wollte ich mit dir reden. Ich bekam Donnerstagabend einen Anruf, und am Freitag kam dann …«

Da drang eine vertraute Stimme durch das Haus, und mein Herz setzte für Sekunden aus.

»Hallo? Tante Clementine? Bist du schon auf den Beinen?«

Der samtene Klang war etwas tiefer als gewohnt. Aber noch immer angenehm warm. Und unverkennbar!

Fassungslos sprang ich vom Schreibtisch auf. Mein Becher kippelte gefährlich.

»Ist das Valli?«

Spielte mir meine Fantasie einen Streich?

Just in der Sekunde schaute ein blonder Mann in mein Büro herein.

»Hallo Laura!« Er wirkte beinahe schüchtern.

Ich erstarrte zur Salzsäule. Aber nur äußerlich. Innerlich flippte mein Herz aus. Es war wirklich mein bester Freund! Er war zurück!

Ich stieß einen leisen Freudenschrei aus und eilte auf ihn zu.

Ich wollte ihn einfach nur an mich drücken.

Schon schlossen wir uns in die Arme. Wie gut das tat. Wie unglaublich gut.

»Was machst du denn hier?«, fragte ich. »Ich dachte, du hast so viel mit der Agentur zu tun.«

»Ich mache Urlaub. Hat sich so ergeben.«

»So ergeben? Einfach so?«

Er lachte. »Du reagierst wie meine Eltern. Die haben auch so geguckt.«

Das konnte ich mir gut vorstellen. Himmel! War ihm überhaupt klar, wie lange wir uns nicht gesehen hatten? Vier Jahre!

Ich machte einen Schritt zurück und musterte ihn. Er sah erwachsener aus. Die strohblonden Wuschelhaare waren ordentlich gekämmt. Er trug ein feines Hemd, das samten glänzte. Ich rieb den Stoff zwischen den Fingern. Wow, er hatte Stil! Aber als Agenturchef musste er sich auch präsentieren können.

»Du weißt, dass wir hier viel mit Matsch und anderen Substanzen zu tun haben, oder?« Lange wird das nicht sauber bleiben, dachte ich grinsend.

»Ich weiß, ich hatte vorgestern schon Kontakt mit Mist im Stall.« Er lachte. »Ich habe ehrlich gesagt nichts anderes zum Anziehen.«

»Verstehe.«

Eine neue Garderobe. Ein neuer Valli.

Ich fands super. Wichtig war nur, mein bester Freund war zurück. Und das erfüllte mein Herz mit einer wohligen Wärme, die kaum Platz in meiner Brust fand.

»Hast du Lust auf einen Spaziergang, Laura? Dann können wir plaudern, über alte Zeiten und darüber, warum du hier arbeitest statt in der Praxis in Wernigerode.«

Ich zuckte und schaute zu Clementine, die entschuldigend die Schultern hob. Ist mir rausgerutscht, schien ihr Blick zu sagen.

Na schön, da ich hier mein Büro hatte, hätte er es ohnehin erfahren. Außerdem, ich hatte auch viele Fragen. War zu neugierig, was er zu erzählen hatte. Leider mussten wir das aufschieben. Ich erwarte jeden Augenblick eine Klientin, die eine Zweitkatze aufgenommen und Probleme mit der Zusammenführung hatte.

Ein klassischer Fall, galten Katzen doch als ausgeprägte Reviertiere. Behutsam mussten sie aneinander gewöhnt werden, was viel Einfühlungsvermögen und Geduld erforderte. Je nach Katzenpersönlichkeit konnte es schneller gehen oder länger dauern. Das Geheimnis lag darin, sich in den Stubentiger einzufühlen. Auf seine Bedürfnisse einzugehen. Und in einigen Fällen half auch die Bestechung mit Leckerlis.

»Ich würde gern, aber ich habe heute Vormittag ein paar Termine. Wie wäre es danach? Und ich will auch alles über dich und deine Agentur wissen, Valli. Du weißt, dass ganz Darlingerode stolz auf dich ist, oder?«

Wie kam es überhaupt, dass mir seine Ankunft entgangen war?

Stimmt. Freitag hatte ich freigehabt, keine Termine, also

war ich zu Hause geblieben. Wie mich das nun ärgerte. Warum hatte er mir nichts gesagt?

Er lachte verlegen. Es klang fast wie früher. »Einverstanden. Ich finde so lange eine Beschäftigung.«

»Heute Vormittag kommt die Futterlieferung an. Du kannst helfen, die Säcke mit dem Lieferanten in den Keller zu schaffen.«

»Gern, Tante Clementine. Das bekommen wir hin.«

Ich nickte. Klang nach einem guten Plan. Ach, wie mein Herz hüpfte!

11. Kapitel

Laura

»Ich danke Ihnen, Frau Erle, ich werde mein Bestes geben, um Ihre Tipps umzusetzen.« Frau Huber schüttelte meine Hand.

»Denken Sie immer dran, Ihre Fellnase gibt das Tempo vor.«

Sie lachte. »Ich war wohl wirklich ein bisschen ungeduldig, aber es ist das erste Mal, dass ich einer kleinen Streunerin ein Zuhause gebe.«

»Sie muss erst lernen, dass sie Menschen vertrauen kann.«

»Sie haben recht. Ich wünsche Ihnen einen schönen Feierabend.«

»Ich danke Ihnen.«

Ich begleitete Frau Huber aus dem Büro zur Haustür und dann noch ein paar Schritte hinaus zum Tor. Für die kurze Strecke verzichtete ich auf einen Mantel, merkte aber schnell, wie kalt es war, und legte die Arme eng um den Körper. Stefan lief gerade zum Hof, einen Werkzeugkoffer in der Hand, mit der anderen winkte er mir zu. Sicher wollte er die Zäune überprüfen, es gab eine Stelle nahe der Wiese, die ziemlich wackelig aussah.

»Kommen Sie gut nach Hause«, sagte ich noch.

Mit einem *Wuff* wünschte auch Bonny Frau Huber einen

angenehmen Tag. Ich strich der emsigen Hütehündin über den Kopf, worauf ich einen treuen Blick und ein erfreutes Hecheln erntete.

Ich kehrte ins Haus zurück, dachte daran, dass Valli wieder hier war. Konnte es noch immer nicht glauben. Sonst hatte es stets geheißen, dass er in dieser Jahreszeit zu viel zu tun hatte, um heimzukehren.

Da vernahm ich das Geräusch der Haustür, die sich hinter mir öffnete. Valli stand darin. Sein Mantel und seine Mütze schneebedeckt.

»Oh ... bist du fertig?«

Ich nickte. »Hab eben meine letzte Klientin verabschiedet.«

»Großartig!« Mit dem behandschuhten Daumen deutete er hinter sich. »Ich war gerade bei meinen Eltern. Hatte ihnen versprochen, vorbeizuschauen. Wenn du magst, können wir gleich los. Die Brocken-Strecke? Der Schneefall lässt gerade nach.«

Eifrig nickte ich. Nichts lieber als das. Darauf hatte ich gehofft. »Ja, die Brocken-Strecke.«

Wir folgten dem Wanderweg entlang der Schienen der Schmalspurbahn, die zum Brocken führten, dem höchsten Punkt des Harzer Nationalparks. Es war so unwirklich, wieder hier mit Valli zu sein. Vor zehn Jahren war er nach Berlin gezogen, hatten uns danach nur selten gesehen. Ich fragte mich, wie sehr er sich in dieser Zeit verändert hatte. Optisch sah er jedenfalls anders aus. Reifer. Und sein Stil vornehmer. Ich kam mir mit meiner praktischen Kleidung ein bisschen underdressed vor.

»Ich dachte immer, unser Weg wäre geheim.« Valli tunkte seinen Stiefel in einen großen Schuhabdruck, der beinahe von Big Foot hätte stammen können. Offensichtlich hatten sich vor uns schon andere durch den Schnee gekämpft.

»Ach ja? War er nie«, erwiderte ich zwinkernd.

»Ist wahrscheinlich auch logisch.«

Innerlich platzte ich vor Neugierde. Ich hatte so viele Fragen, doch wusste nicht, wo ich anfangen sollte. Da kam Valli mir zuvor.

»Clementine hat gesagt, du wolltest mich in Berlin überraschen.«

Ich nickte. »Und jetzt hast du uns überrascht.«

»Kann man so sagen.«

»Du hast also Urlaub. Wie lange bleibst du denn?«

Er hielt inne, stopfte die behandschuhten Hände in die Manteltaschen und wog den Kopf hin und her, als müsste er erst darüber nachdenken.

»Vermutlich bis Neujahr.«

Mein Herz hüpfte. Neujahr? »So lange?«

»Na ja, weißt du, ich bin das Jahr über kein einziges Mal wegfahren. Und wir haben ein starkes Team aufgebaut. Mein Partner Mike hat mir gesagt, dass ich … mal ausspannen soll.«

»Da hat er recht. Wurde höchste Zeit.« Vielleicht verstand er den Wink. Obwohl ich mich riesig über seinen Besuch freute, war ich doch enttäuscht, dass unser Kontakt mehr oder weniger eingeschlafen war.

»Tut mir leid, Laura, dass ich euch nicht früher besucht habe.« Seine Stimme war leise geworden, klang ehrlich bedauernd. »Ich habe unsere Abmachung gebrochen. Das tut mir leid … Ich hätte mich öfter melden sollen. Ich bin froh, dass du überhaupt noch mit mir redest. Ich war mir nicht sicher, wie du auf mich reagieren würdest.«

»Natürlich rede ich mit dir. Es hat mich nur sehr traurig gemacht, dass du kaum noch auf meine Nachrichten reagiert hast. Und wütend. Und alles dazwischen. Du hast mir einfach gefehlt.«

»Ich … ich wollte mich melden. Ehrlich. Sehr oft sogar. Aber … ständig saßen mir Termine im Nacken, und dann war wieder ein Jahr rum, und es ging einfach so weiter ... Dieses Jahr war es noch schlimmer.«

»Ja, ich weiß. Ich habs ja mitbekommen. Ich hätte mir nur gewünscht, dass du mal anrufst. Nur kurz. Wenn ich mich gemeldet habe, hast du mich immer auf später vertröstet.«

Das war für mich besonders bitter gewesen. Ich war mir wie eine Nervensäge vorgekommen, hatte es dann irgendwann sein lassen.

»Ich kann es selbst nicht erklären. Irgendwann wollte ich zurückrufen und dachte dann, wie unpassend es wäre ... sich zu melden, als wäre nichts gewesen.«

»Das wäre nicht unpassend gewesen, Valli, im Gegenteil.«

»Ja, jetzt weiß ich das ...« Er versuchte, zu lächeln. Es wirkte verkrampft.

»Immerhin hast du mir eine Karte geschickt. Über die habe ich mich sehr gefreut.«

Nun wirkte sein Lächeln sanfter.

»Außerdem weiß ich, dein Job ist stressig.« Ich kannte Hektik durch meinen alten Job in der Praxis zur Genüge. Aber im Vergleich zu Vallis Agentur war es wie eine Kur gewesen.

»Das ist er allerdings. Die großen VIP-Partys steigen um die Feiertage herum. Aber auch das restliche Jahr ist immer was zu tun. Die Leute denken, als Event-Manager gehe ich ständig feiern. Stattdessen ist es harte Arbeit, weil ich hinter den Kulissen wirke. Doch ich liebe es.«

Das merkte ich. Immer schon hatte er Veranstaltungstechniker werden wollen, bereits in der Schule unsere Klassenfeten organisiert.

»Und ausgerechnet jetzt schickt man dich in den Urlaub?«, fragte ich. »Mitten in der Hochsaison?«

»Ja ... ähm, wie gesagt ... wir haben ein großes Team ... das geht schon in Ordnung.«

Ich wusste instinktiv, dass mehr dahintersteckte. Aber Valli wollte mir augenscheinlich nicht mehr verraten.

Vielleicht hatte er sich stärker verändert als gedacht. Früher hätte er sich mir anvertraut. Und ich hätte ihm zugehört und geholfen, egal, worum es gegangen wäre.

Wir liefen weiter, nun den Weg hinauf, ein paar Leute kamen uns entgegen. Froh gelaunt. Wir wichen ihnen aus, aus Versehen stieß ich dabei an Vallis Schulter, was ein elektrisierendes Gefühl auslöste, das ich selbst durch den Mantel spürte. Irritiert rieb ich mir über die Stelle.

»Genug von mir. Was ist mit dir? Wieso arbeitest du nicht mehr als Tierärztin? Du hast Veterinärmedizin studiert und ...«

Ich ließ von meiner Schulter ab und seufzte. Er hatte meine Achillesferse getroffen.

»Wieso hast du das aufgegeben? Für einen Job, der dir gerade kaum Einnahmen beschert?«

Ich hob eine Braue. Das war eine Frage, die mich verwunderte. Bis mir einfiel, dass Valli nicht mehr der Alte war, sondern nun ein ganz anderes Leben führte. Mit hohem Lebensstandard, einer Golduhr am Handgelenk und sicher stets gefülltem Geldbeutel.

»Ich meine ja nur. Geld ist vielleicht kein Garant für Glück, aber helfen tuts schon im Leben.« Er lachte. »Also, was hat dich zu diesem Schritt bewogen?«

Natürlich wollte er alles darüber wissen. Na schön, erzählte ich die Geschichte zum gefühlt hundertsten Mal in diesem Leben. Berichtete von dieser immensen Schuld, die ich nach Freddys OP empfunden hatte. Es war nur ein Routineeingriff bei einem ansonsten gesunden Familienhund gewesen. Ein Eingriff, der positiv hätte enden sollen. Und dann ... Ich schluckte, sah wieder die Augen des traurigen Mädchens vor mir. Solche Dinge durften nicht passieren. Vor allem keiner versierten Ärztin wie mir.

Ich wusste noch, wie ich danach versucht hatte, meinen Job weiter auszuüben, doch bei der nächsten OP mit dem Skalpell in der Hand Schweißausbrüche bekommen hatte und eine Kollegin hatte einspringen müssen.

»Heftig, das … tut mir ehrlich leid. Wenn ich das gewusst hätte … dann hätte ich angerufen. Mehr noch, ich wäre vorbeigekommen.«

Seine Worte versöhnten mich. Schnee rieselte in sanften Stauden über unsere Köpfe hinweg.

»Lass uns von jetzt an wieder mehr Kontakt halten, ja?«, schlug er vor.

»Ja, sehr gern. Denn es scheint, als wüssten wir vieles nicht voneinander, und das ist doch schade.«

Valli blieb stehen, bedachte mich mit einem nachdenklichen Blick und legte den Kopf schief. »Du hast recht, aber das lässt sich sofort ändern. Ich bin immerhin ein Weilchen hier. Wir können uns ganz neu kennenlernen.«

Uns neu kennenlernen? Das würde mir gefallen. Schließlich war ich neugierig auf sein Leben. Abgesehen von seinem Job wusste ich kaum etwas.

»Okay … was machst du in deiner Freizeit in Berlin?« Eine profane Frage, aber sie interessierte mich.

Valli lachte. »Welche Freizeit? Ich habe für nichts Zeit.«

Auch nicht für die Liebe?, schoss mir unerwartet die Frage durch den Kopf. Ich sprach sie zwar nicht aus, aber ich konnte mir die Antwort denken.

»Verstehe …«

Ein Lachen drang zu uns. Ich richtete den Blick nach vorn zu einem Paar. Beide trugen identische Wollmützen. Er eilte voraus, zog sie an der Hand hinter sich her. Sie kicherte unentwegt. Die beiden waren ungefähr in unserem Alter und wirkten überglücklich.

Valli schien die kurze Begegnung auf eine Frage zu bringen.

»Jetzt bin ich dran. Wie schauts denn bei dir aus? Verliebt? Verlobt …«

Ich schüttelte amüsiert den Kopf, bevor er *verheiratet* anfügen konnte. Denn die Liebe und ich, wir waren nicht füreinander bestimmt.

Valli schnappte nach Luft und blieb stehen. »Wieso bist

du denn Single? Du bist so ’ne tolle Frau! Du müsstest dich vor Verehrern nicht retten können.«

Wie seltsam es war, das aus seinem Mund zu hören. Ich wusste nicht, wie ich reagieren sollte, und flüchtete mich in ein verlegenes Lachen.

»Du Quatschkopf.«

Er schloss zu mir auf. »Ich meins ernst.«

Meine Wangen wurden warm, auch weil er mich auf diese bestimmte Weise ansah. So vallimäßig. Es brachte mich durcheinander, und ich fragte mich, wieso.

»Ist wie bei dir, ich habe einfach keine Zeit. Baue mir gerade meine kleine Firma auf, wie du ja weißt. Und dann helfe ich in der Pfoten-Villa, wann ich nur kann.«

Unser Aussichtspunkt rückte in Sichtweite. Ein kleiner Hügel, der einen atemberaubenden Blick über die Umgebung erlaubte, inklusive Bahnstrecke. Schweigend legten wir einen Schritt zu.

»Sieht aus, als hätten wir immer noch einiges gemeinsam.« Zum Beispiel, dass wir beide Singles waren? Es wunderte mich, dass Valli keine Beziehung führte. Er besaß diesen Charme, auf den alle flogen. Das war immer schon so gewesen.

»Sieh nur, wir haben es geschafft«, sagte er, als wir auf dem kleinen schneeverhangenen Hügel standen. Flocken tanzten sanft durch die Luft und dann ... wie aufs Stichwort ... fuhr die Dampflok vorbei.

Ein schöner Anblick, so anders als die modernen Züge. Eine Wolke aus Dampf hinter sich herziehend, das typische schnaufende Geräusch. Mir ging das Herz auf.

»Wow«, wisperte Valli, der sich direkt hinter mir befand.

»Ich hatte vergessen, wie schön es hier ist.« Seine Worte wurden vom Wind getragen, verhallten in der wunderschönen Umgebung.

Wie viele Male wir hier zusammen gestanden hatten. Über Gott und die Welt geredeten hatten. Den ersten Liebeskummer, nachdem mein Freund mich für ein anderes Mädchen hatte sitzen lassen, verhauene Matheklausuren, unsere Träume von der Zukunft, die doch anders geworden war.

Dieser Moment holte die Vergangenheit zurück, ließ mich alles noch einmal durchleben. Doch so schnell er gekommen war, so schnell war er vorbei. Und mit ihm verschwand die Dampflok zwischen den Bäumen. Still lagen die Schienen da, wurden zugeschneit.

Seufzend drehte ich mich herum. Da geschah es. Ich stolperte über irgendetwas unter dem Schnee und fiel Valli direkt in die Arme. Geistesgegenwärtig fing er mich auf.

Lachte.

Ich hingegen spürte seine Wärme, seine Hände, die mich hielten, gleich einer Umarmung. Und ich fühlte mich geborgen und wohl.

Blinzelnd schaute ich zu ihm hoch, sah dieses typische Lächeln, das mein Herz plötzlich durcheinanderbrachte, obwohl ich es schon unzählige Male gesehen hatte.

Alles okay?, formte er mit den Lippen. Mein Herz klopfte kräftig gegen meinen Brustkorb. Ich fühlte mich ihm so nah wie damals. Ein Prickeln breitete sich in meinen Wangen aus. Weil wir hier waren? An unserem Aussichtspunkt, der voller Erinnerungen war?

Oder weil er mich festhielt? Mich anlächelte?

Ja, er war hier. Nach all der Zeit.

Verwirrt über meine Reaktion löste ich mich von ihm, fragte mich, ob es wirklich Zufall sein konnte, dass er dieses Jahr zu uns gekommen war. Und was dieser Aufruhr in mir bedeutete. Ob es ihm ähnlich ging?

»Alles in Ordnung«, murmelte ich, weil er mich abwartend ansah. Das war die einfachste Antwort. Die, die keine weiteren Fragen aufwarf. Aber ich war mir nicht sicher, ob sie stimmte.

12. Kapitel

Valentin

Ich hatte so gut geschlafen wie lange nicht mehr. Das Bett in meinem Zimmer war angenehm weich. Schon früher hatte ich hier genächtigt, wenn ich bei Tante Clementine und Onkel Oskar zu Besuch gewesen war.

Nun schien die Wintersonne durch das Fenster, was bedeutete, dass ich lange geschlafen hatte.

Ich richtete mich auf, schaute durch das beschlagene Glas auf den Hof, wo zwei Helferinnen die Hunde Richtung Wiesen führten.

Wie früher. Nur war es nicht ich, der diese Aufgabe übernahm.

Mein Handy gab Laut. Neugierig wandte ich mich zum Nachtschrank, schnappte es mir und warf einen Blick aufs Display. Eine Nachricht von Laura.

Ich fand es gestern schön mit dir.
Danke für den Ausflug. ☺

Ich lächelte. Konnte ihr nur zustimmen und musste zugleich an diesen seltsamen Augenblick denken, als Laura mir in die Arme gestolpert war.

Unwillkürlich hatte ich sie aufgefangen. Sie so nah bei mir

zu spüren, war irgendwie … schön gewesen. Vertraut. Als wäre unsere einst enge Bindung wiedererwacht.

Plötzlich fiel mir etwas auf. Ich wurde nicht von einem Schwall Nachrichten überflutet, wie das in Berlin der Fall gewesen war. Kein Wunder. Ich hatte mein Bürohandy zurückgelassen, war nicht mehr für Kundschaft oder Anwälte erreichbar. Sollte etwas sein, wollte Mike sich bei mir melden.

Was bisher nicht der Fall gewesen war. Vielleicht war das nicht schlecht. So konnte Gras über die Sache wachsen. Und ich mich mit anderen Themen beschäftigen.

Niemand hier wusste von dem Vorfall im KaDeWe, nicht mal Clementine. Ich hatte ihr nur von meinem hohen Stresspegel und dem Schwächeanfall erzählt und hoffte, dass sie es tatsächlich für sich behielt. Ich wollte nicht, dass die anderen wussten, wie es mir ging. Erst recht nicht, dass ich … versagt hatte.

Meine Familie, die Leute von Darlingerode, alle glaubten, ich würde meine Karriere in Berlin genießen. Dass diese ein abruptes Ende gefunden hatte, erfüllte mich mit Scham. Der Gedanke, sie enttäuscht zu haben, tat weh. Hoffentlich würde sich bald alles aufklären, sodass ich meine Arbeit in Berlin wieder aufnehmen konnte. Und *Perfect Events* an ihre alten Erfolge anknüpfte.

Just in der Sekunde trudelte eine Nachricht ein, von jenem Mitarbeiter des KaDeWe, den ich gebeten hatte, mehr über den Brand herauszufinden.

Ich hielt den Atem an, öffnete das Chatfenster mit pochendem Herzen. Hatte er schon etwas rausgefunden?

Ein Freund bei der Feuerwehr hat mir inoffiziell bestätigt: Der Brand ging von den unteren Zweigen aus. Die offizielle Brandursachenermittlung läuft noch. Ich melde mich, wenn ich mehr weiß.

Okay, das ... brachte mich nicht wirklich weiter. War nichts, was ich Mike präsentieren könnte, um meine Rückkehr zu beschleunigen. Denn natürlich, auch auf den unteren Zweigen waren Lichterketten gewesen.

Ich hielt inne. Meine Rückkehr. Hatte ich es denn eilig, zurückzugehen? Vermisste ich Berlin? Den Stress nicht. Aber mein geräumiges Loft, die kreative Arbeit, auf die ich mich wieder stärker konzentrieren wollte ... Doch auch die Auszeit hier war schön. Eine Weile werde ich es hier noch aushalten, dachte ich schmunzelnd. Vielleicht könnte ich zugleich meine Rückkehr in die Agentur vorzubereiten, schon vor der Frühjahrssaison wieder aktiv sein. Das hieß, sofern ich verwertbare Infos von dem Mitarbeiter bekam.

Ich legte das Handy zurück, verschwand unter der Dusche und beschloss, mich auf dem Hof nützlich zu machen. Das war sinnvoller, als sich den Kopf zu zerbrechen.

Als ich eine halbe Stunde später die Treppe runterkam, traf Laura ein. Ihre Wangen von der Winterkälte gerötet.

»Guten Morgen.« Sie lächelte mich an, erlaubte mir, mich erneut wie früher zu fühlen, als die Welt sorglos gewesen war.

Ich fand es schade, dass sie nicht mehr als Tierärztin arbeitete. Aber ich merkte, wie sehr sie hinter ihrem neuen Job stand und unterstützte ihre Entscheidung. Wichtig war, dass sie mit ihrer Arbeit glücklich war.

Bonny begrüßte uns mit freudigem Schwanzwedeln, und Clementine kam aus der Küche. »Wie gut, dass ich euch beide erwische. Habt ihr Lust, heute Nachmittag beim Plätzchen backen zu helfen?«

Meine Tante strahlte uns gewinnend an. »Das macht Spaß und ist für einen guten Zweck, ich probiere nämlich neue Rezepte für den Kuchenstand aus.«

Laura warf mir einen Blick zu, lächelte noch mehr. »Ich bin dabei, wie schauts bei dir aus? Wir haben immerhin einiges nachzuholen, oder? Und früher war es Tradition, Plätzchen zu backen.«

Ich lachte. Sie hatte recht.

Hörte sich nach einer schönen Vorweihnachtsaktivität an.

»Klar, wieso nicht?« Dieser Aufenthalt verwandelte sich mehr und mehr in eine Reise in die Vergangenheit. Ich musste Berlin nur vorübergehend loslassen, um sie genießen zu können.

»Super!« Laura zog ihre Sachen aus, hängte sie auf und deutete zur Tür ihres Büros. »Ich empfange gleich jemanden.«

»Wie schön, Kind. Es freut mich von Herzen, dass sich deine Beratung etabliert! Und toll, dass ihr beiden mitmacht. Das wird lustig und lecker.«

Laura nickte, verschwand in ihrem Arbeitszimmer. Mit diesem roten Schatten auf den Wangen, der ihr Gesicht förmlich leuchten ließ. Ich schaute ihr nach, bis die Bürotür ins Schloss gefallen war. Irgendwie vermisste ich sie in derselben Sekunde.

Vermissen? Ich schüttelte amüsiert den Kopf. Sie befand sich im Nebenzimmer.

»Wie kann ich dir jetzt helfen, Tantchen?«

Clementine schaute sich um, als fürchtete sie, jemand könnte uns belauschen. »Solltest du dich nicht besser ausruhen?«

»Ich soll meinen Stresspegel runterfahren, da wäre körperliche Arbeit genau das Richtige.«

»Bist du sicher? Du machst doch schon so viel.«

Ich nickte. »Absolut. Das bringt mich auch direkt auf andere Gedanken.«

»Na ja, wenn das so ist, kannst du gern den Hof vom Schnee befreien und Sand streuen. Wir wollen nicht, dass sich jemand ein Bein bricht.«

Hörte sich nach der perfekten Aufgabe für mich an.

Ich wandte mich um, dann fiel mir noch etwas ein, was

Frau Sommer neulich angesprochen hatte. »Sag, Tantchen, kann ich dir auch bei der Planung des Adventsfests helfen? Hast ja jetzt einen Profi im Haus.« Ich zwinkerte.

Clementine schüttelte amüsiert den Kopf. »Was willst du schon machen? Das Fest wird wie jedes Jahr sein, ein paar Stände, ein bisschen Beleuchtung und natürlich unser Kuchen. Halse dir nicht zu viel auf, Junge.«

Na schön, sie hatte ja recht.

Puh, das war wirklich Knochenarbeit gewesen. Früher war mir das leichter gefallen. Trotzdem war ich zufrieden und betrachtete mein Werk. Der Schnee war weggeschaufelt, der Sand ausgestreut, bis morgen eine neue Schicht hier lag. Ich stützte die Hände auf den Knauf der Schaufel und fragte mich, wer die Aufgabe übernommen hätte, wenn ich nicht hier wäre? Wahrscheinlich Noah oder Therri, aber die beiden waren nicht jeden Tag auf dem Hof.

Am Tag meiner Ankunft hatte ich die Pfoten-Villa voller Begeisterung betrachtet. Inzwischen fielen mir immer mehr Dinge auf, die ausgebessert werden oder erneuert werden mussten. Es fing mit der bröckelnden Fassade an und hörte beim Stall auf, dessen Dach kaum das nächste Sommerunwetter überstehen würde.

Gestern hatte ich zudem einen Blick in die Bücher geworfen. Clementines Haushalt war knapp bemessen, sie hatte nur einen geringen Notgroschen angelegt. Zu gering für meinen Geschmack.

Sobald eine größere Reparatur oder Anschaffung notwendig wurde, würde das Geld dazu fehlen. Meine Tante ging davon aus, dass schon alles gut gehen würde. Aber auf diese Weise sollte sie nicht planen. Nicht, bei einer solch alten Villa und einem Hof wie diesem.

Bisher hatte ich jedes Jahr eine großzügige Spende zu Weihnachten geschickt. Und liebend gern würde ich es auch dieses Jahr tun, um diesen winzigen Puffer zu vergrößern.

Aber aufgrund der Ereignisse musste ich mich vorerst zurückhalten. Wenn dem Schadensersatz stattgegeben wurde, könnte ich selbst in finanzielle Bedrängnis geraten.

Plötzlich vernahm ich eine Stimme hinter mir.

»Lass mich in Ruhe, ruf mich nicht mehr an! Ich blockiere dich, hörst du?«,

Als ich mich umdrehte, sah ich Therri, die aus Richtung der Wiesen kam, genervt mit den Augen rollte und ihr Handy in ihrer Manteltasche verschwinden ließ.

Erst als sie mich beinahe rammte, bemerkte sie mich.

»Gibts hier was zu sehen?« Therris Augen verengten sich zu Schlitzen. Wenn Blicke töten könnten, ich wäre sofort zu Boden gegangen. Da hatte aber jemand gute Laune ...

Hinter ihr rollte Caruso her, wie immer begeistert von allem und jedem, selbst von mürrischen Menschen. Es lag in seinem Naturell, fröhlich zu sein. Therri hatte ihm wohl seinen Spezialauslauf gegönnt.

Ich zuckte schließlich mit den Schultern, wollte mich nicht näher mit der jungen Frau befassen.

Stattdessen beobachtete ich, wie sich neue Flocken auf die freigeschaufelten Stellen legten. Eigentlich müsste ich mehrmals täglich hier schaufeln ...

Ich brachte die Schippe in den Schuppen zurück und ging ins Haus. Dort stieß ich fast erneut mit Therri zusammen.

»Passen Sie doch auf«, murmelte sie und schob sich an mir vorbei nach draußen.

Kopfschüttelnd schloss ich die Tür hinter ihr. Die Mitarbeitenden waren früher netter gewesen.

Ich zog den Mantel aus, hängte ihn mitsamt Mütze und Schal auf und suchte nach Tante Clementine, die ich in der Küche fand. Vornübergebeugt saß sie am Tisch. Das Gesicht verzerrt, als hätte sie Schmerzen.

»Alles in Ordnung?« Mit gerunzelter Stirn setzte ich mich zu ihr.

Clementine schreckte hoch, lächelte verkrampft und fuhr

sich mit den Händen über die Stirn. »Ich bin wohl ... eingeschlafen.«

Ich musterte sie. Sie wirkte erschöpft. Das fiel mir immer wieder auf.

»Jetzt sieh mich nicht so an, das kann doch mal vorkommen.« Sie winkte ab. Natürlich spielte sie es herunter, so wie sie es bei allem tat. Aber mir dämmerte, dass mehr dahintersteckte.

»Hör mal, Tante, ich kenne die Situation«, sagte ich sanft, in der Hoffnung, dass sie sich öffnen würde.

»Manchmal wächst einem alles über den Kopf. Man weiß nicht, wo vorne und hinten ist.« Mir war es so ergangen.

»Das ist es nicht, Valentin. *Er* fehlt eben. An allen Ecken und Enden. Besonders jetzt, da das Adventsfest bevorsteht.«

»Onkel Oskar?«

Sie nickte. Mir zog sich das Herz in der Brust zusammen. Fünf Jahre war es her, und meine Tante hatte den Schmerz nicht verwunden.

»Mit ihm ... war alles leicht. Wir hatten Sorgen, natürlich. Die gehören zur Arbeit auf dem Gnadenhof dazu. Aber er ... hatte diese positive Art. Diesen unverbesserlichen Optimismus. Er sagte immer: Mach dir keine Sorgen, Schatz, wir bekommen das hin. Und er hatte recht. Egal, was war, wir haben es geschafft. Und das Adventsfest hat er besonders geliebt.«

Sie streckte die faltige Hand aus, legte sie auf meine und drückte sie. »Diese Energie fehlt mir manchmal.«

Das konnte ich verstehen. Und Clementine wurde auch nicht jünger. Ihr Knie schmerzte. Dabei nahm die Arbeit immer mehr zu. Der Zustand des Hofs war mangelhaft, die Organisation von Hilfe schwierig. Das machte mir große Sorgen.

13. Kapitel

Valentin

Laura trat breit lächelnd in die Küche, wo Tante Clementine und ich beisammensaßen, und klatschte kraftvoll in die Hände. »So, ich bin so weit. Meine letzte Klientin ist gegangen. Lasst uns backen!«.

»Wunderbar, dann rollen wir mal den Teig aus. Ich habe ihn schon vorbereitet.« Eilig lief meine Tante zum Fensterbrett, wo zwei abgedeckte Schüsseln standen.

»Das hast du also unter den Küchentüchern versteckt.« Ich grinste, als sie die Schüsseln lüftete.

Ein cremig aussehender Teig kam zum Vorschein, der angenehm duftete.

»Natürlich. Es hätte viel zu lange gedauert, ihn jetzt anzurühren und dann noch ruhen zu lassen.« Sie tauchte die Hand in eine Mehltüte, bestreute die saubere Tischplatte und holte den Teig heraus, rollte ihn dünn mit einem Nudelholz aus.

Laura setzte sich neben mich.

»Wie ich das vermisst habe«, raunte sie mir zu. »Wir drei. Fast wie früher.«

»Ja, das Plätzchen backen war stets das Highlight der Vorweihnachtszeit.«

»Schnappt euch Formen zum Ausstechen. Na los, na los!« Clementine hatte eine Kiste mit verschiedenen Ausstechformen aus einer Schublade befördert und platzierte diese in der Tischmitte.

Laura ließ sich das nicht zweimal sagen und legte los. Ich hingegen beobachtete Clementine eingehend, die im Vergleich zu vorhin ein hervorragendes Schauspiel darbot. Als würde sie nichts bekümmern.

»Das ist übrigens ein Zitronen-Zimt-Teig«, erklärte Clementine stolz, als Laura vorsichtig ihre Form in die Masse drückte.

»Hört sich lecker an.«

»Ist es auch, das versichere ich dir.«

Das Telefon klingelte.

»Wer ruft denn jetzt an?« Meine Tante wischte sich die Hände an einem Tuch ab. »Ich sehe mal nach.«

Schon humpelte sie aus der Küche. Die Arthrose wurde nicht besser.

Vertrauensvoll beugte ich mich zu Laura vor, die drei Sternplätzchen und zwei in Form eines Tannenbaums ausgestochen und auf ein Blech mit Backpapier gelegt hatte.

»Sag mal, geht es hier immer so zu?« Ich musste fragen, weil es mir auf der Seele drückte. Hier stimmte so einiges nicht.

»Was meinst du?«

»Na ... diese viele Arbeit, die meinte Tante trotz der Arthrose übernimmt. Therri ist nicht gerade ein Sonnenschein. Noah ist nur an bestimmten Tag hier. Aber der Hof ... das Stalldach sieht aus, als würde es nicht länger als ein Jahr halten ...«

Da drang Clementines Stimme zu uns. »Ach, Herr Josefs! Na das ist eine Überraschung.«

Laura sah mich an, als hätte sie keine Idee, worüber ich geredet hatte.

»Nein, nein, Sie stören nicht. Sie können immer anrufen. Das wissen Sie doch. Ja ... ja ... genau, darüber hatten wir gesprochen. Ich habe mir noch keine Gedanken dazu gemacht. Es ist wirklich eine traurige Geschichte … und die Kolleginnen und Kollegen haben Probleme mit ihr? Ach herrje. Ja, ich verstehe. Aber sehen Sie … es ist nicht leicht in diesen Zeiten. Genau … ja, das habe ich Ihnen versprochen, ich werde alles durchrechnen und es mir ernsthaft überlegen. Ich … es tut mir leid, Sie abzuwürgen, Herr Josefs, ich habe Besuch … wir reden morgen darüber. Einverstanden. Einen schönen Abend.«

»Herr Josefs vom Tierheim Wernigerode?«, hakte ich in Lauras Richtung nach. Ein engagierter Mann, der eng mit der Pfoten-Villa zusammenarbeitete und nicht vermittelbare Tiere an uns weitergab.

»Gibt nur den einen.« Sorgsam legte Laura weitere Plätzchen auf das Blech. Der Teig glänzte samten im gedimmten Küchenlicht. Bei dem Anblick ahnte ich, wie köstlich sie schmecken würden.

»Da bin ich wieder, lasst uns weitermachen.«

»Habe ich das gerade richtig verstanden, Tante Clementine? Herr Josefs möchte dir ein weiteres Tier aufschwatzen?«

»Also Valentin. Der Herr Josefs ist ein langjähriger Freund, ein verantwortungsvoller Tierheimleiter und will mir nichts aufschwatzen. Wir erwägen nur … Möglichkeiten.«

»Möglichkeiten? Geht das genauer?«

»Zum jetzigen Zeitpunkt nicht.« Clementine blieb ernst.

Also war es so, wie ich es mir dachte. Ich rollte mit den Augen, spielte mit einer Form in der Hand und legte sie zur Seite. Die Lust am Plätzchen backen war mir vergangen.

»Tantchen, übernimm dich bitte nicht.« Sie hatte schon genug Probleme. Noch ein Tier bedeutete mehr Kosten und mehr Arbeit. Aber wer im Glashaus saß, sollte wohl nicht mit Steinen werfen. Schließlich hatte ich in der Agentur auch immer Ja gesagt und mir nur noch mehr Arbeit aufgehalst.

Langsam setzte sie sich auf ihren Stuhl zurück, keuchte leise, als hätte sie sich den Rücken verknackst. Es fiel mir schwer, das mit anzusehen.

»Mach nicht so ein Gesicht, es ist nichts entschieden«, sagte sie. »Außerdem haben wir doch zusammen die Bücher angesehen, wir sind finanziell im grünen Bereich.«

Ich erinnerte meine Tante an den viel zu kleinen Puffer, wusste aber auch zwei Dinge: Erstens, meine Tante liebte Tiere und hatte ein gutes Herz. Wenn sie in der Lage war, einem Tier zu helfen, würde sie es tun. Sie konnte nicht anders. Und das war einer der Gründe, warum ich sie so lieb hatte.

Zweitens gab es Tiere, die ein Zuhause mehr als dringend brauchten. Die Pfoten-Villa war ein Ort, an dem sie sicher waren, Ruhe fanden und die Liebe bekamen, die sie in einigen Fällen nie zuvor erhalten hatten.

Also hielt ich die Füße still. Ich konnte meine Tante verstehen. Und doch hatte ich Bauchschmerzen, weil sie bereits am Limit war. In jeder Hinsicht.

Laura drückte mir eine Herzchenform in die Hand. »Das bringt dich auf andere Gedanken.« Ich versuchte, zu lächeln. Vielleicht half das.

»Wir können stolz auf uns sein. Zwei Bleche mit Plätzchen haben wir gebacken, und wie die riechen! Mmmh!« Tief atmete Laura den angenehmen Duft ein, füllte ihre Lunge damit.

»Jetzt müssen wir sie dekorieren! Weißt du noch, was du früher gesagt hast, Clementine? Das Dekorieren ist die eigentliche kreative Arbeit beim Plätzchen backen.«

Ich blickte mich um. »Und wo sind die Perlen, Schokostreusel und Kokosflocken?«

»Ach, entschuldigt, Kinder. Wo habe ich nur meinen Kopf? Die Zutaten sind im Keller«, sagte Clementine und erhob sich mühsam von ihrem Stuhl. Dabei schwankte sie gefährlich, krallte sich an ihrem Stock fest.

»Deine Arthrose?«, fragte Laura besorgt und drehte sich auf ihrem Stuhl herum, um sie zu stützen.

»Es ist nur halb so wild.«

»Trotzdem solltest du dein Knie schonen, wir holen die Deko, nicht wahr?« Laura warf mir einen auffordernden Blick zu, ich nickte. Natürlich machten wir das! Das war mir auch lieber, bevor sich Clementine ernstlich wehtat.

»Ihr seid lieb, ich danke euch. Ihr findet die Zutaten im oberen Regal in den Gläsern.«

»Alles klar!«

Wir verließen die Küche und liefen zur Treppe im weiträumigen Flur. Dort ging es für uns hinab in den ebenso weitläufigen Keller. Mit einem Knopfdruck schaltete ich das Licht an. Offenbarte ein sauberes und durchdacht organisiertes Lager, in dem sich Futtersäcke, Vogelsand, Aquarienfilter und verschiedene Dosen für die Schildkröten und Katzen aneinanderreihten. Einige Säcke hatte ich vor Kurzem eingeräumt, als der Lieferwagen gekommen war.

»Siehst du? Clementine hat genügend Vorräte, um einen weiteren Hund oder eine Katze zu versorgen.«

Ja, natürlich ... irgendwie würde das schon gehen, aber es war diese Unvernunft und Überlastung, die mich störte.

Wie lang konnte das noch so weitergehen?

»Alles in Ordnung?«

»Ja, ich denke nur an das Gespräch mit Herrn Josefs.«

»Vertrau Clementine, sie weiß, was sie tut.«

Das hatte ich von mir auch gedacht, und wohin hatte es geführt? Meine Tante und ich schienen uns ähnlicher zu sein als gedacht.

»Wo sind denn nun die Gläser mit den Zutaten?« Suchend schaute sich Laura um.

»Du willst wohl möglichst schnell mit den Plätzchen fertig werden, damit wir sie endlich probieren können.« Ich zwinkerte.

»Dagegen hätte ich nichts. Ah, hier sind die Gläser«, sagte Laura und deutete zum obersten Fach eines Regals, das bis zur Decke reichte, stellte sich auf die Zehenspitzen und versuchte vergeblich, nach den Zucker- und Schokostreuseln zu angeln.

»Mist. Du musst mir helfen.«

»Wer stellt denn Backzutaten so weit nach oben?«

»Sieh dich um, das Regal platzt aus allen Nähten. Clementine müsste alles umstellen.«

»Auch wieder wahr.«

Ich trat vor sie, streckte den Arm aus, doch vergeblich. Mit der Hand stützte ich mich am Regal ab, stellte mich auf die Zehenspitzen, aber meine Finger erreichten die Gläser auch auf diese Weise nicht.

»Wie macht Clementine das, wenn sie allein ist?« Ich sank auf die Fersen zurück.

»Mit einer Leiter?«

Ziemlich kippelige Vorstellung, die mir nicht gefiel.

Mein Blick glitt durch den Raum. »Ich sehe keine.«

Ein Lächeln huschte über Lauras Gesicht. »Räuberleiter?«

Ich hob die Augenbrauen. »Kriegen wir die noch hin?« Schließlich hatten wir sie zuletzt mit zehn gemacht, um über eine Mauer zu klettern, weil unser Ball versehentlich auf fremden Grund gelandet war.

»Aber logo!«

Energisch rieb sie sich die Wangen. »Bin bereit!«

Ich lachte leise, ging in die Hocke, verschränkte die Hände zu einem Tritt. »Hopp!«

Prompt trat Laura in meine Handflächen, woraufhin ich sie sanft hochhob. Es fiel mir überraschend leicht.

Einen Moment schwankte sie, meine Schulter bot Halt. Das war mit zehn Jahren definitiv eleganter gewesen.

»Ha!«

Ich linste hoch, konnte sehen, wie sie triumphierend nach den Liebesperlen, Zuckerstreuseln und Marzipanstücken griff, ehe sich ihre Hüfte in mein Gesicht drückte. Ich hielt den Atem an.

»Ich habe sie!«, rief sie.

Ich drehte den Kopf zur Seite, um zu antworten.

»Super, dann lass uns ...« Weiter kam ich nicht, denn sie schwankte, und meine Hände glitten auseinander, sodass Laura fiel. Instinktiv zog ich sie in die Arme, wollte nicht, dass sie sich wehtat. Ich selbst machte einen Ausfallschritt zur Seite, um die Balance zu halten. So ersparte ich mir einen schmerzhaften Kontakt mit dem Boden. Sekundenlang hielt ich Laura fest, spürte ihre Wärme an meinem Körper.

Mein Herz überschlug sich, während ich immer noch den Schrecken in den Gliedern spürte. Begleitet von diesem wohlig warmen Gefühl ... Plötzlich fielen mir die Gläser ein. Waren die heruntergefallen und zersprungen?

»Hab sie noch«, erklärte Laura vergnügt. Ich merkte, dass auch ich sie immer noch festhielt, und stellte sie auf dem Boden ab. Laura blickte auf die Zutaten in den Armen und lächelte. »Unsere zehnjährigen Ichs würden uns jetzt peinlich finden, das war keine Glanzleistung.«

Ihre Augen leuchteten förmlich. Ich hatte das Gefühl, in ihnen versinken zu können.

Irritiert blinzelte ich.

»Hast recht. Immerhin ist es noch mal gut gegangen ...«

Wieso konnte ich nicht aufhören, in ihre Augen zu sehen?

»Gut, dass du wieder da bist, Valli. Du hast mich schon zum zweiten Mal aufgefangen.« Sie lachte. Herzlich und glockenhell.

Ich stimmte mit ein. Mein Herz noch immer außer Rand und Band.

Da lugte Bonny um die Ecke. Sie hatte wohl mitbekommen, dass hier unten etwas los war, und wollte nach dem Rechten sehen.

»Alles gut«, versicherte ich der aufmerksamen Hütehündin und deutete mit dem Ellenbogen die Treppe hoch.

»Dann mal auf ans Werk!« Schnellen Schrittes lief Laura hoch.

Ich folgte ihr.

14. Kapitel

Laura

Warum ausgerechnet ich?

Diese Frage stellte ich mir immer, wenn mich eine Migräneattacke überfiel. Wie so oft war sie aus dem Nichts gekommen. Ich hatte nicht einmal Stress gehabt. Im Gegenteil, das Plätzchen backen war gestern so schön gewesen. Wir hatten spontan sogar noch ein weiteres Blech gemacht und uns am Ende gegenseitig Mehl ins Gesicht gepustet.

Und nun lag ich hier, genau einen Tag später. Mit diesen fiesen pochenden Stichen in den Schläfen und Druck vor der Stirn.

Perfektes Timing.

Heute wollten Klienten zu mir ins Büro kommen, die ich nicht versetzen wollte. Also zwang ich mich, aufzustehen.

Ich schleppte mich in die Küche, klammerte mich mit der Hand am Schrank fest und zog eines der Fächer auf, um mir eine Kopfschmerztablette herauszufischen.

Mit einem Schluck Wasser aus dem Hahn spülte ich sie hinunter und begab mich ins Bad. Eine kleine Aura schränkte mein Sichtfeld ein. Aber das war hoffentlich schnell vorüber. Nach der Dusche trat ich zurück in mein Schlafzimmer. Die Augenmigräne wurde nicht besser. Ich stolperte auf dem Weg zum Kleiderschrank und hielt mich rechtzeitig am Regal fest, um mich zu stützen.

Dieser Morgen fing ja gut an …

Ich setzte mich aufs Bett. Der Raum schien sich zu drehen, schlimmer als bei einer Karussellfahrt.

Keine Chance, heute konnte ich nicht arbeiten. Ich unterdrückte ein Würgen. In dem Zustand wäre ich im Straßenverkehr eine Gefahr für mich und andere. Besser, ich rief meine Klienten an, sagte ab und gab danach Clementine Bescheid, damit sie sich nicht wunderte, wo ich blieb.

Nachdem ich die Anrufe gemacht hatte, legte ich mich ins Bett zurück, kuschelte mich in meine Decke und versuchte, zu schlafen. Die Schmerztablette schlug an, mein Schädel dröhnte trotzdem, als hätte ich gestern zu tief ins Glas geschaut. Warum nur ich?

Ich kniff die Augen zusammen, versuchte, alles auszublenden. Jeden Gedanken, vor allem dieses hinterhältige Pochen. Das klappte recht gut, bis mich das Klingeln an der Tür aufschreckte.

Der Blick auf die Uhr an der gegenüberliegenden Wand verriet, es war Mittag. Wo war die Zeit geblieben? Ich … musste eingeschlafen sein.

Wieder bimmelte es.

»Ich … komme.« Keine Ahnung, ob die Person vor der Tür mich hörte.

Mühsam richtete ich mich auf, brauchte einen Moment, ehe ich aufstehen konnte. Ich schlüpfte in Pantoffeln und Morgenmantel, bevor ich mich durch den Flur schleppte. Ein Gefühl, als befände ich mich auf hoher See.

»Bin schon da!« Keuchend öffnete ich die Tür, vor der Valli stand. Mit einem mitfühlenden Blick und einer Frischhaltebox im Arm, in der eine schwer zu definierende Masse schwamm. Und ich sah aus wie ein zerrupftes Hühnchen.

»Gemüsesuppe«, erklärte er mit Blick auf die Box. »Darf ich reinkommen?«

»Klar … aber woher weißt du denn …«

»Clementine.«

Natürlich. Ob die Suppe auch von ihr war?

»Die habe ich gekocht«, beantwortete er die Frage, bevor ich sie gestellt hatte. Alle Achtung, das war wirklich fürsorglich von ihm.

»Wo kann die hin?«

»Am besten in den Kühlschrank.«

Er trat an mir vorbei, ich schloss die Tür hinter ihm. Zusammen liefen wir zur Küche. Eingehend sah er sich um. Ja, so wohne ich, dachte ich. Sicher ganz anders als er in Berlin.

»Echt nett von dir, danke«, sagte ich, nachdem er die Box im Kühlschrank untergebracht hatte.

»Am besten machst du sie später in der Mikrowelle warm.«

Ich schmunzelte. »Bekomme ich hin.« Ich war gerührt, dass er extra nach Wernigerode gekommen war, um mir seine selbst gekochte Suppe zu bringen.

Sein Blick glitt durch die Küche.

»Die verspielte Einrichtung passt zu dir.«

»Findest du?« Ich massierte meine Schläfe.

»Schon. Sie ist bunt und ein bisschen chaotisch.« Das war nicht unbedingt ein Kompliment, aber ich wusste, er meinte es lieb.

Das Pochen in der Schläfe nahm zu. Besorgt sah er mich an. »Ist es noch schlimm?«

»Ja, aber besser als heute Morgen ...«

Valli nickte. »Weißt du noch? An meiner Geburtstagsfeier zum Achtzehnten? Da hab ich dich heimgebracht, weil es so schlimm war.«

»Richtig! Ich erinnere mich.« Mein damaliger Freund war genervt gewesen, hatte lieber mit den anderen weitergefeiert. Aber Valli war ich wichtiger gewesen als seine Party. Er hatte mich über die Straße gebracht, mir ins Bett geholfen und war noch über eine Stunde bei mir geblieben, um sicherzugehen, dass es mir gut ging. Damals hatte mein Herz kräftig geklopft. Nur, weil er bei mir gewesen war.

»Am besten legst du dich wieder hin.«

Entschlossen schob er mich in den Flur, lugte in jedes Zimmer, bis er mein Schlafzimmer ausgemacht hatte, in das er mich bugsierte.

»Valli, du übertreibst.«

»Ich mache mir nur Sorgen um dich.« So wie früher.

Das war, um ehrlich zu sein, ein schönes Gefühl.

Sanft drückte er mich aufs Bett. Dabei stieg mir sein Geruch nach Moschus in die Nase. Instinktiv amtete ich ihn tief ein.

»Und jetzt ruhst du dich aus.« Valli verschränkte die Arme, als duldete er keine Widerrede, aber sein Grinsen verriet, dass er es mit einem Augenzwinkern meinte.

»Schon gut.« Ich winkte ab. »Ich hatte nicht vor, einen Marathon zu laufen.«

»Bei dem Schnee da draußen ohnehin unmöglich. Aber ernsthaft, Laura. Du darfst dir nicht zu viel zumuten, Ruhe ist das A und O.«

»Ich pass schon auf«, versicherte ich. Das schien ihn zu beruhigen.

Ich legte mich hin, und Valli deckte mich zu. Eine Geste, die ... mich ziemlich durcheinanderbrachte. Denn einerseits konnte ich das natürlich selbst. Andererseits fühlte es sich schön an, von ihm umsorgt zu werden. Und dazu dieser Duft. Es prickelte unwillkürlich in meinen Wangen. Genau wie auf unserem Aussichtspunkt. Und gestern, als wir die Räuberleiter gemacht hatten. Diese Vertrautheit zwischen uns schien mit jedem Treffen etwas mehr zurückzukehren.

Langsam ging er in die Hocke, sodass wir auf Augenhöhe waren. Das Lachen erreichte nun sogar seine hellblauen Iriden.

»Kann ich sonst etwas für dich tun?«

Ich lachte leise. »Hast du doch schon, indem du zu mir nach Wernigerode gekommen bist.«

»Na schön ... dann schlaf ein bisschen, Laura. Schreib mir bitte heute Abend, wie es dir geht. Machst du das?«

Ich nickte. Dann beugte er sich vor. Ich hielt den Atem an. Es sah aus, als wollte er mich ... küssen. Und ich? Ich spürte keinen Widerstand in mir. Dafür setzte mein Herz zum Marathon an. Schien nicht zu wissen, ob es weglaufen oder ihm entgegenspringen sollte. Doch statt eines Kussmunds entstand ein Lächeln auf seinen Lippen. Sanft strich Valli mir eine Strähne aus dem Gesicht und erhob sich dann. Ich schluckte schwer.

Als er an dem Regal vorbeikam, hielt er vor der zusammengeklebten Schneekugel, die er mir geschenkt hatte.

»Sie ist ... heruntergefallen ... ich bin so ein Tollpatsch.« Noch immer spürte ich das Gefühl seiner Finger an meinem Haaransatz. Doch was ich eigentlich spüren wollte, war etwas anderes. Etwas, das mich erschreckte.

Valli riss mich aus meinen Gedanken. »Aber du hast sie repariert?«

»Ja, sie bedeutet mir so viel, ich konnte sie nicht wegwerfen.«

Er lächelte. »Bis heute Abend.« Die Worte kamen ihm sanft über die Lippen. Jene Lippen, von denen ich geglaubt hatte, sie wollten meine berühren ...

Dann verließ er mich. Zurück blieben nur das Gefühlschaos und diese schwere Müdigkeit, die sich über mich legten. Vielleicht eine Nachwirkung der Kopfschmerztablette. Meine Lider wurden schwer, fielen zu ...

15. Kapitel

Laura

»Hast du Lust auf einen Tanz?«, fragte Valli. Aus den Boxen drang Musik.

»Tanzen? Jetzt? Wir haben unseren Müttern versprochen, Kuchen und Plätzchen zu verkaufen, während sie sich auf den Chorauftritt vorbereiten.«

Gemeinsam standen wir hinter dem traditionellen Gebäckstand auf dem Gnadenhof, im Hintergrund hob sich die einst prachtvolle Villa vor dem grauen Winterhorizont ab. Ich reichte einem älteren Herrn ein Stück Torte. Zum Dank steckte er eine Münze in unsere Spendenbox.

Dunkelheit breitete sich über dem Hof aus. Nur die Laternen warfen ihre Lichtkegel auf das Pflaster. Flocken tanzten durch die Luft. Die Musik wurde lauter.

Valli hielt mir charmant die Hand hin. Sein Lächeln ließ meine Knie seltsam weich werden.

Aus einem Impuls heraus nahm ich sie an, ließ mich von ihm vom Stand fortziehen. Der Boden war rutschig, fast fiel ich ihm in die Arme.

»Ich glaube, tanzen ist eine schlechte Idee. So glatt, wie es hier ist.«

»Ich halte dich fest, versprochen.«

Sacht platzierte er meine Hände auf seinen Schultern und fing an, sich im Rhythmus der Musik zu bewegen.

Ich ließ mich mitziehen, passte mich seinen Bewegungen an, die kraftvoll und elegant wirkten. Als würde er sein Leben lang nichts anderes tun, als zu tanzen.

»Du siehst hübsch aus.« Seine Stimme vibrierte an meinem Ohr, löste ein Prickeln in mir aus. Himmel, was war mit mir los? Das war doch nur mein bester Freund!

Obendrein kribbelte es in meinen Wangen, so stark, dass ich sicher war, sie glühten rot wie eine Weihnachtsmannmütze. Mein Herz überschlug sich fast.

»Ich meins ernst«, sagte er und schwang mich herum.

Wie durch Zauberhand war der Boden nicht mehr rutschig. Stattdessen schienen wir zu schweben.

Valli hielt mit einem Mal inmitten der Adventstände inne, schaute mich an. Ich glaubte, abzutauchen, in die blaue Tiefe seiner Augen. Bis sich Lachfältchen um diese bildeten, was meinen Blick zu seinen Lippen lenkte.

Sein Gesicht kam näher, jetzt waren es nur noch Millimeter, die seinen Mund von meinem trennten. Und ja, es waren meine Lippen, die er diesmal anvisierte.

In mir geriet alles in Aufruhr. Das Herz klopfte schneller, meine Knie wurden zu Wackelpudding. Fast wie früher. Nein, genau wie früher. Als ich mit siebzehn in ihn verschossen gewesen war.

Er streckte eine Hand nach mir aus, strich über meine Wange, was eine Gänsehaut auslöste.

Ich schloss die Augen, wünschte mir, dass er mich küsste. Ja, das wollte ich. Ich sehnte mich danach. Wie damals.

Und dann, ganz plötzlich, berührten seine Lippen die meinen. So sanft wie der Flügelschlag eines Schmetterlings. Für mich aber war es der schönste Augenblick.

Ich schmeckte ihn, sinnlich herb und süß zugleich. Passierte das wirklich?

»Valli«, flüsterte ich seinen Namen in einer Atempause. »Sag mir, ist das echt?«

Er lachte leise. »Ich wünschte, das wäre es, Laura.« Noch

einmal beugte er sich vor, doch bevor sein Mund meinen erreichte, bimmelte etwas in der Ferne. Ein Handy? Es war nicht das meine, denn das steckte in meiner Hosentasche und rührte sich nicht.

Es sei denn ..., dass ich gar nicht wirklich hier war ..., dass mein Handy in Wahrheit auf dem Nachtschränkchen lag und ich im Bett, weil meine Migräne mich malträtiert hatte. Nein, das wollte ich nicht. Ich wollte nicht in meiner Wohnung aufwachen, in meinem Bett. Ich wollte noch einen Moment länger bei Valli verweilen. Nur ein paar Sekunden. Doch er löste sich auf. Gleich einer Illusion. Ich konnte ihn nicht aufhalten.

Frustriert öffnete ich die Augen, starrte die Decke meines Schlafzimmers an. Wie gern hätte ich weitergeträumt. Mechanisch griff ich nach dem Handy. Eine Nachricht von ihm.

Wie geht es dir? Alles gut?

So wenige Worte. Und doch erwärmten sie mein Herz. Ließen es wild klopfen, als wäre all das, was ich eben geträumt hatte, in der Realität passiert.

Ich seine Zeile ein zweites Mal. Stimmt. Ich hatte mich melden wollen. Schnell tippte ich eine Nachricht, dass es mir besser ging. Er schickte ein Daumen hoch und ein Herzchen zurück.

Was war das nur für ein Traum gewesen? Ich fuhr mir mit beiden Händen über die Stirn.

Wenigstens waren die Kopfschmerzen abgeklungen. Aber meine Gedanken waren es nicht, wirbelten umher. Versuchten, Sinn zu finden.

Ich sah Vallis Lächeln vor mir. Dachte daran, wie er sich um mich gekümmert, mir die Suppe gebracht hatte. Konnte es sein, dass Mama doch richtig gelegen hatte, ich nie mit meinen Gefühlen abgeschlossen hatte? Nein, es war damals wirklich nur eine Phase gewesen. Weil er sich in dem Sommerurlaub so verändert hatte, ich ihn mit neuen Augen gesehen hatte. Oder gab es Gefühle, die nach so langer Zeit neu erwachten? Lag es daran, dass wir uns so lange nicht gesehen hatten und ich nun Dinge an ihm sah, die mir früher entgangen waren?

Ich warf den Kopf in den Nacken, starrte erneut die Decke an. Was war nur mit mir los?

Unruhig rollte ich mich zur Seite.

Ich brauchte Klarheit, was ich wirklich fühlte. Aber diese zu erlangen, könnte auch gefährlich werden.

Berlin war nun Vallis Zuhause. Dort war sein Leben, und meines war hier. Aber konnte ich mein Herz ignorieren? ... So tun, als hätte es keine Bedeutung?

Ich biss mir auf die Unterlippe. Kaute auf ihr, bis ich einen Tropfen Blut schmeckte. Nein, ich musste herausfinden, was ich für ihn empfand.

16. Kapitel

Laura

»Liebes, was machst du denn hier? Ich habe fest damit gerechnet, dass du dich noch einen Tag ausruhst.« Clementine drückte mich an sich, bevor ich meinen Mantel ausgezogen hatte.

»Ich habe doch Termine«, erinnerte ich sie. Jetzt in der Anfangsphase sollte ich ranklotzen, musste mir schließlich einen Ruf erarbeiten. Mehr als einen Tag Auszeit wollte ich mir daher nicht erlauben.

Es war ärgerlich genug, dass ich gestern ausgefallen war und meine Klienten hatte vertrösten müssen. Zum Glück hatte ich ihnen Ausweichtermine anbieten können, und alles war geregelt. Außerdem ging es meinem Kopf wieder gut. »Willst du dir nicht lieber noch etwas Ruhe gönnen?«

»Mach dir bitte keine Sorgen.«

Clementine nickte, Bonny, die neben ihr stand, gab einen zustimmenden Wufflaut von sich. Da hörte ich Schritte auf der Treppe. Sofort schlug mein Herz schneller. Valli beugte sich über das Geländer zu uns.

»Ah, meine Suppe hat also Wirkung gezeigt.«

Er wusste nicht, wie recht er hatte. Aber eigentlich war es weniger die Suppe, sondern vielmehr der Überraschungsbesuch gewesen. Meine Wangen kribbelten wieder. Das Erste, woran ich heute nach dem Aufstehen gedacht hatte, war nicht mein Klient gewesen, nicht der Gedanke, das Eis von der Windschutzscheibe kratzen zu müssen, nein, zuerst hatte ich an ihn gedacht.

»Hab sie gestern Abend gegessen, sehr lecker, Valli.«

Ich hängte meine Sachen auf und steckte die Hände in die Hosentaschen, während er herunterkam und mich von allen Seiten musterte.

»Was soll das?«, fragte ich und lachte.

»Ich schaue nur, ob ich dich wieder an die Arbeit lassen kann.«

»Als ob du das entscheiden würdest.«

»Ein guter Freund passt auf, das ist eine eherne Regel.«

Guter Freund ...

»Was du nicht sagst.«

»Na, ich lass euch mal allein.« Mit einem breiten Lächeln im Gesicht zog Clementine sich in das Reptilienzimmer zurück, wo die Wasserschildkrötenfütterung anstand.

»Na schön, du bekommst mein Okay, solange du dich nicht überanstrengst.« Valli grinste und seine Augen leuchteten förmlich.

»Ist was?«, fragte er aus heiterem Himmel.

»Was meinst du?«

»Na, hab ich einen Pickel auf der Nase?«

Weil ich ihn die ganze Zeit anstarrte? Schnell schüttelte ich den Kopf. Valli grinste.

»Hör mal, ich möchte nachher was mit dir besprechen, geht das? Ist ziemlich wichtig.«

»Was denn?« Meine Stimme klang heiser.

»Nachher. In der Mittagspause.« Er zwinkerte.

»Na schön.« Ich deutete zu meinem Büro. »Ich muss ... an die Arbeit.«

»Klar, viel Erfolg.«

Nachdem mein Klient gegangen war, verließen Valli und ich die alte Villa, liefen über den Hof. Lotta und Therri schaufelten zusammen Schnee. Ein paar andere Helfende führten Hunde aus.

Während der Beratung war ich professionell geblieben. Doch nachdem mein Klient gegangen war, war ich gedanklich zu diesem Traum zurückgekehrt und was er bedeuten könnte. Ich fragte mich auch, was Valli mit mir besprechen wollte. Ging es um uns? Oder war das nur eine Art Projektion von mir? Weil ich genau das vorhatte. Über uns reden. Aber erst wollte ich hören, was er zu sagen hatte.

Kritisch beäugte er den Stall, in dem Berta und Mathilda lebten. Bertas Meckern drang zu uns vor. Valli lief hinüber, rüttelte am Tor, das auffällig nachgiebig war. »Na ja, na ja«, sagte er. »Das hat schon stabiler gewirkt.«

Seltsam, warum kümmerte er sich darum?

Da kam Noah aus dem Stall, streifte sich Handschuhe ab. »Keine Sorge, deine Tante hat alles im Griff.«

Vallis Kiefermuskel zuckte, als hätte er erhebliche Zweifel daran.

»Außerdem bin ich da. Und Stefan, der vom Dach weiß und es reparieren wird.« Noah trat an uns vorbei.

»Unser Stefan, von früher? Der mag ein guter Schreiner sein, aber ein Dach ist schon was anderes«, meinte Valli und deutete zur weißen Wiesenfläche. »Wollen wir hier lang?«

Ich nickte, verwundert über Vallis harsche Worte.

Über eines der hinteren Gatter verließen wir die Anlage und gelangten auf das Feld. Tief sanken meine Stiefel in den Schnee. Ich liebte das Knirschen. In der Ferne sah ich ein paar Nadelbäume, die einen Überzug aus Puderzucker zu tragen schienen. Durch die Wintersonne glitzerte er, als hätte jemand winzige Diamanten gestreut. Ein wunderschöner Anblick. Dazu der strahlend blaue Himmel und Valli neben mir. Es wäre ein Spaziergang voller Nostalgie, müsste ich mir nicht zugleich Sorgen ob seiner merkwürdigen Anspannung machen.

»Stefan hat mehr drauf, als du glaubst. Er hat neulich meine Tankanzeige repariert. Und er hat den Zaun wieder hinbekommen. Er hilft, wo er kann. Und das ehrenamtlich«, erklärte ich, um Valli zu beruhigen.

»Na ja, gut«, meinte er halbherzig.

»Du machst dir zu viele Sorgen, ehrlich.«

»Vielleicht.« Immerhin lächelte er nun wieder.

»Nur kenne ich meine Tante, sie versucht, es zu verbergen, aber gut geht es ihr nicht.«

Das war es also, was er mit mir besprechen wollte. Ich nickte. »Es ist die Arthrose.«

»Nicht nur.«

Ich hob eine Braue. »Wovon sprichst du?«

»Sie hat ... abgebaut. Sie wirkt dünn, erschöpft und oft zerstreut.«

»Ein bisschen zerstreut ist Clementine immer gewesen.«

Er schüttelte den Kopf. »Seit Oskars Tod bleibt mehr Arbeit an ihr hängen. Das sieht sie selbst so.«

Valli blieb stehen, drehte sich zu mir um, sah mich ernst an. »Ich ... frage das nicht gern, aber ich brauche deine Unterstützung.«

»Wobei denn?«

Tief atmete er ein und nach kurzem Zögern wieder aus. Sein Atem hinterließ Spuren in der Luft, die an mir vorbeiwaberten.

»In den letzten Tagen habe ich viel beobachtet, um mir ein Bild von der aktuellen Lage zu machen. Ich habe hin- und her überlegt, aber ich denke, es wäre das Beste, wenn sie den Hof verkauft. Es ist zu viel für sie geworden. Sie geht auf die Siebzig zu. Vielleicht kann sie im Augenblick die Arthroseschmerzen managen, aber wie lange wird das noch gut gehen?«

Moment, hatte er das gerade wirklich gesagt? Die Villa verkaufen? Das klang so gar nicht nach ihm.

»Das wird Clementine niemals wollen. Außerdem, der Hof motiviert sie dazu, aktiv zu sein. Ohne ihn würde sie womöglich komplett einrosten. Der Arzt sagt, Bewegung ist das beste Mittel gegen die Arthrose.«

Ich verstand Vallis Sorge. Aber seine Lösung erschien mir übertrieben. Der Gnadenhof war nicht nur Clementines Lebenswerk, sondern ihr Zuhause. Sie würde sich mit Händen und Füßen gegen diesen Vorschlag sträuben.

»Ich weiß, dass sie nicht einfach Ja sagen wird. Deswegen ... brauche ich dich. Wenn du mit mir an einem Strang ziehst, dann ... lenkt sie vielleicht ein.«

Ich schüttelte den Kopf. Er wollte, dass ich mich mit ihm gegen Clementine verbündete?

»Sie kann nicht ewig so weitermachen. Jetzt ist ein guter Moment, aufzuhören. Weißt du, ich habe jemanden an der Hand, der ein Grundstück in einer ländlichen Gegend sucht. Der Harz käme für ihn infrage. Ich kenne ihn aus Berlin, ein zuverlässiger Mann. Ich könnte ihm die Villa anbieten. Natürlich müsste er Teile des Hauses sanieren, doch ich bin sicher, ihn überzeugen zu können.«

Er sagte das, ohne mit der Wimper zu zucken. Als ginge es um ein beliebiges Objekt.

Wer bist du?, wollte ich fragen. Denn solch eine Äußerung hätte der alte Valli nie von sich gegeben. Oder träumte ich schon wieder?

»Du wirst doch bemerkt haben, welche Zustände hier herrschen. Der Hof ist eine Geldfressmaschine, er wird meine Tante ruinieren. Und das nicht nur gesundheitlich. Sieh dir allein das Stalldach an. Das müsste komplett neu gemacht werden. Stefan hin oder her. Der macht nur ein Pflaster drauf.«

»Wir sind abgesichert.« Der Förderverein Darlingerode sowie die Spenden und Patenschaften für die Tiere waren die zwei Säulen, auf denen die Finanzierung der Pfoten-Villa fußte. So war es immer gewesen. Valli wusste das. Außerdem stand das Adventsfest vor der Tür. Wir würden weitere Spenden sammeln können. Wenn also das Stalldach repariert werden musste, würden wir das hinbekommen. So wie Noah es gesagt hatte. Ich rief Valli das in Erinnerung. Aber an seiner starren Miene sah ich, dass meine Worte nichts an seinem Vorhaben änderten.

»Und wo soll Clementine hinziehen, wenn sie die Villa verkauft? Hast du dir dazu auch Gedanken gemacht? Und was ist mit den Tieren? Wer nimmt die auf?«

»Die Tiere werden ein anderes Zuhause finden. Die Pfoten-Villa ist nicht der einzige Gnadenhof in unserer Region. Und was Clementine angeht – sie braucht eine andere Umgebung.«

Mir fuhr ein Stich ins Herz. Sag jetzt bitte nicht, dass sie in ein Seniorenheim gehört. Ich erschrak, dass ich Valli diesen Gedanken überhaupt zutraute. Aber im Augenblick war mir dieser Mann so fremd. Als hätten ihn die letzten Jahre auf den Kopf gestellt.

Mein Blick glitt zu dem teuren Kaschmirmantel, der nicht zu der Arbeit auf einem Gnadenhof passte. Hatte ich unbewusst Zeichen ausgeblendet? Nur das gesehen, was ich hatte sehen wollen?

»Ich werde mit meinen Eltern sprechen. Sie sagen stets, für Clementine ist immer ein Zimmer frei. Und wenn sie sich dazu entschließt, den Hof an meinen Bekannten zu verkaufen, könnte sie sich von dem Erlös vielleicht sogar eine hübsche Eigentumswohnung in Wernigerode leisten.«

»Aber das würde Clementine nicht wollen. Denk doch mal daran, was sie möchte.«

»Sei vernünftig, Laura. Glaubst du denn, ich bin glücklich über die Entwicklung?«

Das nicht, aber er war so kühl und distanziert. Als ginge es um eine Geschäftsverhandlung seiner Agentur statt um unseren Hof, auf dem wir unsere Kindheit verbracht hatten.

Das wirkte sich auch auf mein Herz aus. Es fühlte sich wie eingefroren an.

»Du vergisst eines: Clementine hat viele ehrenamtliche

Helferinnen und Helfer, viele Patinnen und Paten für die Tiere. Sie ist nicht allein. Obendrein sind Therri, Noah, Stefan, Lotta und ich an ihrer Seite. Vielleicht finden wir jemanden, der sie bei der Leitung des Hofs unterstützen kann. Das wäre eine Entlastung, aber sie könnte die Villa behalten.«

»Eine neue Geschäftsleitung zur Unterstützung möchte auch bezahlt werden. Ich habe mir die Bücher angesehen. Das Geld reicht hinten und vorne nicht.«

»Für dich dreht sich alles nur ums Geld, wie?«, fauchte ich.

Geld hier, Geld da. Schon bei unserem Brockenausflug hatte es durchgeklungen, als er gefragt hatte, wieso ich meinen gut bezahlten Job als Tierärztin aufgegeben hatte ...

Ich war nicht naiv, natürlich spielte Geld eine Rolle. Aber es gab auch Ideale, Träume, den Willen, etwas aufzubauen, es zu erhalten oder zu retten. Wieso verstand er das nicht?

»Laura ...«

Ich schüttelte den Kopf. So hatte ich mir unser Wiedersehen nicht erhofft. Wie hatte ich ... mich nur zu ihm hingezogen fühlen können ...

»Vielleicht wärst du besser in Berlin geblieben. Nicht zu glauben, dass ich ... Gefühle für dich hatte«. Meine Stimme war leise geworden. Ich hoffte, er hatte das Ende des Satzes überhört.

Doch schon öffnete Valli erstaunt den Mund, das sah ich aus dem Augenwinkel. Er suchte meinen Blick, schnell wich ich ihm aus.

»Was meinst du damit?«, fragte er, nun ganz behutsam.

»Nichts ...« Hätte ich mir besser auf die Zunge gebissen.

»Bitte, Laura. Sprich mit mir.«

Ich war völlig durcheinander. Da stand dieser Mensch vor mir, von dem ich geglaubt hatte, ich würde ihn besser kennen als jeden anderen, und plötzlich ... hatte er sich in jemand völlig Neues verwandelt. Nein, das war nicht ganz fair. Es war nicht plötzlich passiert, sondern in all den Jahren, in denen wir uns nicht gesehen hatten.

Immer noch sah er mich an, auf meine Antwort wartend.

Also schön. Was hatte ich jetzt noch zu verlieren?

»In der Pubertät ... ja, da hatte ich Gefühle für dich, aber das ist lange her.«

»Und jetzt?«, fragte er leise.

»Als du mir die Suppe gebracht hast ... da sind sie wieder hochgekommen.« Ich war selbst erstaunt gewesen. Nach all den Jahren, als hätten sie die ganze Zeit tief in mir geschlummert. Aber nun war er so anders, wollte den Hof verkaufen ... ich erkannte ihn nicht wieder. Ich war einer Illusion erlegen gewesen, dass mein alter Valli zurückgekommen war. Denn den gab es nicht mehr.

Valli schwieg einen Moment. Seine Züge wurden weich. »Das berührt mich sehr, Laura. Wirklich.« Er holte tief Luft. »Und gerade, weil du mir wichtig bist, möchte ich auch ehrlich zu dir sein.«

Ich hob den Kopf. Mein Herz schlug schneller. Als wäre da ein Funken Hoffnung.

Sein Blick traf meinen, voller Wärme und zugleich einer sanften Traurigkeit. »Wir waren immer beste Freunde. Diese Freundschaft bedeutet mir unendlich viel. Aber ... mehr als das kann ich mir zwischen uns nicht vorstellen.«

Ich schluckte. Nun hatte ich Klarheit. Und vielleicht war das besser so.

Zugleich fragte ich mich, ob unsere Freundschaft noch dieselbe sein könnte.

Etwas in mir war zersprungen wie Glas. Mein Herz klopfte nur noch langsam. Ich war enttäuscht.

»Verstehe«, sagte ich leise. »Ich brauche etwas Zeit für mich. Um nachzudenken.«

»Natürlich.« Er nickte.

»Bis später, Valli«, sagte ich und wandte mich zum Gehen. Mein Herz wurde schwer, aber ich wusste, dass ich diesen Abstand jetzt brauchte.

17. Kapitel

Valentin

Sie hatte gebebt wie ein Vulkan, als ich vom Verkauf der Pfoten-Villa gesprochen hatte. Doch am Schluss hatte sie so leise gesprochen, dass ich ihre Worte kaum verstanden hatte. Dass Laura etwas für mich empfunden hatte, war wie aus dem Nichts für mich gekommen, und ich fragte mich ernstlich, wie mir das nur entgangen war.

Warum sie mir wohl nie zuvor davon erzählt hatte? Hatte ihr der Mut gefehlt? Aus Angst, unsere Freundschaft kaputt zu machen? Ich hoffte, sie akzeptierte, dass ich diese Empfindungen nicht erwiderte. Laura war Laura. Ein Mensch, den ich liebte. Auf eine besondere Weise. Aber nicht auf die, die sie sich wünschte. Ich wollte sie als gute Freundin nicht verlieren. Dabei hatte ich gerade selbst unsere kostbare Freundschaft riskiert. Dieser Streit über den Hof war so furchtbar gewesen, dass mein Magen drückte. Die Enttäuschung in ihrem Blick hatte mir einen Stich versetzt. Laura bedeutete mir viel. War immer Teil meines Lebens gewesen.

Inzwischen war sie aus meinem Blickfeld verschwunden, während ich im Schnee stehen geblieben war und dicke Flocken auf mich niederregneten. Was war nur mit mir los? Warum hatte ich das mit dem Verkauf nicht behutsamer erwähnt? Ich war im Agenturmodus gewesen, als hätte ich mit einer Kundin gesprochen statt mit Laura. Doch mich trieb nicht allein die finanzielle Situation an, sondern die Vernunft und die Gesundheit meiner Tante Clementine.

Wer, wenn nicht ich, wusste, wozu permanenter Stress und Sorgen führen konnten? Ich hatte es am eigenen Leib erfahren, war plötzlich auf den Boden gesunken. Weil ich mich verausgabt hatte. Das Schicksal wollte ich Clementine ersparen, die nicht mehr die Jüngste war. An ihr zehrte das alles noch mehr als an mir.

Aber ich hatte die falschen Worte gewählt. Nicht klargemacht, worum es mir ging. Was für eine Glanzleistung. Ich hatte Laura nicht nur vor den Kopf gestoßen, sondern ihr auch ein falsches Bild von mir vermittelt. Glaubte sie, ich wäre hergekommen, um Unruhe zu stiften? Dass mir der Hof und die Tiere egal wären? Das tat ziemlich weh.

Denn ich hatte Darlingerode vermisst. Unzählige Male hatte ich an diesen kleinen Ort im Harz gedacht. Immer dann, wenn es in Berlin stressig geworden war, ich unter einem Berg von Arbeit zu verschwinden drohte und die Termine sich bis zur Decke stapelten. Dann hatte ich die Augen geschlossen und mich hierher geträumt, auf den Hof von Tante Clementine.

Natürlich war dieser mir wichtig. Ich wollte ihn nicht aus einer Laune heraus schließen. Doch der Verkauf bot sich an. Und würde Clementine fürs Alter absichern.

Langsam setzte ich mich in Bewegung, lief durch den Schnee, versuchte, mich zu beruhigen. Mein Weg führte mich über die Wiese zurück zur Straße. Dort klopfte ich mir den Schnee von den Schuhsohlen, indem ich kräftig auf den Boden auftrat, und entschied, einen Tee zu trinken. Und zwar in dem Kräuterhäuschen, in dem Laura und ich uns früher gern getroffen hatten.

Meine Stiefel schoben frischen Schnee vor sich her, während ich nach links in Richtung Ortsmitte einbog. Nur ein brachliegendes Grundstück trennte die Villa vom Kräuterhäuschen. Das geschwungene Giebeldach der Teestube reckte sich dem Himmel entgegen, als versuchte es, dem zunehmenden Schneefall zu trotzen.

Ich legte einen Schritt zu, der Schnee knirschte angenehm. Endlich erreichte ich das Lokal, durch dessen beschlagene Fenster warmes Licht drang. Jolanda, die Besitzerin, hatte sich wie jedes Jahr redlich Mühe gegeben, ihr kleines Lädchen mit Lichterketten und bunten Sternen in Szene zu setzen.

Ich drückte die Tür auf, über mir erklang ein Glöckchen, das meine Ankunft verkündete. Der Innenraum sah ähnlich krumm und schief aussah wie das Haus selbst. Ein paar Balken hingen auf überaus kreative Weise an der Decke, ob sie diese stützten, war eine andere Frage. Die Theke wirkte wie selbst zusammengezimmert. Vielleicht war sie das auch.

Über ihr hingen verschiedene Kräuter an einer Schnur, die sich durch den Raum zog. Das musste so sein, hatte Jolanda stets gesagt, denn so trockneten sie am besten und konnten zugleich ihren Duft verbreiten. Hinter der Theke entdeckte ich eine hochgewachsene, schlanke Frau mit zwei geflochtenen Zöpfen, die ihr bis unter die Brust reichten. Früher waren ihre Haare in einem feurigen Rot erstrahlt, nun waren sie durchzogen von silbernen Strähnen.

Just in dem Moment, in dem ich auf Jolanda zutrat, hob sie den Blick, musterte mich wie einen fernen Bekannten, von dem sie nicht sicher war, ob er es tatsächlich war. Lieber Himmel, hatte ich mich in den letzten Jahren so verändert?

»Hallo Jolanda.«

»Valli?« Zweifel klangen in ihrer Stimme mit, aber dann streckte sie die Arme zu beiden Seiten aus, rannte hinter der Theke hervor, um mich zu umarmen. Ich ließ es zu, genoss es, so warm empfangen zu werden.

»Bist du es wirklich?«

»Aber ja!«

»Ich kanns nicht glauben. Darlings, schaut doch, Valli ist wieder da!«

Darlings ... wie lange hatte ich das nicht mehr gehört? So nannte Jolanda die Bewohnerinnen und Bewohner von Darlingerode, weil sie es charmant fand. Und ich irgendwie auch.

Die Gäste hoben die Köpfe, nickten mir erfreut zu, und manche hoben sogar die Daumen, um zu zeigen, wie stolz sie auf mich waren. Wenn sie nur wüssten ...

»Schick siehst du aus, ein Mann von Welt. Nicht schlecht.« Jolanda zupfte an meinem Kaschmirkragen. »Ich habe mich schon gefragt, wann du bei der alten Jolanda vorbeischaust.«

»Das wollte ich längst, ehrlich.«

Sie winkte ab. »Bin dir nicht böse, jetzt bist du ja da. Erzähl mal, wie ist die Hauptstadt? Viel Trubel, mh?«

O ja. Ich nickte.

»Sicher triffst du viele Promis. Das muss aufregend sein. Dagegen ist Darlingerode ein verschlafenes Örtchen, oder?«

»Nein, verschlafen ist es ganz sicher nicht, aber angenehm heimelig«, sagte ich.

»Das wollte ich hören. Clementine meinte, du bleibst über Weihnachten?«

»Genau.« In der Hoffnung, dass sich die Sache vor Gericht in der Zeit klärte. Dann erst würde sich zeigen, ob sich *Perfect Events* erholen konnte. Aber das wusste niemand hier.

Jolanda drückte ihre Hände an meine Wangen. »Das ist toll! Eine Ehre für uns, dass du noch an uns denkst! Vielleicht kannst du mal ein Event für die Harzer Herzstimmen organisieren?«, schlug sie zwinkernd vor.

»Du bist noch im Chor?« Irgendwie schön, wenn manche Dinge blieben, wie sie waren.

»Natürlich! Sie brauchen eine hohe Stimme wie meine. In ein paar Wochen haben wir einen Auftritt auf dem Weihnachtsmarkt. Umringt von Ständen mit kandierten Äpfeln und Lebkuchen und allem Drum und Dran. Ich bin richtig aufgeregt, wenn ich daran denke. Das ist unser bisher größter Auftritt.«

»Klingt toll.« So nach zu Hause.

Schon deutete Jolanda zu Lauras und meinem alten Stammplatz, der, wie der Zufall es wollte, frei war.

Wie oft wir hier wohl gesessen hatten, ohne dass ich geahnt hatte, was sie fühlte?

»Setz dich. Was für einen Tee möchtest du? Egal, welchen du wählst, er geht aufs Haus! Laura kommt sicher auch gleich, oder? Ach, wie schön, dann ist es, als wäre keine Zeit vergangen.«

Ich seufzte leise, dachte an den Streit. Was, wenn ich Laura nun verlor? Als meine gute Freundin, die mir wichtig war? Gott, ich merkte erst jetzt, wie schlimm das für mich wäre.

Jolanda pflanzte mich auf meinen Platz, runzelte die Stirn.

»Alles okay? Du siehst aus, als bräuchtest du meinen Trost-Trunk, du machst das alte Mit-Valli-stimmt-was-nicht-Gesicht.«

Ich seufzte. »Ich habe mich mit Laura gestritten ...«

»Ach ... das kommt mir irgendwie bekannt vor. Wie oft habt ihr euch früher gestritten? Einmal im Monat? Und danach seid ihr immer hergekommen, um euch mit Jolandas Kräutermischungen und kraftvollen Tees zu stärken. So einen mache ich dir jetzt auch. Sag mir nur, in welche Geschmacksrichtung es gehen soll.«

Ich fürchte, so leicht lässt es sich diesmal nicht kitten. Laura hält mich für einen ungehobelten Snob ohne Herz.

Dieser Gedanke tat ziemlich weh. Aber vielleicht hatte sie recht? Ein Geschäftsmann im teuren Kaschmirmantel. Ich hatte mich verändert. Das wusste ich selbst.

»Na, du bist offenbar noch unentschieden. Dann mische ich dir was. Du wirst sehen, alles wird gut. Gib dir selbst Zeit.« Sie verschwand hinter der Theke, kam kurze Zeit später mit einer dampfenden Tasse zurück, die herrlich nach

Vergangenheit roch. Tief sog ich den Duft ein, nahm einen Schluck. Zimt war dabei. Und Apfel. Er wärmte mich von innen.

Plötzlich dröhnte Musik durch den Raum. Ein Typ in knallroter Winterjacke, die so grell leuchtete, dass sie in den Augen brannte, hatte seine Musik auf volle Lautstärke aufgedreht, sodass wir anderen damit trotz seiner Ohrstöpsel beglückt wurden.

»Hey, Kleiner, gehts auch etwas leiser?« Verärgert stemmte Jolanda die Hände in die Seiten. Obwohl ihre Statur schmal war, wirkte sie nun einschüchternd.

Der junge Mann warf ihr einen grimmigen Blick über die Schulter zu, ehe er die Lautstärke reduzierte.

»Ist der von hier?«, fragte ich, weil mir der Kerl suspekt erschien. Er hatte seine Beanie bis über die Augenbrauen gezogen. Dazu ein Schal, der den unteren Teil seines Gesichts verbarg. Als wollte er nicht erkannt werden.

»Ich kenne ihn nicht. Aber das mag nichts heißen. Es kommen oft Leute von außerhalb.« Jolanda zuckte mit den Schultern und beugte sich zu mir vor.

»Eines muss ich noch loswerden. Was immer vorgefallen ist, sprich mit Laura. Hör ihr zu und versuche, sie zu verstehen. Wenn du das machst, wird sie auch dir zuhören. Ein einfaches Rezept. Alles klar?«

Ich nickte. Sicher. Das würde ich auf jeden Fall tun, um mich mit Laura auszusöhnen. Schon huschte Jolanda hinter ihre Theke zurück. Ich nippte an dem Wohlfühltee, blickte aus dem Fenster und bemerkte Therri, die ein paar Hunde über die Straße zur Villa führte.

Auch Mr Volle-Pulle schaute aus dem Fenster, hob die Faust, als wollte er an die Scheibe klopfen, überlegte es sich jedoch anders.

Ich dachte an früher, daran, wie glücklich Oskar und Clementine gewesen waren und wie anders alles geworden war. Und doch machte meine Tante weiter. Sie kämpfte verbissen, weil ihr die Villa und die Tiere viel bedeuteten. Ein Seufzen kam mir über die Lippen. Ich wusste, wie wichtig die Arbeit der Pfoten-Villa war … und doch war die Lage, wie sie war. Ich wollte nur das Beste für alle.

18. Kapitel

Laura

Die letzten beiden Tage hatte ich von zu Hause aus gearbeitet, weil zwei Telefon- und eine Onlineberatung auf der Agenda gestanden hatten. Das war mir recht gewesen und hatte mir ermöglicht, das Geschehen rund um Valli zu verarbeiten.

Mir war klar geworden, dass meine Gefühle für ihn ein Echo gewesen waren, dem alten Valli gegolten hatten. Den neuen Valli kannte ich nicht. Dennoch war ich zu dem Schluss gekommen, dass wir uns wegen seiner Verkaufspläne missverstanden haben mussten. Alles andere ergab keinen Sinn. Und ich war guter Dinge, dass wir das Missverständnis aufklären konnten.

Ich fuhr nach Darlingerode, parkte meinen Wagen und betrat die Pfoten-Villa. Da hörte ich bereits Vallis Stimme. »Denk drüber nach, Tantchen, es wäre sicher das Beste.«

»Das mache ich, Junge.«

Mein Puls schoss in die Höhe. Versuchte er gerade, Clementine seinen Verkaufsplan schmackhaft zu machen?

Ich hängte meine Sachen auf, eilte zu der Sitzecke in der Flurnische, um mich einzumischen, doch das Gespräch schien beendet.

Sogleich kam Valli auf mich zu.

»Guten Morgen, Laura. Schön, dass du wieder hier bist.

Wie geht es dir? Hattest du wieder Migräne? Oder ... lag es an der Sache, über die wir gesprochen haben? Ich habe mir Sorgen gemacht ...«

Ich hatte an die zehn Nachrichten von ihm aufs Handy bekommen, jedoch keine davon beantwortet, weil ich Zeit zum Nachdenken gebraucht hatte.

»Keine Termine im Büro«, sagte ich zur Erklärung und schaute zu Clementine, die am Tisch saß und recht fröhlich dreinsah.

»Und was ist hier los?«, fragte ich behutsam.

»Wie? Ach, Valli hat mir gerade vorgeschlagen, die Schichten von Therri und Lotta am Mittwoch zu tauschen. Dann kommen sich alle weniger ins Gehege.«

Ich atmete auf. Es war nur das gewesen.

»Können wir vielleicht nachher reden?«, fragte Valli und warf einen Blick auf seine goldglänzende Armbanduhr. »Muss los, meine Eltern erwarten mich.«

Ich nickte. »Ja, das wäre gut.«

Schon schob er sich an mir vorbei.

Kaum war die Haustür ins Schloss gefallen, bettete Clementine ihr Kinn nachdenklich auf ihren Stock.

»Was ist los mit euch beiden?«, fragte sie.

Ich atmete tief ein. Eigentlich wäre es besser, die Angelegenheit direkt mit Valli zu klären.

»Ich sehe doch, dass dich etwas bedrückt. Nun rück schon raus mit der Sprache. Es hat was mit Valli zu tun, nicht wahr?«

»Ja, schon.«

»Weil Valli will, dass ich den Hof verkaufe?«

Ich riss die Augen auf. Woher wusste sie denn davon? Hatte er also doch etwas gesagt? Ich seufzte, nickte dann und half Clementine auf, die mit dem Stock Richtung Wohnzimmer deutete.

»Er hat in letzter Zeit einige Andeutungen gemacht. Ob

ich noch alles schaffe, wie es mir geht, ob das Knie mitmacht ...«

»Tut mir leid ... Er scheint zu denken, dass dir langsam alles über den Kopf wächst.«

Wir setzten uns auf die Couch. Clementine beugte sich vor, streichelte eine der kranken Miezen, die sich unter dem Tisch zusammengerollt hatte.

»Weißt du, er war so lange nicht hier.

All die Entwicklungen, die wir hinter uns haben, hat er nicht miterlebt. Er kennt nur den Istzustand. Und der ist anders als damals. Das hat ihn erschreckt.«

Clementines Interpretation verdrängte meinen Ärger. So könnte es sein.

»In mancher Hinsicht hat er auch recht«, sagte sie ernst.

»Was?«

»Ich verliere manchmal den Überblick, auch über die Finanzen. Früher haben Oskar und ich immer eine bestimmte Summe zurückbehalten, für Notfälle. Aber das geht nicht mehr. Alles wird teurer, auch das Futter. Und mein Knie schmerzt immerzu. Ich beiße die Zähne zusammen, aber an manchen Tagen ist es kaum zu ertragen.«

Das hörte ich in der Form zum ersten Mal.

Bonny machte es sich zu Clementines Füßen gemütlich, als wollte sie ihr Frauchen wärmen.

»Und welche Schlussfolgerung ziehst du daraus? Willst du alles aufgeben, wie Valli es vorschlägt? Den Hof an irgendwen verkaufen?«, fragte ich.

»Irgendwann muss ich es tun, Laura. Ich habe keine Erben. Aber bis dahin dauert es noch ein Weilchen.«

»Du bist auch nicht allein, du hast Noah, Stefan, Therri, Lotta, Frau Sommer und mich. Außerdem die ehrenamtlichen Helferinnen und Helfer, die ein paarmal die Woche herkommen.«

Es gab immer jemanden, der da war, um zu helfen. Über mangelnde Hände konnten wir uns nicht beschweren. Aber

Clementines Blick glitt in die Ferne, als dachte sie über ihre Zukunft nach.

Wollte ich der Wahrheit nur nicht ins Auge sehen? So wie ich nicht hatte wahrhaben wollen, dass Valli sich verändert hatte? War ich es, die nicht loslassen konnte?

»Mach dir nicht so viele Gedanken, es kommt, wie es kommt, Kind. Und jetzt muss ich noch ein paar Vorbereitungen treffen.«

»Was meinst du damit?«

Das kranke Kätzchen kam unter dem Tisch hervor, kuschelte sich an Bonnys warmes Fell.

Clementine strich der Katze über das Köpfchen und atmete tief aus. »Du musst das verstehen, ich habe diese Geschichte gehört und eingesehen, dass es nur diese eine Lösung gibt. Sonst hätte ich nicht zugestimmt.«

»Wozu denn zugestimmt?«

Sie schaute mich ernst an. »Du erinnerst dich an den Anruf von Herrn Josefs neulich?«

»Allerdings.«

»Heute trifft eine neue Bewohnerin auf dem Hof ein. Es ist eine ... Ausnahmesituation. Sie wurde auf einem anderen Hof untergebracht, doch kam mit ihren Artgenossen nicht zurecht. Herr Josefs hat sich eingeschaltet und uns gefragt, ob wir einspringen könnten. Ursprünglich stammt sie aus einem Privathaushalt. Ich habe lange überlegt und schließlich zugesagt. Ich konnte nicht anders, musste helfen.«

»Das verstehe ich und finde es richtig, Clementine. Ein Hunde- oder Katzenmäulchen mehr macht den Braten auch nicht fett.« Nur fragte ich mich, ob diese neue Bewohnerin auch hier Probleme haben würde, wenn sie sich so schwer mit Artgenossen tat. Schließlich war die Pfoten-Villa ein Ort für Katzen und Hunde.

Clementine ließ von dem Kätzchen ab, das sich streckte und gähnte, bevor es sich tiefer in das Fell der Hütehündin kuschelte.

Dann lehnte sie sich in die Couch zurück, verschränkte die Arme vor der Brust.

»Ehrlich gesagt handelt es sich nicht um eine Katze oder einen Hund, sondern um ...«

»Eine Echse? Einen Papagei?«

»Eine zweijährige Schweinedame.«

Mir blieb der Mund offen stehen. Vor meinem geistigen Auge ploppte das Bild eines ausgewachsenen pinken Schweins auf.

»Ein ... Stalltier?«

»Wir haben noch eine Box frei. Du weißt, dass Mathilda und Berta immer zusammen sein wollen.«

Sicher, den Platz hatten wir. Aber die Pfoten-Villa trug ihren Namen nicht umsonst. Wir waren nur ein kleiner Gnadenhof, der sich auf Haustiere spezialisiert hatte. Mathilda und Berta hatten die einzigen Stalltiere sein sollen.

»Genau genommen ist Rosalinde ein Haustier, weil sie bei Menschen gelebt hat. Aber in der kleinen Wohnung konnte sie nicht bleiben. Die Familie hat sie deshalb auf einen anderen Gnadenhof in der Region gebracht. Dort hatte sie wie gesagt Probleme mit den anderen Schweinen ...«

»Und der Gnadenhof-Leiter hat sich an Herrn Josefs gewandt, ob der jemanden kennt ...«

»Genau. So kamen wir ins Spiel. Wir haben einen Stall, aber keine anderen Schweine ...

Ich habe Lotta und Noah vorhin gebeten, die Box herzurichten, und das Futter wurde auch schon geliefert.«

Sie meinte es ernst. Sie würde ein Schwein aufnehmen. Vallis Mahnung über die finanzielle Lage ging mir durch den Kopf. Was, wenn Clementine sich übernahm? Wollte er womöglich wirklich nur helfen? Auf eine etwas eigentümliche Art?

»Laura, Kind. Dieses Schwein braucht meine Hilfe und wird sie bekommen. Ich bin immer für Tiere da gewesen, mein Leben lang. Damit will ich jetzt nicht aufhören. Mehr ist dazu nicht zu sagen. Verstehst du?«

Langsam nickte ich. Viele Tiere hatten schreckliches erlebt. Und es war mir stets ein Bedürfnis gewesen, ihnen zu helfen. Da waren Clementine und ich uns sehr ähnlich. Und irgendwie war es ihr gelungen, mich mit ihrer Sichtweise und ihrem Optimismus anzustecken und mich zugleich daran zu erinnern, wofür wir standen: Tieren zu helfen. Rosalinde sollte keine Ausnahme bilden.

»Also schön, gehen wir es an.«

Clementines Züge hellten sich auf.

»Ich danke dir, Laura!« Sie legte ihre Hand auf meine.

»Vielleicht kann ich etwas beisteuern.«

»Nicht doch, Kind, du tust so viel für uns.«

»Ich weiß, dass die Futtermittel für ein Schwein sich in meinem finanziellen Rahmen bewegen. Ich werde somit Rosalindes Patin. Dann haben wir eine Sorge weniger.«

»Ach, Laura, das kann ich nicht annehmen. Du hast gerade umgesattelt. Das Geld wächst nicht auf Bäumen.«

»Und wenn schon, ich mache das, weil es richtig ist. Bei uns wird kein Tier im Stich gelassen«, sagte ich. »Außerdem ersparst du mir die Miete für mein Büro. Ich gebe nur etwas zurück.«

Clementine nickte langsam, atmete dann auf. »Das ist lieb von dir.«

Unwillkürlich beugte sie sich vor und schlang die Arme um mich. »Du bist das Rückgrat unseres Hofs. Das weißt du, oder?«

»Ich würde sagen, diese Rolle fällt dir zu.«

»Oder uns beiden?«

»Darauf können wir uns einigen.«

Bonnys *Wuff* drang zustimmend an mein Ohr.

19. Kapitel

Laura

Frau Hedwig schien recht zufrieden mit unserer Ideensammlung, um dem kleinen Rudi die Angst vor den Geräuschen im Hausflur zu nehmen. Mit viel Ruhe und Geduld sollte es seinem Frauchen gelingen, dass er in solchen Momenten entspannt blieb. Ich hatte ihr geraten, sanft auf ihn einzuwirken, vorsichtig die Tür zu öffnen, um ihm zu zeigen, was im Flur vor sich ging, sodass unbekannte Geräusche ein Gesicht bekamen.

»Einen Versuch ist es wert, Frau Erle«, sagte Frau Hedwig und reichte mir die Hand. Just in der Sekunde drang ein Quieken vom Hof zu uns. Laut und schrill.

Frau Hedwig zuckte zusammen. »Was ist denn da los?«

»Unser Neuankömmling«, vermutete ich. Die Laute klangen jedenfalls, als könnten sie von einem aufgeregten Schwein stammen. Fast herzzerreißend. Eine ungewohnte Umgebung konnte eben Angst machen.

»Ah, verstehe, dann haben Sie wohl einiges an Arbeit vor sich. Gutes Gelingen und einen wunderbaren Tag. Wiedersehen!« Frau Hedwig öffnete die Tür, trat hinaus und folgte dem Weg zum Gatter.

Ich winkte ihr zu, ehe ich mir rasch meinen Mantel überwarf und ebenfalls nach draußen eilte, um meine Hilfe anzubieten. Als Tierärztin war ich oft in Kontakt mit Stalltieren gekommen, wusste mit ihnen umzugehen.

Auf dem Hof hatte sich eine kleine Gruppe um einen Pferdetransporter versammelt – Noah, Lotta, Therri, Clementine und Herr Josefs vom Wernigeröder Tierheim. Sie bemühten sich darum, den Passagier zum Aussteigen zu bewegen. Aber mein Patenschwein hatte wohl andere Pläne.

»Geben Sie mir das mal«, sagte Noah, nahm Herrn Josefs ein Geschirr in Übergröße ab und wagte sich in den Transporter.

Das Quieken wurde lauter.

»Ganz ruhig, ich tu dir nichts!«

»Ist sie schon da?« Stefans tiefe Stimme ließ mich zusammenzucken – ich hatte ihn nicht kommen hören. Ein Nicken war ihm Antwort genug. Offenbar hatte Clementine ihn eingeweiht.

»Hab mir gedacht, ihr könntet einen Mann gebrauchen, der notfalls ein Schwein tragen kann.«

Ich lachte leise. Mit ihren zwei Jahren schätzte ich Rosalindes Gewicht auf hundert Kilogramm, was selbst für Stefan ein bisschen zu schwer wäre. »Das ist lieb, Stefan. Aber warten wir erst mal ab, ob wir das nicht anders hinbekommen.«

»Mir ist beides recht.«

Wir liefen um den Transporter herum, sodass wir ins Innere schauen konnten.

Da erhaschte ich einen Blick auf die Schweinedame. Sie war groß, rosa und mit dunklen Flecken versehen.

Dazu besaß sie Schlappohren, die für ein Schwein recht lang anmuteten. Vermutlich war es ein buntes Bentheimer Schwein oder, wahrscheinlicher, ein Turopolje.

»Kann ich vielleicht helfen?« Zwar war Noah geübt im Umgang mit Tieren, aber als ehemalige Veterinärin, die mit Stalltieren zu tun gehabt hatte, war ich geschulter.

»Es wäre wunderbar, Laura, wenn du das hinbekommst.« Clementine faltete die Hände wie zum Gebet.

»Ja, probiers mal, ich komme nicht weiter.« Noah kletterte aus dem Transporter, reichte mir das Geschirr und wischte sich die Hände mit einem Taschentuch sauber.

Irritiert tastete ich die Polsterung ab, die für den Bereich um die Vorderbeine und den Rücken gedacht war.

»Für gewöhnlich führt man Schweine nicht Gassi.« Zumindest hatte ich noch nie davon gehört.

»Rosalinde ist auch kein gewöhnliches Schwein«, erklärte Herr Josefs, während ich versuchte, den Charakter des Tieres einzuschätzen. Es wirkte sehr nervös, aber auch entschlossen, sich notfalls zu verteidigen. »Sie wurde als Ferkel als Minischwein verkauft, sah auch süß aus, so ein kleines Ding, wurde erst wie eine Prinzessin behandelt, doch dann immer größer. Irgendwann hatte die Familie keine Kapazitäten mehr für das Tier und haben es abgegeben. Auf dem letzten Gnadenhof haben die Leute alles versucht, um Rosalinde mit anderen Schweinen zu vergesellschaften, erfolglos. Sie ist es gewohnt, allein zu leben. Doch als Wohnungstier kommt sie nicht mehr infrage, braucht viel Auslauf. Ein Hof wie dieser ist optimal.«

Herr Josefs wippte unruhig auf den Absätzen seiner Winterstiefel, sein Anorak spannte über dem rundlichen Bauch. Den Blick hielt er eisern auf Rosalinde gerichtet.

Die Tatsache, dass Rosalinde Menschenkontakt gewöhnt war, konnte hilfreich sein.

»Sie will einfach nicht rauskommen. Ich habe alles versucht.« Grimmig verschränkte Noah die Arme, bewegte die Kiefer, als hätte er Kautabak im Mund.

Herr Josefs seufzte. »Wir hatten unsere Mühe, sie überhaupt zu verfrachten. Veränderungen sind nicht ihr Ding.«

»Ich kann sie auch tragen!«

Ich schüttelte den Kopf, legte die Hand an Stefans Oberarm. Selbst wenn er hundert Kilogramm stemmen könnte, war es viel zu gefährlich, Rosalinde könnte ihn in ihrer Panik verletzen.

»Mal sehen, ob ich etwas ausrichten kann.« Ich kletterte über die Rampe in den Transporter, wo sich Rosalinde in die hinterste Ecke gequetscht hatte. Schon als sie mich sah, quiekte sie ängstlich, zitterte sogar. Beeindruckend, was für ein Stimmvolumen sie besaß. Das Geschirr legte ich erst mal an den Rand, ich wollte zunächst versuchen, ihr Vertrauen zu gewinnen.

»Alles gut, wir tun dir nichts. Wir wollen dir ein neues Zuhause geben.«

Schleichend langsam kam ich näher, fand eine Mohrrübe am Boden und hob sie auf, um sie Rosalinde zu reichen. Das weckte ihr Interesse. Die Nasenlöcher ihres kleinen Rüssels blähten sich auf, und ihre winzigen Augen blitzten neugierig. Sie reckte mir den Kopf entgegen, der Rest ihres Körpers blieb jedoch starr. Ich wertete das dennoch als Fortschritt. Vertrauen musste erst aufgebaut werden.

Behutsam kam ich näher, was Rosalinde akzeptierte. Schließlich war ich dicht genug vor ihr, dass sie mir die Mohrrübe aus der Hand nehmen konnte, genüsslich zerkaute sie diese und erlaubte mir sogar, ihren Kopf zu tätscheln.

»War das lecker? Bestimmt haben wir draußen mehr für dich.« Rosalinde schaute zu mir hoch, schnüffelte in meinem Gesicht und schien, mich zusehends weniger als Bedrohung wahrzunehmen.

»Komm, wir gehen zusammen raus.« Behutsam angelte ich nach dem Geschirr, legte ihr den oberen Teil auf den Rücken. Aber das genügte. Schon schrie sie wieder auf und ich taumelte ein paar Schritte zurück, während sie sich noch tiefer in die Ecke drückte. Das Geschirr fiel ins Heu.

»Okay, das war dir zu schnell.«

Ich streckte die Hand nach der Leine aus, bekam sie zu fassen und zog das Geschirr in meine Hände zurück, um es zur Seite zu legen. Vielleicht mochte Rosalinde es nicht?

Ich streckte beide Hände nach vorn aus, in der Hoffnung, sie besänftigen zu können. Ihre Nüstern blähten sich rasend schnell auf. Das hatte ich gründlich vergeigt. Ich hockte mich hin, um weniger bedrohlich zu wirken. Die angstgeweiteten Augen nahmen einen samtenen Ausdruck an. Wie durch ein Wunder funktionierte es. Zumindest dachte ich das. Ein paar Augenblicke später bemerkte ich, dass Rosalinde gar nicht mich ansah, sondern an mir vorbei nach draußen schaute.

Ich folgte ihrem Blick und entdeckte Valli, der zu uns hereinlugte. Was machte er denn hier? Sollte er nicht bei seinen Eltern sein? Für einen Moment stieg der Ärger wieder in mir auf. Über seine Worte. Seine Pläne. Doch da löste sich Rosalinde plötzlich aus ihrer Ecke, trabte erst langsam, dann freudig auf ihn zu.

Ich hatte mit allem gerechnet, aber nicht damit. Ganz von selbst verließ die Schweinedame den Transporter, schnüffelte aufgeregt an Vallis Beinen.

»Was ist denn hier los?«, fragte er. Offenbar hatte Clementine ihm die Neuigkeit vorenthalten. Weil sie befürchtet hatte, dass ihm die Aktion missfallen würde?

»Rosalinde. Das ist los.« Herr Josefs strich sich über den Bauch, entspannte sich. »Sie verwechselt Sie offenbar mit jemandem aus der alten Familie«, sagte er, während ich mir das Geschirr schnappte und den Transporter über die wippende Rampe verließ. Aber ich zweifelte an der Vermutung.

»Schweine sind sehr intelligent. Möglicherweise erinnert Valli sie nur an ihn.« Etwas Vertrautes, auch wenn es sich nicht um dieselbe Person handelte, half offenbar.

»Ach, wie wundervoll. Dann wird alles gut«, säuselte Clementine. Lotta schien mindestens genauso erleichtert, Therri seufzte, als ginge sie das alles nichts an, und Stefan hob den Daumen.

»Hoffentlich macht er sich seinen Kaschmirmantel nicht schmutzig«, brummte Noah.

»Bring sie bitte zum Stall, Valli, ja? Machst du das?«

»Na schön, Tante Clementine, aber danach würde ich gern wissen, was ein Schwein hier zu suchen hat.«

»Sicher, Junge, ich stehe dir später Rede und Antwort.«

Wie verzaubert folgte Rosalinde Valli durch den frischen Schnee zum Stall, ganz ohne Geschirr. Ihre Verwandlung war erstaunlich – sie tänzelte regelrecht hinter ihm her, Ohren und Ringelschwanz stolz aufgerichtet, als wäre sie nie etwas anderes gewesen als ein glückliches Hausschwein. Wir folgten in einem gewissen Abstand. Ich hatte so etwas noch nie erlebt, das musste ich zugeben.

»Die ist in Valli verknallt.« Lotta formte mit beiden Händen ein Herz und hielt es sich vor die Brust.

Konnte das sein? Rosalinde war anders als andere Schweine. So viel hatte ich verstanden. Und dass sie verzückt von ihm war, war mehr als deutlich.

»Ich wusste nicht, dass Valli wieder da ist«, murmelte Stefan, der neben mir lief.

»Er hat spontan Urlaub genommen.« Die die ganze Ortschaft wusste davon, aber Stefan war es offenbar entgangen. Vielleicht, weil er die meiste Zeit in seiner Werkstatt arbeitete?

»Mal sehen, ob er sie reinbekommt«, sagte Noah und beobachtete, wie Valli Rosalinde lotste.

»Auf die Quarantänezeit kannst du verzichten, sie war schon zwei Wochen isoliert, wurde auch tierärztlich durchgecheckt und ist kerngesund«, erklärte Herr Josefs und lächelte Clementine sanft an. Aus dem Tierheimleiter wurde ich nicht schlau. Mal wirkte er wie ein guter Freund von Clementine, mal wie ein windiger Geschäftsmann, der ihr gerade ein Schnäppchen angeboten hatte.

Entspannt folgte Rosalinde Valli in den Stall. Wir verharrten einen Moment davor, bis Valli wieder rauskam und uns zu sich winkte. »Sie ist in der Box! Schaut es euch an. Ich glaube, es gefällt ihr.«

Das ließen wir uns nicht zweimal sagen und traten ein.

Ein kollektives Aufatmen ging durch den Stall, als Rosalinde sich genüsslich ins Heu sinken ließ. Während Lotta den Futtertrog auffüllte, reckten Mathilda und Berta neugierig die Köpfe über die Trennwand, um ihre neue Nachbarin zu begutachten.

Herr Josefs klatschte zufrieden in die Hände. »Das wäre wohl geschafft. Vielen Dank, meine Liebe.« Mit seinem charmantesten Lächeln drückte Herr Josefs Clementines Hand, was ein Funkeln in ihre Augen trieb. Es hätte nur ein Handkuss gefehlt.

Die beiden kannten sich lange. Waren enge Freunde. Dennoch war ich böse auf Herrn Josefs, weil er Clementine zu der Aktion überredet und uns ein Stalltier auf den Hof gebracht hatte, obwohl wir uns auf Haustiere spezialisiert hatten. Aber gut, immerhin fühlte sich Rosalinde pudelwohl. Sie wälzte sich im Heu und quiekte dabei voller Freude. Sicher mochte sie es hier mehr als im Transporter. Oder bei den anderen Schweinen.

Herr Josefs verabschiedete sich, so wie Lotta und Therri, die für heute Feierabend hatten. Blieben also nur Noah, Stefan, Clementine, Valli und ich übrig.

»Na schön, ich muss wieder in die Werkstatt. Bin froh, dass ich Rosalinde doch nicht tragen musste.«

Ich strich Stefan über den Arm und bemerkte, dass Valli eine Braue hob. »Danke, dass du extra gekommen bist.«

»Na klar. Wenn Not am Mann ist, könnt ihr immer auf mich zählen. Aber der eigentliche Held ist Valli. Danke, dass du uns geholfen hast, und schön, dass du wieder hier bist.«

»Jaja, schon gut, Stefan.« Valli nickte ihm zu.

»Clementine, ich fange morgen mit der Dachreparatur an, in Ordnung? Jetzt, da es hier eine weitere Stallbewohnerin gibt, machen wir Nägel mit Köpfen.«

»Großartig, Stefan.«

»Wir sehen uns.« Stefan drehte sich zu mir um. »Ach ja, wegen der Choraufführung. Ich habe mir gedacht, vielleicht könnten wir danach einen Glühwein zusammen trinken oder so.«

Ich nickte. »Hört sich gut an.«

Er hob den Daumen und ging mit einem Lächeln.

Kaum war er weg, stemmte Valli die Hände in die Seiten, bedachte Clementine mit einem strengen Blick.

»Also darum ging es neulich beim Telefonat mit Herrn Josefs? Um ein Bentheimer Schwein?«

»Turopolje«, verbesserte ich.

»Ich weiß, was ihr gleich von mir denken werdet. Valentin ist ein Spielverderber. Aber ich muss trotzdem sagen, dass es nicht durchdacht war, ein weiteres Stalltier aufzunehmen. Es erfordert ein großes Stück Arbeit, Rosalinde ein schönes Zuhause zu bieten.«

»Ruhig Blut, Junge, deine Tante weiß, was sie tut. Sie arbeitet hier 'ne Weile, weißt du?« Schützend schob sich Noah vor Clementine. Er war kein breiter Mann, aber ein großer, und wenn er sich aufplusterte, wie er es gerade tat, konnte er recht imposant wirken.

Valli seufzte.

»Beruhigt euch, Kinder. Ich habe alles kalkuliert. Außerdem hat Rosalinde bereits eine Patin und ist somit versorgt.«

Valli runzelte die Stirn. »Ist das so, Tantchen? Und wer ist so großzügig?«

»Ich«, sagte ich, entschlossen, ihm zu zeigen, was diesen Hof ausmachte. Was er eigentlich wissen sollte, aber offenbar vergessen hatte. Nämlich: Zusammenhalt.

»Schweine sind Allesfresser, was ihre Fütterung erleichtert. Drei Kilogramm nimmt ein Tier von Rosalindes Größe am Tag zu sich. Und Futter aus dem Handel kostet auch nicht die Welt, schließlich geht es nur um ein einzelnes Schwein.«

Ich sah Valli an, dass ich ihm mit meinen Argumenten den Wind aus den Segeln genommen hatte. Rosalindes Anwesenheit würde dem Hof kein Loch in den Geldbeutel reißen. Natürlich bedeutete eine neue Bewohnerin mehr Arbeit.

Aber das würden wir schon schaffen.

Ein zufriedenes Quieken ließ uns herumfahren.

Wir schauten in die Box, wo Rosalinde sich inzwischen mit Heu eingedeckt hatte, als wäre sie das glücklichste Schwein der Welt, weil sie endlich ihr eigenes Reich hatte. Das Bild besänftigte die Gemüter. Mit ihrem Rüssel nahm sie den Geruch von Mathilda und Berta auf.

»Na schön ... immerhin geht es der Schweinedame recht gut, wie man sieht«, sagte Valli.

»Großzügig, dass du uns dein Okay gibst.« Noah schüttelte den Kopf, ehe er den Stall verließ. »Hab zu tun.«

»Welche Laus ist dem denn über die Leber gelaufen?«

»Er ist enttäuscht, Valli.« Ich sagte das ungern, aber so war es.

Er blinzelte. »Was?«

»Wir hatten alle gehofft, du würdest noch mal alles überdenken und uns unterstützen, anstatt nur Probleme zu sehen.«

»Laura ...«

Seufzend stapfte ich voraus. Zurück zur Villa. Ich erwartete einen Kunden, doch Valli holte mich ein.

»Was soll das heißen?«

Ich hielt inne. »Das mit Rosalinde hast du gut hinbekommen. Aber du hast an Clementines Entscheidung gezweifelt und tust es wahrscheinlich noch immer.« Ich war unsicher, was ich von Valli halten sollte, und war selbst überrascht über meine folgenden Worte.

»Wir sollten uns ein paar Tage nicht sehen, Valli.« Vielleicht half mir das, Klarheit zu finden.

20. Kapitel

Valentin

»Laura beruhigt sich wieder«, sagte Tante Clementine. Doch ich seufzte, hatte mehr und mehr das Gefühl, Lauras Freundschaft zu verlieren. Und daran war ich mindestens genauso beteiligt wie sie.

Gemeinsam hängten meine Tante und ich Lichterketten auf, ließen sie um die Innenseite des Fensterrahmens ranken und spannten sie kreuz und quer durch den Raum. Bonny und Caruso beobachteten jeden Handgriff, während die weihnachtliche Stimmung in der kleinen Stube Einzug hielt. Die träge Dunkelheit des Nachmittags erlaubte es den Lichterketten zu strahlen. Der November neigte sich dem Ende zu. War ich schon eine Woche hier? Unglaublich, wie schnell die Zeit verging. Weihnachten rückte näher und näher.

Auch ein paar Katzen schauten vorbei, neugierig, was vor sich ging. Als sie merkten, dass es nicht interessant für sie war, zogen sie sich zurück. Aus Lauras Büro drangen gedämpft Stimmen.

Sie hatte mich noch nie so kühl angesehen. Selbst bei unseren größten Streitigkeiten nicht. Nahm sie mich als … Gegner wahr? Jemanden, der Unruhe in das sonst so idyllische Leben bringen wollte? Das lag mir fern!

Mit einem Mal ging mir durch den Kopf, wie Laura Stefans Oberarm berührt und wie er sie daraufhin angesehen hatte. Das war mir sofort aufgefallen. Mehr noch, es hatte für Magendruck gesorgt. Vielleicht bewertete ich die Situation auch über, Laura war immer schon herzlich zu ihren Freunden.

»Stefan geht also mit Laura zum Chorkonzert …«

Ich erinnerte mich, dass wir in der Schulzeit ab und zu mit Stefan abgehangen hatten. Er war mit uns in dieselbe Klasse gegangen. Netter Typ. Eigentlich.

»Ach ja, das auf dem Weihnachtsmarkt. Das wird sicher schön.« Clementine musste sich setzen, weil ihr Knie wieder schmerzte. Noch etwas, das mir Magendruck bereitete.

Ich kletterte höher auf die Leiter, um weitere Lichter aufzuhängen, verdrängte das unangenehme Gefühl.

»Ich finde es schön, dass Laura etwas rauskommt. Sie lebt nur für ihre Arbeit und die Tiere. Ich meine, für uns ist das natürlich eine große Hilfe. Aber ein bisschen mehr sollte das Leben schon bereithalten.«

Früher wäre ich mit Laura auf das Chorkonzert gegangen …

Meine Hände verkrampften sich um das dünne Kabel, als ich abermals an den Moment vorhin im Stall dachte. Wie vertraut die beiden gewirkt hatten. Wie wenig vertraut dagegen Laura und ich miteinander umgegangen waren. Es versetzte mir einen Stich. Es war, als … wäre ich ersetzt worden.

»Valli? Alles in Ordnung?« Wie durch einen Schutzwall drang Clementines Stimme zu mir vor.

»Was? Wieso fragst du?«

»Weil du wie erstarrt auf der Leiter stehst.«

»Ich, ähm … war kurz in Gedanken. Alles gut.«

Stefan und Laura … Hatte sich zwischen ihnen ein zartes Band entwickelt, während ich fort war? Und mein plötzliches Auftauchen hatte Laura vielleicht etwas durcheinandergebracht, alte Gefühle aufgewirbelt, die sie stets für sich behalten hatte. Doch jetzt? Jetzt kehrte ihr Leben in die natürliche Bahn zurück?

»Sicher, dass alles in Ordnung ist, Valli?«, fragte Clementine.

Ich schüttelte meine Gedanken ab, hängte das Ende der Lichterkette an einen kleinen Haken und stieg die Leiter hinunter, betrachtete unser Werk.

»Sieht festlich aus«, meinte ich zufrieden. »Geht nichts über eine ordentliche Weihnachtsdekoration.«

»Ich wusste nicht, dass du darauf so viel Wert legst.«

Clementine schaute mich an, als würde sie gerade in einem offenen Buch lesen, mich komplett durchschauen. Auch Caruso und Bonny legten misstrauisch die Köpfe schief.

Ich wollte lieber über bunte Sterne reden als über Laura und Stefan ...

»Nun ja, ich finds ... ansprechend. Da fällt mir ein, ich sollte etwas einkaufen gehen, dein Kühlschrank ist ziemlich leer, Tante Clementine.« War besser, als sich mit mir selbst zu beschäftigen.

Clementine lächelte breit. »Ach, das ist nett. Bringst du bitte Baumkuchen mit? Du weißt, den liebe ich.«

»Na klar.«

Ich nickte ihr zu, brachte die Leiter weg und machte mich auf den Weg.

Darlingerode hatte einen Discounter, in dem es alles gab, was das Herz begehrte. Und falls etwas fehlte, gab es weitere Läden in den Nachbarorten. Eigentlich komisch, dachte ich, während ich den Einkaufswagen durch einen der Gänge schob. In Berlin gab es an jeder Straßenecke einen Späti oder einen Supermarkt, manchmal sogar mehr als einen. Dort war alles größer. Überall war was los, an jedem Wochenende gab es verschiedenste Veranstaltungen. Viele davon von uns organisiert. Ja, ich vermisste es, den Finger am Puls der

Zeit zu haben, obwohl ich die Ruhe hier genoss. Es war auch schön, wieder in meiner Heimat zu sein, erinnerte mich daran, wie klein die Welt manchmal sein konnte. Und dass klein nicht schlecht heißen musste.

Weihnachtliche Musik ertönte aus den Boxen, ich blieb an einem Stand mit Schneekugeln stehen. Die sahen fast so aus wie jene, die ich Laura damals geschenkt hatte. Auch mit einem kleinen Häuschen im Innern. Ich erinnerte mich daran, dass ich die Kugel erst neulich in Lauras Regal gesehen hatte. Sie war kaputt gegangen. Fast symbolisch. Aber Laura hatte sie geklebt. Ob ich ... Ich streckte die Hand nach einer der Kugeln aus, ließ sie dann aber sinken und bog in die Kuchenabteilung ein. Zwischen Laura und mir war es mit einem Mal so anders.

In den Regalen gab es die leckersten Gebäckstücke, garniert mit Zuckerguss oder bunten Perlen. Fast wie die Plätzchen, die wir neulich gebacken hatten. Da war die Welt noch in Ordnung gewesen. Ich seufzte, schaute mich in den Regalen um. Wo befand sich der Baumkuchen?

»Hallo Valentin!« Ich schaute über meine Schulter, entdeckte Stefan, der mir zuwinkte.

Ausgerechnet der.

Schon steuerte mein ehemaliger Klassenkamerad seinen Einkaufswagen auf mich zu.

»Du musst unbedingt die Lebkuchenmänner probieren.« Mit einer schwungvollen Handbewegung deutete er auf die Packung.

»Danke, ich suche Baumkuchen für meine Tante.«

»Der ist hier.« Sofort bückte sich Stefan, um mir einen Karton zu geben.

»Kennst dich nicht mehr aus bei uns, was?« Er lachte. Es war jedoch kein herablassendes Lachen, stattdessen schien er ehrlich amüsiert.

»Danke«, grummelte ich dennoch. Ich hätte den Kuchen schon allein gefunden ...

»Aber schön, dass du wieder da bist, Valli.« Er klopfte mir freundschaftlich auf die Schulter.

Ich seufzte.

Es war schwer, Stefan nicht zu mögen. Er war immer freundlich, immer hilfsbereit. Aber dass er mit Laura ausging ... nagte an mir.

»Ich bleibe nur vorübergehend.« Ich sprach so leise, dass ich es selbst kaum hörte.

Stefan hatte mich trotzdem verstanden und nickte, musterte meinen Mantel, in dem ich mich inzwischen fast wie ein Fremdkörper fühlte. Weil er nicht hierher passte? Weil vielleicht ich ... nicht mehr hierher passte? Der Gedanke kam plötzlich, aber irgendwie ... stimmte er. Ich war allen auf die Füße getreten, war der Schickimicki-Typ, der große Erfolg aus Berlin, kein »Darling« mehr, wie Jolanda vom Kräuterhäuschen so gern sagte. Nicht mal Laura und ich waren noch auf einer Wellenlänge.

»Mach dir keine Gedanken, ich passe auf alles auf. Bin da, wenn was repariert werden muss ...«

Wieso sagte er das jetzt? Weil er mich beruhigen wollte?

Weil er meinte, dass jemand meine Rolle übernehmen müsse?

Oder vielmehr, dass er sie bereits übernommen hatte?

»Du kannst dich auf deine Karriere konzentrieren. Clementine und Laura können immer auf mich zählen, darauf haben sie und darauf hast du mein Wort, Valli.«

Das stimmte gewiss. Offensichtlich ... wurde ich ... gar nicht mehr gebraucht. Ich wusste nicht einmal, wo der Baumkuchen stand. Geschweige denn, was auf dem Hof vor sich ging. Gleichzeitig spürte ich diesen Stich in der Brust. Was war nur mit mir los?

Wirsch fuhr ich mir durchs Haar. Schüttelte den Kopf, als könnte ich diese Gedanken fortjagen.

Stefan deutete mit dem Daumen hinter sich. »Die haben übrigens auch tolle Christstollen im Angebot.«

»Lass mal stecken, aber danke.«

Stefan zuckte mit den Schultern, verabschiedete sich und schob den Wagen wieder weg.

21. Kapitel

Laura

»Das sieht toll aus!« Mama betrachtete meine Fensterdeko, die ich in ihrem Wohnzimmer arrangiert hatte. Schwibbögen, Sterne am Glas, ein paar Tannenzweige auf dem Sims und dazu Fensterbilder mit weihnachtlichen Motiven. Fehlte nur Sprühschnee, aber den nutzten wir seit Jahren nicht mehr. Mama wollte lieber draußen echten Schnee sehen als künstlichen drinnen.

»Sieht es nicht jedes Jahr ähnlich aus?«, fragte ich amüsiert, ehe Hulki auf den Sims sprang und die Tannenzweige mit einem sanften Pfotenstoß nach unten beförderte.

Schmunzelnd hob ich sie auf und überlegte, wo ich sie stattdessen unterbringen könnte, denn die Gefahr war groß, dass Hulki sie erneut zu Boden werfen würde.

Immerhin war der kleine Kerl wieder gesund.

»Ich mag eben die Tradition«, meinte Mama zwinkernd.

Ich schüttelte amüsiert den Kopf, reichte ihr die Zweige. »Du findest sicher einen katzensicheren Ort dafür.«

»Da bin ich sicher«, sagte Mama und verließ das Wohnzimmer. Hulki folgte ihr, in der Hoffnung, dass es etwas zu fressen gab.

Mein Blick wanderte durch das Fenster nach draußen. Wie an jedem ersten Advent werkelten die Nachbarinnen und Nachbarn an ihren Häusern, hingen Lichterketten in den

Bäumen auf, stellten ihre Weihnachtsdeko in den Vorgarten. Ein Rentier mit Schlitten war dabei, in Lebensgröße, sehr beeindruckend. Jemand montierte einen leuchtenden Weihnachtsmann auf dem Dach.

Leitern wurden aufgestellt, um Lichtbögen über der Straße zu spannen. Helferinnen und Helfer verteilten Glühwein und Plätzchen zur Stärkung.

Alle arbeiteten Hand in Hand in dieser Nachbarschaft. Das hatte Tradition, seit ich klein gewesen war.

Ach, ich liebte es, dass unsere Straße ihre eigenen Weihnachtsbräuche entwickelt hatte. Ganz Darlingerode sah um diese Jahreszeit stets festlich geschmückt aus, aber keine Straße war wie unsere.

Just in der Sekunde erblickte ich Valli, der auf einer Leiter balancierte und seinen Eltern dabei half, den Lichtbogen zu unserem Haus zu spannen.

»Er macht beim Schmücken mit?« Ich staunte. Gleichzeitig war ich immer noch wütend auf ihn und ihm bisher möglichst aus dem Weg gegangen.

»Du meinst Valentin?«

Ich zuckte zusammen und drehte mich zu Mama um. Von dem Streit wegen des Hofs wusste sie nichts. Ich hatte ihn für mich behalten, um Fragen zu vermeiden.

»Ist schön, dass er wieder hier ist. All die Jahre hat er das Schmücken unserer Straße verpasst.«

Ich nickte. »Ja ... schön.«

Das mit Rosalinde vor zwei Tagen hatte mich beeindruckt. Aber danach hatte er erneut bewiesen, wie sehr er sich verändert hatte. Dass er vor allem als Geschäftsmann agierte und andere Prioritäten setzte als Clementine oder ich. An mir nagte die Frage, ob ich den neuen Valli genauso mögen könnte wie den alten ...

»Seine Familie und er kommen heute zum Abendessen zu uns. Wir wollen Fondue machen und Uno spielen. Ganz nach Art des Hauses Erle.« Mama zwinkerte. »Ich hoffe, du bleibst auch?«

»Ich ...« Valli und ich an einem Tisch? Ob das eine gute Idee war? Und dennoch ... vermisste ich ihn. Wie albern war das denn?

Mama warf mir einen eindringlichen Blick zu.

»Na schön.« Schließlich wünschte ich mir Harmonie, ganz besonders zu dieser Zeit des Jahres. Zudem brachte es nichts, vor Valli wegzulaufen. Er wohnte derzeit auf dem Hof, auf dem ich arbeitete. Früher oder später würden wir uns ohnehin begegnen.

Als wir ein paar Stunden später beisammensaßen, eine Kerze auf dem Adventskranz am Fenstersims brannte, der Fonduetopf vor uns brodelte und unsere Spieße darin steckten, wünschte ich mir von Herzen, dass die Stimmung wie früher wäre, heimelig und winterlich. Stattdessen hatten Valli und ich nur kurz miteinander gesprochen, seitdem schaute er permanent auf sein Handy, das ab und zu Laut gab, wenn eine neue Nachricht eingetroffen war. Konnte er das Ding nicht weglegen? Unsere Familien freuten sich so, dass er hier war.

Seufzend streckte ich die Hand aus. Ich wollte meinen Spieß mit Zwiebeln und Champignons aus dem Topf ziehen, als Valli zeitgleich nach demselben griff. Unwillkürlich berührten sich unsere Finger. Damals, mit siebzehn, hätte eine zufällige Berührung mein Herz zum Schwingen gebracht. Aber jetzt zuckte ich zurück.

»Das ist meiner«, sagte ich barsch, und die anderen hoben die Köpfe.

»Siehst du? Oranger Punkt«, erklärte ich in einem netteren Ton.

Er grinste verlegen. »Sorry, habe ich wohl verwechselt.«

Dann schnappte er sich den Spieß mit dem roten Punkt. Immerhin hatte er das Smartphone zur Seite gelegt.

»Also die Straße sieht toll aus, findet ihr nicht?« Vallis Papa Manfred schaute in die Runde und putzte seine kleine Brille mit einem Reinigungstuch, ehe er sie sich exakt auf die Nasenspitze setzte. Sein verlegenes Lächeln verriet mir, dass er versuchte, die Stimmung zu heben.

Alle nickten.

»Da hat mein Manni recht. Wir haben wunderbar zusammengearbeitet, die ganze Nachbarschaft. Und besonders schön ist es, dass uns Valli dieses Jahr geholfen hat. Das kommt leider viel zu selten vor.« Sabine räusperte sich, als versuchte sie, den vorwurfsvollen Ton nachträglich zu dämpfen.

»In Berlin hat der Junge eben viel zu tun«, sagte Mama.

»Nur dieses Jahr offenbar nicht.« Sabine schien dieser Umstand genauso zu verwundern wie mich. Was war denn dieses Jahr anders als zuvor? Außer natürlich, dass Valli sich Urlaub genommen hatte. Na ja, manchmal reichte das aus.

»Reden wir lieber über euren Chorauftritt. Wie laufen denn die Proben?«, fragte Valli.

Aufgeregt rutschte Sabine auf ihrem Stuhl hin und her. Mama tat es ihr gleich und checkte öfter als nötig ihren Spieß im Topf.

»Ganz wunderbar. Unser Repertoire wird größer und größer.«

Unsere jeweiligen Eltern waren seit Jahren Teil des Chors und interessiert an allen kulturellen Veranstaltungen von Darlingerode. Sie brachten sich fast immer irgendwo ein, meistens als Doppel-Team. Ich war mir sicher, dass das gemeinsame Schmücken unserer Straße auch auf sie zurückging.

»Wir haben zwanzig Weihnachtslieder einstudiert. Allerdings singen wir nur fünfzehn davon. Plus eines für die Zugabe«, sagte Mama.

Ich löste Zwiebeln und Champignons von meinem Spieß, steckte mir eine Tomate und Gurkenscheibe auf und ließ diese im brodelnden Käse verschwinden. Da strich mir Hulki um die Beine und machte mit seinem leisen Stimmchen auf sich aufmerksam. Sein Blick sagte: Gib mir was ab!

»Du bist doch kein Vegetarier«, murmelte ich.

Verdutzt sah er mich an.

»Ach, das wird bestimmt schön. Der Auftritt auf dem Weihnachtsmarkt, der Kuchenstand für Clementines Adventsfest …« Mama nahm sich eines der Baguettes vom Teller, brach ein Stück ab und tunkte es in eine Barbecuesoße.

»Es ist also viel los.« Valli sagte dies, während er auf sein Handy starrte.

»So wie jedes Jahr, mein Junge.« Sabine schnipste mit dem Finger. »Da fällt mir ein, ich habe neulich beim Winterputz etwas gefunden, das ich euch nicht vorenthalten möchte. Bestimmt hellt das die allgemeine Stimmung auf, ihr werdet staunen!«

Ich strich Hulki über den Rücken, freudig reckte er mir seinen buschigen Schwanz entgegen, schnurrte wie ein kleines Motorboot.

Aus ihrer Handtasche zog Sabine ein Fotoalbum, das recht alt wirkte. Stolz platzierte sie es auf dem Tisch. Gerade noch rechtzeitig hatte Manni ein paar Teller zur Seite gezogen und Papa gereicht, der nicht wusste, wohin damit. Starr behielt er sie in der Hand.

»Ach, nicht doch!« Ein roter Schatten legte sich über Vallis Wangen. Er wusste wohl, was das Album beherbergte.

Just in der Sekunde bimmelte sein Handy. »Entschuldigt mich, ich muss rangehen.« Schnell schob er den Stuhl zurück. Das laute Schaben schreckte Hulki auf, der sich nun in ein anderes Zimmer verzog.

»Das ist ein Trick von ihm, er will nur seine Kinderfotos nicht sehen«, feixte Manni, aber Valli schüttelte den Kopf.

»Es ist wichtig.« Schon war er aus der Stube in die Küche nebenan verschwunden.

Manni half Sabine, ein paar Soßen beiseitezuschieben, damit das Buch keinen Ölfleck abbekam. Mama und Papa, immer noch die Teller in der Hand, erhoben sich, liefen um den Tisch herum, um besser sehen zu können, ehe Sabine es aufschlug.

Mir genügte die Kopfüber-Perspektive. Schon auf den ersten Bildern war der Gnadenhof zu sehen, und unvermeidbar: Valli und ich als Kinder.

»Och, das ist aber süß.« Mama wies auf das Foto, auf dem Valli und ich ein Pony streichelten.

Aber dabei blieb es natürlich nicht. Es gab noch mehr. Um nicht zu sagen, Unmengen. Fast immer vom Hof, den Tieren, Valli und mir. Viele ein bisschen peinlich, aber letztlich wunderschön, weil sie unser Leben von damals so gut eingefangen hatten.

Plötzlich lachten meine Eltern, Vallis stimmten mit ein. Klar, über ein Foto, auf dem ich, mit sieben oder so, in einen Fladen Mist getreten war und das Gesicht verzog, die Mundwinkel bis zu den Knien. Ich nahms mit Humor, genoss, dass die Laune stieg. Noch schöner wäre es gewesen, wenn Valli die Bilder mit uns angeschaut hätte. Ich blicke hoch, wartete, dass er zurückkam.

»Das waren Zeiten. Damals lebten noch viel mehr Tiere auf dem Hof«, sinnierte Papa.

»Ich habe gehört, es ist jetzt ein Schwein in die Pfoten-Villa gezogen?« Sabines Blick, der von entzückenden Sommersprossen umrandet war, traf mich.

»In den Stall«, erklärte ich. »Es ist eine Schweinedame namens Rosalinde.«

»Ach ja, die soll recht witzig sein«, erklärte Manni und überraschte mich.

»Wer sagt denn das?«

»Die Leute, Laura, die Leute.« Sabine blätterte um, offenbarte die nächste Seite alter Erinnerungen.

»Schaut mal, das war der Tag, an dem Valli Laura vom Eis gerettet hat«, meinte Mama. Sie zeigte auf Valli und mich am zugefrorenen Rohrteich. Mit Schal und Mütze. Eigentlich hatten wir Schlittschuh laufen wollen, aber eine Warnung war ausgegeben worden, dass das Eis zu dünn sei. Ich hatte nicht darauf gehört und war auf die zugefrorene Fläche gerannt, als niemand hingesehen hatte. Kaum einen Augenblick später hatte es unter mir geknackt. Ich wusste noch, dass ich einen Riss im Eis gesehen hatte. Valli hatte mir sofort den Arm entgegengestreckt und mich in Sicherheit gezogen.

Nach dem Vorfall hatte natürlich niemand mehr daran gedacht, Fotos zu machen. Aber dieses eine, auf dem wir stolz vor dem See standen, war vorher aufgenommen worden.

»Dass Valli so schnell reagiert hat, dafür bin ich ihm auf ewig dankbar.« Mama schaute zu dem leeren Stuhl, den Valli zurückgelassen hatte. »Ich will mir nicht ausmalen, was geschehen ... nein, ich kann nicht mal so weit denken.«

»Gott sei Dank ist alles gut gegangen«, sagte Papa.

Mein Blick wanderte erneut zu dem leeren Stuhl. Danke, Valli, dass du mich damals gerettet hast. Ein warmes Gefühl in der Brust begleitete den Gedanken.

»Ach, der gute Oskar.« Sabines Worte rissen mich ins Hier und Jetzt zurück. Sie hatte derweil weitergeblättert. »Wie jung mein kleiner Bruder da noch war.«

Ab jetzt war Oskar auf vielen Bildern zu sehen, die folgten. Als junger Mann, gemeinsam mit einer deutlich jüngeren Clementine ... die kräftig auf dem Hof anpackten. Alles gaben. Das war immer ihre Devise gewesen. Und so war es heute noch.

Vielleicht hatte Valli das nur vergessen? So wie er seine Manieren vergessen hatte, weil er diesen bedeutsamen Moment verpasste. Ich sah allen an, dass sie enttäuscht darüber waren.

Sabine klappte das Fotoalbum zu, legte es zur Seite, und ich zog meinen Spieß aus dem Käse, die matschige Tomate plumpste auf meinen Teller. Die Gurkenscheibe folgte. Appetit hatte ich keinen mehr. Entschlossen schob ich den Stuhl zurück, um mit Valli zu sprechen. Vielleicht war ihm nicht klar, wie sehr alle ihn vermisst hatten. Und wie kostbar jeder Moment mit ihm war. Auch für mich, wurde mir klar.

»Willst du jetzt auch gehen?«, fragte Mama, die ihren alten Platz wieder einnahm, genauso wie mein Vater.

»Nein, nein. Bin gleich zurück.« Ich verließ das Wohnzimmer und ging festen Schrittes zur Küche. Bevor ich diese durch die Schiebetür betreten konnte, hörte ich Vallis angespannte Stimme.

»Das ... ist ein Schock ... dass wir uns unsere eigenen Mitarbeiter nicht mehr leisten können ... Ich weiß, Mike, du hattest keine andere Wahl ... ...«

Ich runzelte die Stirn.

Das klang nicht nach der erfolgreichen VIP-Eventagentur, von der sonst die Rede war. Mein Herz schlug schneller. Steckte Valli in Schwierigkeiten? War er deshalb hier?

»Ich habe übrigens heute eine Nachricht von dem Mitarbeiter des KaDeWe bekommen. Jemand hat eine auffällige Person kurz vor Ladenschluss bemerkt. Ja ... ich weiß, das ist nur ein vager Hinweis. Aber immerhin. Er sagt, er hört sich weiter um, und ich ... genau ... bleibe aus der Schusslinie. Wir halten einander auf dem Laufenden, ja? Bis dann.«

Das Gespräch schien beendet, aber Valli kam nicht raus. Ich zögerte, hatte natürlich nicht lauschen wollen, aber es war passiert. Das alles klang schlimm. Prompt war da dieses Gefühl, dass Valli jetzt eine Freundin mit starker Schulter brauchte ... Warum hatte er mir nichts gesagt? Weil wir uns so weit voneinander entfernt hatten? Oder wegen des Streits? Wobei ... er hatte auch erst nachhaken müssen, wieso ich den Beruf gewechselt hatte.

Ich drückte das Rückgrat durch und trat ein, in der Absicht, mit ihm zu reden. Für ihn da zu sein. Weil er mich jetzt brauchte. Mit beiden Armen stützte er sich auf der

Arbeitsfläche neben dem Herd ab. Sein Gesicht so bleich, dass ich vor Schreck die Luft anhielt.

Valli sah furchtbar aus. Als hätten ihn die Nachrichten aus Berlin völlig aus der Bahn geworfen. In der ersten Sekunde schien er mich nicht wahrzunehmen, und ich hatte die Sorge, dass er gleich umkippte.

Erst als ich mich leise räusperte, hob er den Blick. Ein gequälter Ausdruck trat in diesen.

»Laura ... wie lange ...«

»Lange genug«, sagte ich. »Was ist denn nur geschehen ... in Berlin? Du hast nichts gesagt.«

Er richtete sich auf, atmete tief ein. Seine Augen wirkten gerötet. »Na ja. Ich fürchte ... ich habe großen Mist gebaut.« Er fuhr sich mit beiden Händen über das Gesicht, wirkte so mitgenommen, dass ich das Bedürfnis verspürte, ihn zu umarmen. So wie ich es früher getan hätte. Ich kam ein paar Schritte näher, zögerte aber. Weil ich nicht wusste, ob er das wollte. Wie er reagieren würde. Denn zwischen uns war vieles anders geworden. Wir waren nicht mehr dieselben.

Dennoch erzählte er mir von dem brennenden Weihnachtsbaum im KaDeWe, den Folgen für die Agentur und seinem Zusammenbruch. Ich hörte mir alles in Ruhe an, obwohl mich der Gedanke mitnahm, dass es ihm so schlecht gegangen war. Wenn ich das nur früher gewusst hätte ... ach, Valli.

»Ich wusste weder aus noch ein. Und es wird nicht besser. Auftragsverluste, Kündigungen von guten Kollegen ...«

»Das ist furchtbar.« Ich trat näher. Nur Zentimeter trennten uns voneinander. »Wieso hast du dich nicht bei mir gemeldet? Ich hätte dir zugehört.«

»Ich weiß ... ich wollte mir nicht die Blöße geben. Deswegen habe ich meinen Eltern und dir auch erzählt, ich würde nur Urlaub machen. Außerdem wollte ich euch keinen Kummer bereiten, deswegen habe ich nur Clementine in das Nötigste eingeweiht. Ihr habt alle geglaubt, ich wäre ein großer

Erfolg, wart so stolz auf mich. Ich hatte das Gefühl, euch das Herz zu brechen, wenn die Wahrheit ans Licht käme.«

»Deine Eltern wissen also gar nichts davon.«

»Und es soll so bleiben, ich möchte nicht die Enttäuschung in ihren Augen sehen. Ich komme wieder auf die Beine.«

Jetzt konnte ich nicht anders, breitete die Arme aus und schloss Valli darin ein. Ich war nicht länger wütend auf ihn, denn sein seltsames Verhalten ergab nun Sinn. Valli atmete überrascht und doch erleichtert auf, hielt mich ebenso fest.

»Also ist die Pause zwischen uns vorbei?«, raunte er mir ins Ohr.

Ich strich ihm sanft über den Rücken. »Ja, natürlich.«

»Laura, eine Sache ist mir aber wichtig. Wegen unseres Streits über den Hof. Ich ... möchte, dass du weißt, mir gehts um Clementine. Nicht bloß um Finanzen. Ich mache mir Sorgen, ob sie es körperlich noch packt.«

Natürlich, jetzt verstand ich seine Beweggründe viel besser.

Er wollte verhindern, dass Clementine auch ans Ende ihrer Kräfte geriet.

Ich seufzte. »Ich habe mich auch nicht mit Ruhm bekleckert. Ich hätte mit dir reden und zuhören sollen, anstatt auf stur zu schalten ...«

»Um ehrlich zu sein, hatte ich Zweifel, ob ich noch zu euch gehöre.«

»Was? Natürlich tust du das!«, sagte ich hastig, drückte ihn fester. »Wir sind alle froh, dass du hier bist.«

Er lehnte das Gesicht an meine Schulter, ich spürte, wie er aufatmete.

»Ab jetzt reden wir miteinander, egal was kommt, einverstanden, Valli?« So wie wir es früher gemacht hatten.

Er lächelte mich an, nickte mir zu.

»Lass uns ins Wohnzimmer zurückgehen und den restlichen Familienabend genießen.« Ich griff nach seiner Hand, zog ihn hinter mir her.

Weit kamen wir allerdings nicht, denn im Flur standen unsere Eltern. Valli und ich erstarrten. Hatten sie alles gehört?

»Ihr habt so lange gebraucht ... wir wollten nach dem Rechten sehen.« Verlegen schabte Mama mit ihrem Pantoffel über den Laminatboden.

»Junge! Wir sind nicht enttäuscht von dir!« Sabine schüttelte empört den Kopf, als wäre allein der Gedanke ein Frevel, und drückte Valli an sich.

Manni tat es ihr gleich. »Was immer in Berlin los ist, du hast hier ein Zuhause, und du hast uns.«

Ich sah Valli an, wie überrascht und tief berührt er war, während er zugleich aufblühte, weil die Geschichte endlich ans Licht gekommen war.

»Können wir was für dich tun?«, fragte Sabine.

»Oder wir?«, wollte Papa wissen.

»Ihr tut schon viel für mich. Jetzt gerade!« Mit glänzenden Augen umarmte Valli zuerst seine Eltern und danach meine. »Ich bin froh, dass ich mich nicht länger verstellen muss. Ich dachte wirklich, ihr wärt alle enttäuscht. Aber ihr seid für mich da.«

Ich lächelte ihm aufmunternd zu, freute mich, dass es ihm besser ging.

Gemeinsam gingen wir ins Wohnzimmer zurück, und ab da war alles wie früher. Es wurde ein ausgelassener Abend. Manni erzählte witzige Geschichten aus seiner Zeit als Klempner, Mama und Sabine sangen sogar ein Lied aus ihrem Repertoire vor. Irgendwann holte Papa die Uno-Karten aus dem Schrank, aber ich schüttelte den Kopf.

»Ich bin müde, seid mir nicht böse. Hab noch einen Weg vor mir.«

»Du kannst hier schlafen«, sagte Mama, aber ich lehnte dankend ab. Mein Bett in Wernigerode war mir lieber.

Ich schob meinen Stuhl zurück, brachte meinen Teller raus und wollte ins Wohnzimmer zurück, um mich von allen zu verabschieden, als Valli plötzlich vor mir stand.

»Kann ich dich zu deinem Wagen begleiten?«

»Sicher. Ich sag nur den anderen Tschüss.«

Ich schob mich an ihm vorbei, bemerkte seinen Duft – den ich unwillkürlich aufsog. Irritiert von der Reaktion umarmte ich Mama und Papa sowie Sabine und Manni.

»War schön, mal wieder so einen Abend zu haben.«

»Geht uns auch so«, sagte Sabine.

Ich nickte. »Wir sehen uns.«

»Spätestens zum Konzert!«, rief Mama eindringlich.

»Aber sicher! Wie könnte ich das vergessen? Machts gut, ihr Lieben.« Ich hob die Hand und verschwand im Flur, streifte mir meine Sachen über. Valli trug bereits seinen Mantel, Mütze und Schal. Galant hielt er mir die Tür auf.

Als wir in die Nacht hinaustraten, glaubte ich mich im Wunderland. Wie schön unsere Straße aussah! Überall waren bunte Lichter. In den Bäumen, an den Fenstern, über der Fahrbahn. Eine wunderbare Reise in die Vergangenheit, denn so hatte es bisher jedes Jahr ausgesehen.

Dazu der Schnee, der in sanften Flocken auf die Welt herabrieselte, sich niederlegte, als wollte er eine weiße Decke über alles ausbreiten.

»Hat Spaß gemacht«, sagte Valli an meiner Seite, während wir den Weg hinunter zu meinem Wagen gingen. Ich war nicht sicher, ob er das Schmücken der Straße oder den gemeinsamen Abend meinte. Doch als ich seinen Blick auffing, wusste ich, er meinte beides.

Seine Augen funkelten warm und samten, so wie früher. Fast verlor ich mich darin. Alles ist doch nicht anders geworden, dachte ich. Manches blieb wie immer. Ein beruhigendes Gefühl. Valli war nicht der herzlose Geschäftsmann, für den ich ihn zwischendurch gehalten hatte. Im Gegenteil.

Und ich war sicher, dass wir gemeinsam eine Lösung für die Probleme finden würden.

»Mir hat es auch Spaß gemacht. Und schön, dass wir uns ausgesprochen haben.«

Er nickte. »Wieder Freunde?«

»Wieder Freunde«, sagte ich von Herzen.

Sein Lächeln wurde größer, reichte bis zu seinen Augen. »Komm gut nach Hause, Laura.«

»Mach ich.«

Ich stellte mich spontan auf die Zehenspitzen, umarmte ihn fest. Ich würde versuchen, den neuen Valli kennenzulernen – nicht den Karrieremann aus Berlin, sondern den Valli vor mir, der sich mir geöffnet hatte.

Als er die Arme um mich legte, mich ebenso drückte, spürte ich sein Herz an meiner Brust schlagen. Kraftvoll und schnell.

Ich ließ von ihm ab, schloss die Wagentür auf und stieg mit einem sanften Lächeln ein ... Erst als ich an der Kreuzung angelangt war, merkte ich, dass es mein eigenes Herz gewesen war, dass so wild geklopft hatte ...

22. Kapitel

Laura

Draußen tanzten die Flocken ihren Reigen, erinnerten mich daran, dass in wenigen Wochen Weihnachten war. Auf dem Hof ging alles seinen gewohnten Gang. Stefan hatte kürzlich angefangen, das Stalldach zu reparieren, balancierte auch heute auf einer Leiter, um noch ein paar Kleinigkeiten zu begradigen. Noah übernahm die Aufsicht und unterstützte Therri und Lotta bei der Arbeit. Ohne ihn lief nichts. Er griff Clementine unter die Arme, wo er nur konnte. Und ich bemühte mich, das auch zu tun.

Eigentlich wäre Noah genau der Richtige, um Clementine bei der Geschäftsleitung des Hofs zu unterstützen. Niemand war so lange dabei wie er, außer natürlich Clementine selbst. Die beiden als Doppelgespann ... das wärs doch!

Nun traf erst einmal Frau Schmalspur ein, die sich zu mir ins Büro setzte und von ihren zwei Hunden berichtete, die sich urplötzlich nicht mehr vertrugen.

Ein komplizierter Fall, aber nicht unmöglich aufzulösen.

Am Ende der Beratungsstunde hatten wir einen Plan erarbeitet, wie sich die Hunde wieder annähern könnten. Mit viel Geduld und Engagement. »Das ist einen Versuch wert, herzlichen Dank, Frau Erle!«

Ich begleitete Frau Schmalspur zur Tür, entschied dann spontan, nach Rosalinde zu sehen. Das Wochenende über war ich nicht hier gewesen und neugierig, wie sich die Schweinedame im Stall eingelebt hatte. Für die meisten Neuankömmlinge waren die ersten Tage in fremder Umgebung eine harte Zeit. Ungewohnte Gerüche und Geräusche, neue Tagesabläufe.

Ich lief über den Hof, sah die Spuren der Hunde im Schnee, die ihren Auslauf genossen hatten, und musterte das geflickte Stalldach. Stefan war inzwischen fort, aber die Reparatur sah vielversprechend aus. Ich betrat den Stall, hörte Musik, was mich verblüffte. Dazu ein Grunzen.

»Na, wie gefällt dir das? Das ist Bon Jovi, oldschool, ich weiß, aber immer noch cool«, sagte eine Stimme, die ich Therri zuordnete. Doch ich konnte sie nirgends sehen.

Wieder ein Grunzen. Es klang beinahe begeistert. Berta meckerte zwischendrin, Mathilda wieherte, aber das taten sie öfter. Aufgeregt wirkten sie jedenfalls nicht. Eher, als würden auch sie das Konzert genießen.

Ich stellte mich auf die Zehenspitzen, was mir erlaubte, einen Blick in Rosalindes Box zu erhaschten. Dort saß Therri im Heu, hielt der Schweinedame ihren Ohrstöpsel hin. Noch hatte sie mich nicht bemerkt.

»Wir haben echt viel gemeinsam, ist dir das klar?«

Ein fragendes Quieken.

»Na ja, wir passen beide nicht wirklich hierher, oder?«

Ich stutzte. Also dachte Therri das immer noch. Zwar war ihr das stets anzumerken, aber irgendwie war es etwas anderes, es aus ihrem Mund zu hören.

»Weißt du, wenn wir zusammenhalten, dann kommen wir hier schon klar.«

Rosalinde stimmte mit einem zufriedenen Gurgeln zu. Therri legte die Hand auf den Kopf der Schweinedame, kraulte sie hinter ihrem übergroßen Schlappohr, was dieser so gut gefiel, dass sie vergnügt schnaubte.

Ich sank auf meine Fußsohlen zurück.

Vielleicht sollte ich gehen. Ich wollte die traute Zweisamkeit nicht stören, zumal ich das erste Mal das Gefühl hatte, dass Therri zu jemandem eine Art Bindung aufbaute.

Also schlich ich mich aus dem Stall. Auf halber Strecke zur Villa kam mir Clementine entgegen. Sie wirkte hektisch, wedelte mit einem offenen Brief herum, den sie aus dem Briefkasten geholt haben musste.

»Schlechte Nachrichten?«, fragte ich und steckte die Hände in die Manteltasche, weil es ohne Handschuhe eiskalt war.

»Ich weiß nicht, ein Schreiben vom Förderverein. Ungewöhnlich für diese Jahreszeit. Ich brauche meine Lesebrille.«

»Ich kann es dir vorlesen.«

»Nein, lass mal, Kind. Ich hab ein komisches Gefühl bei der Sache und will die schlechten Nachrichten erst verdauen, bevor ich sie ausspreche.«

»Natürlich. Aber denkst du denn wirklich, es ist etwas Schlechtes?«

Clementine kniff die Lippen zusammen, als würde sie sich nicht trauen, meine Frage zu beantworten.

Wir liefen gemeinsam um das Haus herum, und ich drückte ihr die Tür auf. Warme Luft stieg uns entgegen, wir wurden empfangen von wohligen Gerüchen und legten ab. Im Flur stießen wir fast mit Stefan und Lotta zusammen, die mit Lappen und Eimern aus dem Bad kamen und Richtung Kellertreppe gingen. Caruso begleitete sie. Seine Zunge wehte aus seinem Maul wie ein Umhang, so aufgeregt war er. An der Treppe würde er allerdings anhalten müssen, für Stufen war sein Rollstuhl nicht gemacht.

»Ach, Stefan, du bist noch hier. Das Dach sieht super aus.«

»Hi Laura!« Ein sanftes Lächeln glitt über Stefans Gesicht. »Ich hab mein Bestes gegeben.«

»Das ist dir gelungen.«

Ich schmunzelte. Stefan stellte sein Licht gern unter den Scheffel.

»Und was habt ihr jetzt vor?«, fragte ich.

»Die Planen in der Waschküche neben dem Futterlager reinigen. Für das Adventsfest.« Ah, langsam gingen die Vorbereitungen los. »Therri kommt gleich dazu, sie wollte im Stall ausmisten. Stefan überprüft außerdem, ob die Tische und die Gestelle intakt sind«, erklärte Lotta.

»Ah, super, dass ihr das in Angriff nehmt.« Clementine winkte mich mit sich. »Entschuldigt uns bitte, wir müssen was Wichtiges lesen.«

»Bis später«, sagte ich zu Stefan und Lotta, die mir zunickten.

»Wo ist sie denn ... wo ist denn nur meine ...?«

Ich grinste, deutete zu der Brille und setzte mich aufs Sofa. »Sie liegt mitten auf dem Tisch.«

»Oh!« Verdutzt setzte Clementine ihre Gläser auf die Nase und sich mir gegenüber hin, entfaltete das Schreiben und studierte es genau. Ein ungutes Gefühl machte sich in meinem Magen breit.

Ich konnte beobachten, wie nach und nach die Farbe aus Clementines Gesicht wich.

»Ach, du liebe Güte. Das kann nicht sein«, murmelte sie.

Schnell setzte ich mich neben sie. »Was ist los?«

Mit zitternden Händen platzierte sie das Schreiben vor sich. Just in der Sekunde betrat Noah die Stube. »Störe ich? Hab eben die Vögel und Reptilien gefüttert, dann eure Stimmen gehört.«

»Nein, komm ruhig her. ich muss dir etwas sagen.«

Noah nahm im alten Sessel Platz, während Clementine sich die Brille mit ihrem Zeigefinger hochschob.

»Der Förderverein ... wird uns ab Frühjahr nicht mehr unterstützen.«

»Wieso denn das?«, entfuhr es Noah und mir gleichzeitig.

»Gib mal bitte her«, meinte er und überflog die Zeilen, las etwas von »Umverteilung begrenzter Mittel« und »Fokussierung auf kulturelle Veranstaltungen wie den Darlingeröder Weihnachtsmarkt« vor.

»Das kann ich nicht glauben.« Ich schüttelte den Kopf.

Der Förderverein war neben den Spenden und Patenschaften eine der wichtigsten Stützen des Hofs. Warum auf einmal diese Änderung?

Energisch faltete Noah den Brief zusammen. »Haben wir genug Geld, um den Hof trotzdem über Wasser zu halten?«

»Für diesen Monat schon, auch bis zum Frühjahr, aber danach ...« Clementine schluckte, wischte sich über ein Auge. »Valli hatte recht, der Puffer ist zu klein. Mit dem kommen wir nicht weit. Ich hätte viel mehr ansparen müssen.«

Ich beugte mich näher zu ihr. »Jetzt hör mal, der Verein hat den Hof immer mitgetragen, seit Jahrzehnten. Du konntest nicht damit rechnen, dass er so plötzlich einen Rückzieher macht.«

War das überhaupt rechtens?

»Wir werden das nicht akzeptieren«, erklärte Noah kämpferisch und legte den Brief auf den Tisch. »Ich fahre zum Büro des Fördervereins. Die sollen mir ihre Entscheidung mal genauer begründen.«

»Ich komme mit!«, entschied ich und schnalzte dann. »Verflixt, ich hab gleich Termine und kann erst am Mittag.«

»Kein Problem, Laura. Dann schließe ich in der Zeit die Runde über den Hof ab und nehme Caruso dabei mit.«

»Oh, Kinder. Ich danke euch von Herzen!«

23. Kapitel

Laura

Noah parkte den alten Pick-up-Truck vor dem Gemeindehaus, in dem sich das Büro des Fördervereins Darlingerode befand.

Obwohl ich meine Kindheit und Jugend in diesem Ort verbracht hatte und in unmittelbarer Nähe lebte, war ich doch nie in den Räumlichkeiten des Vereins gewesen.

Noah stellte den Motor ab, krallte die Hände ums Lenkrad, als versuchte er, sich zu beruhigen, um bei dem Gespräch nicht sofort die Beherrschung zu verlieren.

»Wie kann Margot nur so herzlos sein?«, murmelte ich. Die Vorsitzende des Fördervereins war sonst immer so freundlich gewesen, hatte sogar den Hof besucht, sich selbst ein Bild von der Pfoten-Villa gemacht und unsere Arbeit gelobt. Zudem stand sie mit Clementine auf gutem Fuß. Woher also der plötzliche Sinneswandel?

»Es gibt seit Jahresanfang einen neuen Vorsitzenden.« Noahs Hände waren immer noch angespannt, sodass die Knöchel weiß hervortraten.

»Das habe ich nicht mitbekommen.«

Er zuckte mit den Schultern. »Du kannst nicht alles wissen, was hier vorgeht. Ich habe von einigen Leuten gehört, dass der Verein seitdem Unmengen an Kürzungen vorgenommen hat. Herr Aalberg, so heißt er, soll recht konservativ sein, nur Mittel bereitstellen, wenn es nicht anders geht.«

Ein neuer Vorsitzender also. Das erklärte den Brief.

»Na schön, steigen wir aus.« Noah drückte die Tür auf, ich tat es ihm gleich. Über einen gepflasterten Weg gelangten wir zum Gemeindehaus, das an ein überdimensionales Fachwerkhaus erinnerte. Mit einem Giebeldach, das aussah, als wäre es kurz nach der Gründung von Darlingerode gebaut worden.

Noah ging voran, ich folgte. Mit dem Lift fuhren wir nach oben. Die Räumlichkeiten des Fördervereins befanden sich im dritten Stock am Ende eines Flurs. Übersichtlich. Eine Vorzimmerdame schaute uns fragend an.

»Haben Sie einen Termin bei Herrn Aalberg?«

»Haben wir nicht, aber es gibt trotzdem was zu klären«, sagte Noah in einer Stimmlage, die keinen Widerspruch duldete.

Die Vorzimmerdame fummelte an ihrer Brille herum. Etwas sagte mir, dass sie in letzter Zeit öfter mit Beschwerden jonglieren musste. »Ich verstehe. Wen ... darf ich melden?«

»Die Pfoten-Villa.«

»Ah, ja. Nehmen Sie einen Augenblick Platz.« Die Dame deutete zu zwei Sesseln an der Wand. Noah nickte, ließ sich in das Polster sinken, ich stellte mich ans Fenster. Mein Po schmerzte von den harten Pick-up-Sitzen.

Wir mussten nicht lange warten, schon rief uns die Dame auf. Noah ging erneut voran, trat durch die Tür in einen Raum, der modern und vornehm zugleich wirkte. Dafür war also Geld da ...

Hinter einem übergroßen Schreibtisch erhob sich eine hochgewachsene Gestalt.

Sie erschien geradezu hager, stakste mit ausgestreckter Hand auf uns zu.

»Mark Aalberg.« In einer schwungvollen Bewegung reichte er erst mir die Hand, dann Noah.

»Noah Weber, ich bin im Auftrag von Clementine Hagedorn und der Pfoten-Villa hier, in der ich arbeite. Und dies ist Laura Erle, eine weitere Mitarbeiterin.«

»Die Pfoten-Villa, soso, was kann ich denn für Sie tun? Setzen Sie sich doch.« Galant bot er uns die beiden Stühle vor dem Schreibtisch an.

Wir nahmen Platz. Normalerweise war ich fremden Menschen gegenüber aufgeschlossen, aber Herr Aalberg hatte etwas an sich, das Skepsis in mir weckte. Vielleicht weil er mich an einen echten Aal erinnerte …?

In einer fließenden Bewegung ließ er sich auf seinen Bürosessel sinken, faltete die Hände vor sich auf dem Tisch. Lauernd schaute er uns an. Nein, korrigierte ich mich, er wirkt vielmehr wie eine Echse.

»Wir haben heute Ihren Brief erhalten, über die Streichung der Fördergelder für die Pfoten-Villa. Darüber möchten wir reden, denn das erschwert unsere Arbeit«, erklärte Noah im ruhigen Ton.

»Ich verstehe, das tue ich wirklich. Allerdings fürchte ich, dass ich Ihnen in dieser Angelegenheit nicht weiterhelfen kann.«

»Wie meinen Sie das? Sie haben doch die Gelder gestrichen.«

»Aus gutem Grund. Wir wollen uns auf die Förderung von sozialen Aktivitäten und kulturellen Institutionen beschränken. Wie unseren wunderbaren Weihnachtsmarkt am Gemeindehaus.« Seine Augen leuchteten, als wäre der Markt sein persönliches Steckenpferd. »Das wurde einstimmig bei der letzten Vollversammlung entschieden. Und die Pfoten-Villa ist, Sie mögen mir verzeihen, alles, aber weder ein Ort sozialer Interaktion noch der Kultur.«

Noah atmete tief ein, ich merkte ihm an, er würde nicht aufgeben. Sondern bis zum Äußersten für die Villa kämpfen. Entschlossen lehnte er sich vor, fixierte Aalberg. »Bei der Pfoten-Villa handelt es sich nicht allein um einen Gnadenhof, der Tieren einen schönen Lebensabend bereiten möchte. Zu uns kommen auch Schulklassen, die bei uns den Umgang mit Tieren erfahren und die Arbeit auf dem Hof kennenlernen. Es gibt Schülerinnen und Schüler, die ihr Praktikum bei uns absolvieren. Wie würden Sie das einordnen, wenn nicht als soziales Engagement?«

Aalberg erwiderte Noahs Blick mit derselben Intensität.

»Ich würde es Bauernhof zum Anfassen nennen. Vielleicht finden Sie einen Tierschutzverein, der Ihnen Unterstützung zusichert. Wir können das nicht mehr leisten.«

Noah schnaubte, und ich beugte mich vor. »Wir sind ... auf die Gelder angewiesen, Herr Aalberg. Ein Vierteljahr Vorwarnzeit ist zu wenig für einen Gnadenhof. Wenn wir nicht schnell neue Unterstützerinnen und Unterstützern finden, kann der Hof sich nicht mehr halten.« Ob ihm das bewusst war?

Sein Blick wanderte zu mir. Unwillkürlich fröstelte es mich.

»Ich verstehe Sie, Frau Erle. Aber mir sind die Hände gebunden. Es war eine Abstimmung, verstehen Sie?«

Er klang bedauernd, aber das seltsame Funkeln in seinen Augen ließ mich an der Aufrichtigkeit seiner Worte zweifeln.

Noah warf mir einen Blick zu, schüttelte unmerklich den Kopf. Ich war mir sicher, wir dachten beide dasselbe: Es brachte nichts, mit Aalberg zu reden. Wir mussten eine andere Lösung finden.

Wie einstudiert schoben wir unsere Stühle zurück.

»Bedauerlich«, sagte Noah. »Aber nicht zu ändern.«

»So ist es. Ich danke Ihnen für das Verständnis.« Dieses Funkeln in Aalbergs Augen. Es ließ mich nicht los.

»Wie war es beim Förderverein?«, fragte Clementine, als wir am Küchentisch der Pfoten-Villa saßen. »Ihr macht solch verärgerte Gesichter, ach, es lief nicht gut, oder?«

Ich seufzte. Nein, der Besuch hatte sich nicht gelohnt. Im Gegenteil. Ich fühlte mich frustriert, weil wir nichts bewegt hatten. Schwankte zwischen Wut, auch auf mich selbst, und Ernüchterung, weil die Dinge waren, wie sie waren.

Und jetzt mussten wir Clementine die neue Nachricht beibringen.

Noah nahm einen Schluck Kaffee. Als er die Tasse auf den Tisch zurückstellte, war sie halb leer. »Mit dem Mann kann man nicht reden. Wir brauchen andere Optionen.«

»In einer Hinsicht hat Aalberg aber recht. Wir müssen einen neuen Förderverein finden. Einen, der besser zu uns passt. Ein Tierschutzverein könnte tatsächlich Abhilfe schaffen«, sagte ich.

»Bei denen wächst das Geld auch nicht auf den Bäumen«, warf Noah ein. Mit einem zweiten Schluck war sein Kaffee leer. Schwungvoll goss er sich nach. »Aber fragen kostet nichts. Ich kenne ein paar Vereine in der Region.«

»Ach, Kinder. All die Arbeit … das Recherchieren, Anschreiben …« Clementine wirkte plötzlich erschöpft.

»Keine Sorge, das kann ich übernehmen.«

»Würdest du das tun, Noah? Wirklich?«

»Das mache ich gern für den Hof und dich, Clementine.«

»Wie wunderbar, danke. Du kannst mein Büro dafür nutzen.«

»Mache ich. Aber wir dürfen uns keinen Illusionen hingeben. Es wird Zeit vergehen, ehe wir einen Förderer finden. Falls überhaupt. Das werden harte Zeiten, wenn das Geld knapp wird.«

Er hatte recht. Wir mussten unsere Finanzen aufstocken.

»Wir sollten zusehen, wo wir sparen können.«

»Das machen wir doch ohnehin schon«, warf Clementine ein. Bedauern lag in Noahs Blick. »Ab jetzt müssen wir jeden Cent nicht drei-, sondern viermal umdrehen. Anders geht es nicht.«

Clementine und ich nickten.

»Also sollten wir verstärkt ans Sammeln von Spenden denken«, murmelte ich.

»Wir haben Glück im Unglück. Das Adventsfest steht vor der Tür. Zu Weihnachten sind die Menschen besonders spendabel. Wenn bekannt wird, dass wir in der Klemme stecken, zeigen bestimmt viele Herz und ...«

»Wir dürfen uns nicht auf das Fest allein stützen. Wir brauchen ein übergreifendes Konzept. Am besten, wir setzen uns morgen alle zusammen, besprechen uns mit den anderen. In der Gruppe finden sich schnell die besten Ideen. Schwarmintelligenz und so. Außerdem bringt es ohnehin nichts, die Situation vor den anderen zu verbergen.«

»Das sehe ich auch so, Laura«, sagte Noah.

Clementine nickte bedrückt. »Ihr habt wohl recht. Jetzt heißt es umso mehr, Zähne zusammenbeißen und sich durchboxen. Ich werde alle benachrichtigen.«

»Ich seh es schon kommen, dein Neffe wird wieder auf Verkauf drängen. Jetzt hat er ja noch mehr Argumente.« Noah rümpfte die Nase.

Mit großen Augen sah ich zu Clementine, die Noah offenbar von Vallis Plänen erzählt hatte. Kein Wunder, dass er nicht gut auf ihn zu sprechen war. Doch er kannte nicht die ganze Geschichte.

»Valli ... meint es eigentlich nur gut. Er sorgt sich um Clementines Gesundheit. Wenn wir jemanden hätten, der sie bei der Leitung unterstützt ... wäre Valli bestimmt beruhigt.«

Noahs Braue schnellte in die Höhe. »Ach ja? Das war sein Grund? Nun, in dem Fall gebe ich Valli sogar recht. Ich finde auch, dass du, Clementine, mehr Unterstützung gebrauchen kannst. Der Job ist körperlich anstrengend und auch die Büroarbeiten haben es in sich. Wie wir sehen, fällt auch immer etwas Neues an.« Genau so war es. Die Arbeiten waren nicht zu unterschätzen, das wusste ich selbst.

»Ich habe einen Vorschlag. Die täglichen Abläufe sind mir

ins Blut übergegangen. Und meine Zeit erlaubt es, zusätzliche Arbeiten zu erledigen. Was wäre, wenn ich dir im Büro zur Hand gehen würde? Dann könntest du dir auch mal einen Tag freinehmen«, sagte Noah.

Innerlich jubilierte ich. Genau darauf hatte ich gehofft. Das Doppelgespann! Es konnte kaum ein Besseres für die Pfoten-Villa geben.

»Noah ... ich kann das nicht bezahlen. Außerdem tust du doch bereits so viel für uns. Willst nach einem neuen Förderverein suchen. Und jetzt auch noch das?«

»Clementine, du musst mich doch nicht bezahlen, ich bitte dich! Ich machs ehrenamtlich. Der Hof liegt mir am Herzen, weißt du das nicht?«

»Aber dann hast du ja gar keine Freizeit mehr. Stehst in der Backstube ab morgens um drei, und dann kommst du nach der Arbeit zu uns ...«

Manchmal vergaß ich, dass Noah als Angestellter einer Bäckerei einem gewöhnlichen Brotjob nachging. Von drei bis neun Uhr war er dort tätig. Danach kam er zu uns. Er ist so oft auf dem Hof, als würde er hier wohnen, dachte ich schmunzelnd.

»Das kann ich, Clementine. Weil es mir Spaß macht.« Er lachte. »Ehrlich, ich würde kaum etwas lieber tun. Also sag ja, ich steh dir zur Seite.«

Ein Lächeln bildete sich auf Clementines Gesicht. Dann nickte sie. Erst zaghaft, dann immer überzeugter.

»Ich danke dir sehr, Noah. Ach, komm her.« Sie streckte die Arme aus, umarmte ihn innig.

Mit Wärme in der Brust beobachtete ich, wie die beiden sich hielten. Es schien, als wäre an diesem Tag doch nicht alles schlecht gelaufen.

24. Kapitel

Valentin

Ein lautes Quieken riss mich aus dem Schlaf.

Schon saß ich senkrecht im Bett. Fünf Sekunden brauchte ich, um mich zu orientieren und zu wissen, dass ich nicht in Berlin, sondern in der Pfoten-Villa war.

Und die herzzerreißenden Laute waren nicht Teil eines Traums gewesen, sie kamen von draußen. Aus dem Stall.

Rosalinde!

Es hörte sich eindeutig nach der Schweinedame an.

»Was ist denn da los?«, murmelte ich und zog mir meinen Morgenmantel über, schlüpfte in die Pantoffeln und schlich mich aus meinem Zimmer in den Flur und von dort zu Tante Clementines Schlafzimmer.

Ich wollte gerade die Türklinke umfassen, da vernahm ich ein Schnarchen aus ihrem Raum. Offenbar hatte sie einen tiefen Schlaf. Beneidenswert. Ich entschied, sie nicht zu wecken. Ihr Tag war hart gewesen.

Wieder ein Quieken. Von hier klang es gedämpfter. Doch irgendetwas schien Rosalinde aufzuregen.

Ich entschied, selbst nach dem Rechten zu sehen, ging in mein Zimmer zurück, schlüpfte rasch in Pulli und Hose und eilte hinunter, wo mich Caruso und Bonny empört ansahen, als wäre ich der Grund für die Ruhestörung. Ich streifte mir einen Mantel über und stapfte aus dem Haus in den Schnee, quer über den Hof zum Stall. Rosalindes Rufen war hier draußen so laut, dass es in den Ohren schmerzte.

Im Stall suchte ich nach einem Schalter und knipste das Licht an. Die Elektronik funktionierte. Immerhin. Schon trat ich tiefer hinein. Durch die Lücken zwischen den Brettern sah ich, wie Rosalinde mit ihrem Kopf gegen die Tür der Box bummerte, als wollte sie ausbrechen. Berta und Mathilda schauten müde drein.

»Hey, ganz ruhig«, sagte ich sanft und linste über die Tür in Rosalindes Bereich. Zum Glück schien die Schweinedame unverletzt.

Abrupt hielt sie inne, schaute mit großen Augen zu mir auf, grunzte dann jedoch erfreut. Mehr noch, sie wurde richtig aufgeregt, drehte sich im Kreis und warf sich ins Stroh. Puh, war wohl kein Notfall. Ich beugte mich zu ihr hinunter, strich ihr beruhigend über den Kopf.

»Alles gut, schlaf noch ein bisschen.«

Sie grunzte zufrieden, schnüffelte mit ihrem Rüsselchen an meiner Handinnenfläche, dass es kitzelte. Ein paar Minuten blieb ich bei ihr, erleichtert, dass alles so weit in Ordnung war. Doch kaum hatte ich den Stall wieder verlassen, hörte ich erneut dieses Quieken. Gefolgt von einem Bummern. Okay ... das war wohl doch nicht erledigt. Aber was sollte ich tun? Mit Schweinen hatte ich keine große Erfahrung. Zum Glück kannte ich jemanden, der sie hatte.

Ich tastete nach meinem Handy in der Hosentasche, um Laura anzurufen und um Rat zu fragen. Sie war immerhin Tierärztin und Rosalindes Patin.

Allerdings war es spät, besser, ich schickte ihr eine Nachricht. Vielleicht schlief sie schon.

Bist du wach?

Die Häkchen färbten sich blau. Ich atmete auf. Spürte aber auch, dass mein Herz schneller klopfte. Seit wir uns ausgesprochen hatte, ging es mir besser. Zwar hatten wir uns seitdem nicht mehr gesehen, aber wir waren friedlich auseinandergegangen und wieder Freunde, was mir wichtiger als alles andere war.

Bin ich. Was gibts?

Sorry, ich weiß, es ist spät. Aber es gibt ein Problem mit Rosalinde.

Was ist mit ihr?

Ich wollte ihr eine Antwort tippen, als das Handy klingelte.

Schnell ging ich ran. »Ja?«

»Was ist mit Rosalinde?« Laura klang besorgt und aufgeregt.

»Sie ... grunzt und quiekt laut ... Ich wäre nicht überrascht, wenn die Leute sie bis zum Marktplatz hören würden! Ein Wunder, dass Clementine noch schläft. Ich hab eben nach Rosalinde gesehen, da wirkte sie entspannt, doch kaum bin ich raus aus dem Stall, ging es wieder los.«

»Verstehe. Das ist ... ein ungewöhnliches Verhalten. Lass mich nachdenken.« Sie schwieg einen Augenblick.

»Es kann mehrere Gründe dafür geben. Vielleicht mag sie es doch nicht allein in der Box? Auch wenn sie zwei Nachbarinnen hat, fühlt sie sich vielleicht einsam. Außerdem ist ihr das neue Zuhause immer noch fremd.«

Wahrscheinlich hatte Laura recht, und Rosalinde war nur über die neue Umgebung verwirrt. Sie war inzwischen schon ein paar Tage hier, aber womöglich nicht lange genug, um die Box als ihr neues Zuhause zu akzeptieren.

»Ich komme lieber mal vorbei«, entschied sie.

»Du kommst her?« Um diese Zeit? Das wollte ich ihr nicht zumuten.

»Klar, es geht immerhin um mein Patenschwein. Und egal, was du eben gemacht hast, um sie zu beruhigen, es hilft Rosalinde. Mach weiter so. Bis gleich.«

»Ähm ... okay ... aber ... Hallo?« Laura hatte aufgelegt.

Ich steckte das Handy weg, ging in den Stall zurück, woraufhin Rosalinde abermals verstummte. Vorsichtig öffnete ich das Gatter und trat ein, setzte mich zu der Schweinedame ins Heu, die sofort auf mich zustapfte und mir ihre Nase ins Gesicht drückte. Diese war schmutzig und feucht, fühlte sich aber angenehm weich an. Und kitzelte mich erneut.

»Du wolltest wohl nur ein paar zusätzliche Streicheleinheiten, wie?«

Schon bettete Rosalinde ihren Kopf in meinem Schoß und gab glucksende Geräusche von sich. Sacht kraulte ich sie hinter den Ohren, was die erfreuten Laute verstärkte.

Wenn ich es richtig verstanden hatte, war sie ursprünglich ein Haustier gewesen. Kein Wunder also, dass sie menschliche Nähe mochte. Ich befreite ihren Nacken von ein paar Strohhalmen und streichelte sie, bis die Stalltür knarrte. Das musste Laura sein.

»Wir sind hier«, rief ich, in inniger Umarmung mit Rosalinde.

Laura lugte über den Rand der Box und schüttelte grinsend den Kopf. »Ich glaube, davon muss ich ein Foto machen.«

Ich sah ihr an, wie müde sie war. Es war lieb, dass sie trotzdem gekommen war. Ihre Präsenz wärmte die kalte Luft im Stall.

Langsam schob sie die Boxentür auf und hockte sich zu uns. »Rosalinde scheint sich beruhigt zu haben.«

Ich nickte. »Vielleicht hat sie sich wirklich nur einsam gefühlt.«

Die Schweinedame quiekte zustimmend und bedachte mich mit einem liebevollen Blick.

Laura ließ sich gähnend ins Stroh sinken, sodass wir

nebeneinandersaßen, mit dem Rücken an die Stallwand gelehnt. Unwillkürlich berührten sich unsere Arme. Ein elektrisierendes Gefühl erfasste mich. Erstaunt schaute ich sie an. Erinnerungen kamen in mir hoch. Wir hatten hier so einige Nächte verbracht. Über Gott und die Welt geredet. Nur ein Schwein auf dem Schoß hatte ich damals nicht gehabt. Ach, das waren schöne Zeiten gewesen. Wie erleichtert ich war, dass zwischen uns alles wieder in Ordnung war. Der Abend bei unseren Eltern hatte mir gutgetan. Ihre Umarmung noch mehr. Und dass nun endlich alles raus war. Wie es mir in Berlin ergangen war, die Geschichte mit dem abgebrannten Weihnachtsbaum.

Rosalinde robbte ein Stück vor, sodass sie zur Hälfte auf Lauras Schoß lag. Verdammt, sie war wirklich schwer. Ich biss die Zähne zusammen. Wenigstens wärmte sie uns.

Schmunzelnd streichelte Laura über den Kopf der Schweinedame, sah sich Rosalindes Augen genau an, leuchtete sogar mit ihrem Handy hinein und zupfte kurz darauf an ihrem Ohr, als wollte sie die Reaktion überprüfen.

»Und, Frau Doktor Erle, ist alles in Ordnung mit unserem Schweinchen?«

Laura hob eine Braue. Dann nickte sie. »Verhaltensauffälligkeiten können bei Tieren, genau wie bei uns, psychologische, aber auch neurologische Ursachen haben. Ich glaube aber, dass mit Rosalinde alles okay ist. Sie zeigt unauffällige Reflexe, und ich vermute, dass allein deine Anwesenheit sie beruhigt hat.«

Nun zwinkerte Laura. »Sie mag dich, Valli. Ich denke, du erinnerst sie wirklich an jemanden aus der vorherigen Familie.«

»Meinst du?« Sanft strich ich über die borstige Stirn.

Laura nickte. »Aber Rosalinde ist auch gewitzt. Sie weiß offenbar genau, was sie will.«

Ich lachte. Laura hatte recht. Immerhin hatte Rosalinde es geschafft, uns beide herzulocken. Mitten in der Nacht.

»Vielleicht kannst du dich in den nächsten Tagen verstärkt um sie kümmern. Dann fällt ihr das Ankommen leichter. Sollte sich ihr heutiges Verhalten in nächster Zeit wiederholen, wäre es aber ratsam, Dr. Meier hinzuzuziehen.«

»Na klar. Das lässt sich einrichten.« Ich fragte mich, ob Laura es nicht vermisste, als Tierärztin zu arbeiten. Aber ich wusste auch, wie viel ihr die Verhaltensberatung bedeutete. Vielleicht genügte ihr das. Also beließ ich es vorerst dabei.

Mit einem Mal war Laura auffällig ruhig. Lag es an der Müdigkeit? Ihr Blick glitt in die Ferne. Diesen Ausdruck kannte ich zu gut. So sah sie aus, wenn es ein Problem gab, über das sie grübelte.

»Was bedrückt dich?«, fragte ich sie freiheraus.

»Mh?«

»Wir haben vereinbart, von jetzt an über alles zu reden«, erinnerte ich sie, war bereit, zuzuhören. Egal, was kam.

Sie atmete tief ein.

Vielleicht hatte es etwas mit der Textnachricht zu tun, die Clementine mir geschickt hatte. Morgen oder vielmehr heute, denn es war nach Mitternacht, sollte ein Treffen stattfinden, bei dem sie etwas verkünden wollte. Hatte sie sich entschieden, den Hof doch zu verkaufen?

Laura seufzte gequält. »Na schön, du erfährst es ja sowieso. Deine Tante hat ein Schreiben vom Förderverein Darlingerode bekommen. Du weißt, unsere zweite Stütze, durch die wir finanzielle Mittel erhalten.«

Ich nickte.

»Der Verein möchte seinen Fokus auf kulturelle Veranstaltungen richten und hat deshalb ab März nächsten Jahres die Unterstützung gestrichen. Noah und ich haben versucht, das zu klären, mussten aber auf Granit beißen.«

O nein, das waren schlechte Nachrichten.

»Ohne die Förderung können wir uns nicht lange halten, es sei denn, wir häufen ungefähr doppelt so viele Spenden an wie sonst. Natürlich werden zu Weihnachten ein paar

Gaben fließen. Aber dieser Verlust reißt ein riesiges Loch in die Haushaltskasse. Wir müssen also dringend etwas unternehmen. Noah hat entschieden, Clementine von jetzt an bei der Geschäftsleitung zu helfen, um sie zu entlasten. Er sucht schon nach einem neuen Verein, der uns hilft.«

Laura verzog den Mund, als fürchtete sie, ich würde sofort von Verkauf als ultimative Lösung sprechen. Aber das hatte ich nicht vor. Diesmal nicht.

Meine Hand glitt über Rosalindes borstige Haut. Ich verstand immer mehr, wie viel der Hof allen bedeutete. Und mit einem Blick auf unsere neue Mitbewohnerin erinnerte ich mich daran, welch wichtige Arbeit die Villa leistete und dass diese gebraucht wurde. Von Mensch und Tier.

Mit seiner Unterstützung nahm Noah zudem ein riesiges Stück Verantwortung von Clementines Schultern. Das erleichterte mich. Doch das finanzielle Problem zu lösen, würde schwer werden. Was wir händeringend benötigten, war ein kleines Winterwunder.

Rosalinde drehte sich auf den Rücken, was Laura und mich gleichzeitig aufstöhnen ließ, weil sie sich recht ungeschickt anstellte. Dann aber zeigte sie diesen unglaublich zufriedenen Gesichtsausdruck, mit dem sie mich ansteckte. Ich kraulte ihr Kinn, was ihr so gut gefiel, dass sie wohlig seufzte.

»Was sagst du dazu?« Laura nestelte nervös im Stroh.

»Ich werde alles tun, um dem Hof zu helfen.«

Ihre Augen wurden größer. »Wirklich?«

Langsam nickte ich. »Ich hab mich verrannt. Meine eigenen Erfahrungen auf den Hof und auf Clementine übertragen. In der Agentur saß ich zwar umgeben von vier Angestellten und meinem Partner Mike im Büro, aber letztlich erfüllte jeder seine Rolle, bekam sein Gehalt und ging nach Hause. Mit meinen Sorgen war ich allein. Aber der Gnadenhof ist anders.« Ich schluckte, sah Laura eingehend an. »Früher habe ich das gewusst, es aber irgendwie ... vergessen.

Was ich als Schwäche gesehen habe, ist in Wahrheit die Stärke der Pfoten-Villa. Hier arbeiten Menschen zusammen, weil sie gemeinsam an etwas glauben. Sie unterstützen Tante Clementine nicht für Geld, sondern weil sie dasselbe Ziel haben: Tieren zu helfen. Ich weiß, das hast du die ganze Zeit versucht, mir in Erinnerung zu rufen. Ab jetzt könnt ihr auf mich zählen.«

Laura strahlte über das ganze Gesicht. »Du ahnst nicht, wie viel mir deine Worte bedeuten. Wenn du mit uns zusammen an einem Strang ziehst, wird alles gut, das weiß ich.«

»Ach ja? Ich habe leider noch keine Ahnung, wie wir die finanzielle Lage des Hofs verbessern können, Laura.«

»Das wird schon. Du warst immer derjenige, der kreative Lösungen aus dem Ärmel schütteln konnte. Ich glaube an dich, Valli.« Laura legte ihre Hand auf meine, und ich spürte ... ein Kribbeln. Sanft und fern. Intensiver als das elektrisierende Gefühl von vorhin.

Überrascht von meiner Reaktion sah ich meine beste Freundin an. Die Person, die mir so vertraut war wie keine andere. Die ich mein Leben lang kannte. Die mir alles bedeutete. Ich wollte, nein, ich würde ihr helfen. Weil sie an mich glaubte. Sich auf mich verließ. Und da kam mir eine zündende Idee.

Deutlich sah ich alles vor mir. Konnte das klappen? Hatten wir genügend Zeit? Ja, das würde gehen.

Laura schaute mich mit glänzenden Augen an. »Sag schon, Valli. Was hast du vor? Ich sehe dir an, dass du genau jetzt einen Geistesblitz hast.«

Ich grinste. Meine Laura kannte mich eben. *Meine Laura.* Unwillkürlich glitt mein Blick zu ihren Lippen, und mein Herz schlug schneller. Eingehüllt in Wärme und Dämmerlicht fühlte sich diese Nähe zwischen uns irgendwie ... stimmig an. Was war nur mit mir los? Wieso ließ Laura mich das fühlen … dieses wilde Kribbeln in meinem Magen und überall sonst?

Ich wusste es nicht. Wusste nur, dass ich durcheinander war.

»Valli?«, hakte sie nach.

Erst da fiel mir auf, dass ich ihr meine Idee noch nicht verraten hatte. Zu tief war ich in Gedanken versunken gewesen.

»Alles okay? Schläfst du gerade ein?« Sie lachte. Es klang süß. So süß, dass ich wie auf Wolken schwebte.

Komm, Valentin, reiß dich zusammen. Es ist nur Laura, die gute alte Laura …

»Ich, ähm … die Idee liegt vor unseren Nasen. Wir müssen das Adventsfest nutzen, um auf die Situation des Hofs aufmerksam zu machen«, sagte ich.

Laura legte den Kopf schief. »Das hatten wir vor. So machen wir es jedes Jahr.«

»Genau. Aber es kommen in der Regel nur die Leute, die den Gnadenhof ohnehin unterstützen, sei es durch Patenschaften oder Spenden. Wir müssen weiter denken. Auch die Menschen ansprechen, die bisher keinen Kontakt zum Hof haben. Leute aus den Nachbarorten, der gesamten Umgebung. Sie müssen erfahren, was auf dem Spiel steht.«

»Mh, ich verstehe, worauf du hinauswillst. Mehr Publikum …«

»Richtig. Dafür müssen wir Werbung machen, aber auch mehr bieten als unsere traditionellen Stände mit Kuchen und Tierinfos.«

»Ein paar mehr sind es schon. Denk an den Stand mit selbst gebastelten Sternen, den haben wir auch dieses Jahr wieder.«

»Der ist schön, aber nicht genug.«

»Was schwebt dir denn vor?«

»Ein Adventsprogramm. Mit Musik, einer Verlosung oder dem gemeinsamen Schmücken des Baums. Vielleicht können wir eine kleine Krippe aufstellen. Ich bin sicher, uns wird einiges einfallen, um den Leuten ein unvergessliches Event zu bieten. Und in der Zeit, die uns bleibt, ist es zu schaffen.«

»Mmh«, machte sie. Gefiel es ihr nicht?

»Das ... ist ... gar nicht übel, es könnte wirklich funktionieren. Aber treten damit nicht in direkte Konkurrenz zu dem Weihnachtsmarkt? Und denk bitte auch an die Kosten, wir können uns kein glamouröses Programm leisten.«

»Das mit dem Weihnachtsmarkt muss kein Nachteil sein. Denn die Besuchenden, die sich dorthin begeben haben, könnten sich entscheiden, danach auch zu uns zu kommen. Es ist nur ein Katzensprung vom Gemeindeplatz bis zur Villa.«

Lauras Züge hellten sich mehr und mehr auf.

»Na ja, und was die Kosten angeht. Wir müssen so viel wie möglich selbst in die Hand nehmen, dann sparen wir.«

Sie nickte. »Also selbst Musik machen und Sponsoren für die Gewinne finden.«

»Genau, gemeinsames Singen wäre eine Alternative.«

»Das hört sich nach einem guten Plan an! Danke, Valli, dass du uns unterstützt.«

Plötzlich fiel sie mir in die Arme. Ich spürte ihren Körper eng an meinem, und wie mein Herz raste. Rosalinde wurde es zu eng, sie wich zurück. Aber ich ... ich war komplett ausgeknockt. Auf eine gute Weise. Ich brauchte einen Moment, ehe ich die Umarmung erwidern konnte.

Und dann ... wollte ich sie gar nicht mehr loslassen. Halt sie für immer fest, rief mir eine innere Stimme zu, die mich gleichzeitig anspornte und verwirrte.

Laura löste sich von mir. Immer noch strahlte sie übers ganze Gesicht. Es war schön, sie so zu sehen. Voller Hoffnung. Sie steckte mich an. Aber da lag noch etwas anderes in ihrem Blick. Ein fernes Glitzern. Es war so schön, ich konnte nicht aufhören, ihr in die Augen zu sehen.

»Lass uns den Plan mit den anderen beim Treffen heute

Abend besprechen. Dann erfahren wir, was sie denken, und können Aufgaben verteilen.«

»Einverstanden.« Ich blinzelte gegen die Strahlen der Morgensonne, die sanft den Horizont erhellten.

»Ich glaube, es lohnt sich nicht, nach Wernigerode zurückzufahren«, murmelte Laura.

Just in der Sekunde hörte ich, wie eine Meute Hunde freudig bellend in den Hof rannte. Der Tag hatte für die Bewohnenden der Villa begonnen.

Clementines Stimme erklang in der Ferne. »Nicht so hastig, sonst rutscht ihr aus. Der Boden ist vereist.«

»Neuer Tag, neues Glück.« Laura strich mit ihrer Hand sanft über meine Schulter und erhob sich, klopfte sich etwas Stroh von der Jacke und hielt mir die Hand hin, um mir aufzuhelfen. Rosalinde bediente sich derweil an ihrem Futtertrog.

Als ich ihre Hand ergriff, war das Kribbeln wieder da. Das Kribbeln und der Wille, sie nicht noch einmal zu enttäuschen.

25. Kapitel

Valentin

Als versammelte Mannschaft saßen wir in Tante Clementines festlich geschmücktem Wohnzimmer, mit je einer Tasse herrlich duftendem Kakao mit Sahne vor uns. Noah, Lotta, Therri, ein paar ehrenamtliche Helferinnen und Helfer, Frau Sommer vom Weinladen, meine Eltern, Lauras Eltern, Laura selbst und Stefan. Clementine hatte alle über die Entscheidung des Fördervereins informiert, und ich hatte von der Idee erzählt, das traditionelle Adventsfest um ein weihnachtliches Unterhaltungsprogramm zu erweitern.

»Ihr wisst ja inzwischen alle von dem abgebrannten Weihnachtsbaum in Berlin«, sagte ich mit fester Stimme. »Ich weiß nicht, wie ihr dazu steht, wenn nun ausgerechnet ich die Organisation des Adventsfests übernehme. Das müsst ihr entscheiden. Aber ich habe mir erlaubt, einen ersten Entwurf für den Programmablauf zu gestalten.« Ich verteilte Dokumente zur besseren Übersicht.

1. *Adventsfesttag:*
   14 Uhr Eröffnung des Fests
   16 Uhr Weihnachtsgeschichten vorlesen in der Scheune
   17 Uhr Gemeinsames Schmücken des Weihnachtsbaums
   18 Uhr Verlosung
2. *Adventsfesttag:*
   14 Uhr Beleuchten des Adventskranzes mit dem vierten Adventslicht
   16 Uhr Besuch vom Weihnachtsmann
   17 Uhr Musikalischer Ausklang mit gemeinsamem Singen

»Das ist ein tolles Programm, Valli.« Clementine lächelte breit. Auf ihrem Schoß hatte es sich Grumpy gemütlich gemacht.

»Finde ich auch. Und wenn du dich darum kümmern würdest, wären wir alle sehr dankbar, oder?«, sagte Laura. Die anderen nickten. Es tat gut, Zustimmung zu erfahren. Sogar Noah nickte mir anerkennend zu.

»Wer spielt den Weihnachtsmann?« Lotta deutete mit dem Zeigefinger auf den Programmpunkt.

»Da wir Kosten sparen wollen, sollte einer von uns in das Kostüm schlüpfen.«

»Also ich wollte schon immer mal Weihnachtsmann sein.« Stefan strahlte, als könnte ein jahrelang gehegter Wunsch in Erfüllung gehen. »Ich meins ernst, schon als kleiner Junge hab ich mir gesagt, wenn ich mal groß bin, werde ich Weihnachtsmann. Denn der Weihnachtsmann ist einfach ein toller Kerl, der vor allem an andere denkt und den Leuten Freude macht. Das finde ich erstrebenswert.«

Laura, die neben ihm saß, hakte sich bei ihm ein und lachte herzlich. »Ich kann mir keinen besseren Weihnachtsmann vorstellen, Stefan.«

Die Art, wie sie ihn ansah, verursachte einen Knoten in meinem Magen. Einem Echo gleich hörte ich Stefans Worte, ob Laura mit ihm nach dem Chorkonzert noch einen Glühwein trinken wolle. Als hätten sie ein Date. Und bei genauerer Beobachtung ... wirkten die beiden überaus vertraut.

»Perfekt. Dann haben wir ja schon einen Punkt abgehakt«, meinte Lotta.

»Wollt ihr wirklich das Fest umgestalten?« Therri schnalzte genervt. »Ich steh nicht so auf Weihnachten, wisst ihr?«

»Das Fest findet jedes Jahr statt, das ist Tradition, und dieses Jahr wird es noch besser werden«, erklärte Clementine und wollte Therri überzeugen, das Vorlesen in der Scheune zu übernehmen.

Ich wandte den Blick von Laura ab, versuchte, mich auf das Gespräch zu konzentrieren. Doch mein Blick wanderte immer wieder zu ihr zurück, während sie einen Löffel durch ihre heiße Schokolade zog. Stefan beugte sich zu ihr vor, flüsterte etwas, das sie zum Lächeln brachte. Seine Hand lag wie zufällig neben ihrer auf dem Tisch.

Konzentriere dich, Valentin. Die Pfoten-Villa brauchte meine volle Aufmerksamkeit. Ich griff nach meiner Tasse, stellte fest, dass der Kakao kalt war – wie lange hatte ich die beiden angestarrt?

»Wie schön, Lotta, dass du die Geschichten vorlesen wirst«, sagte Stefan, ehe er Laura wie die Sonne anstrahlte. Es wurmte mich. Nur warum? Konnte es sein, dass dieses Gefühl heute Morgen im Stall ... mehr zu bedeuten hatte? Ich schüttelte den Kopf.

Mich störte die Vertrautheit der beiden, weil ich Lauras bester Freund war! Nicht Stefan. Ja, das war die Erklärung. Daher kam mein Ärger. Es war der Gedanke, ersetzt worden zu sein. Aber ich ließ es mir nicht anmerken.

»Hier steht noch was von gemeinsamem Singen? Da macht doch keiner mit.«

»Ach, das klappt bestimmt, Therri. Wenn wir anfangen, steigen die anderen mit ein.« Tante Clementine kraulte gleichzeitig Grumpy und Caruso, die vor ihr saßen und die Aufmerksamkeit sichtlich genossen.

»Warum fragen wir nicht unseren Chor? Ich jedenfalls würde bei euch auftreten. Auch unentgeltlich«, sagte Mama und erntete zustimmendes Nicken von Papa und Lauras Eltern. »Wir müssten das nur mit dem Chorleiter abklären.«

»Das wäre großartig! Ich meine, wir reden von den Harzer Herzstimmen.« Noahs Augen leuchteten. »Ihr wisst, wie beliebt die sind. Auch über Darlingerode hinaus.«

»Aber ihr habt am selben Tag euren Auftritt auf dem Weihnachtsmarkt. Ihr könnt nicht auf zwei Hochzeiten tanzen, auch wenn ich euch liebend gern bei uns auf dem Hof hätte.« Clementine hatte aufgehört, Caruso zu streicheln. Ein empörtes *Wuff* brachte sie dazu, sich abermals zu ihm zu beugen. Grumpy profitierte ebenso davon. Sanft glitt die Hand meiner Tante über das cremefarbene Köpfchen der Katzendame.

»Du hast recht, Clementine. Aber unser Auftritt findet erst um 20 Uhr statt. Wir könnten also vorher ein kleines Konzert auf dem Gnadenhof geben. Dann singen wir uns bei euch ein. Ist wie eine zusätzliche Generalprobe«, sagte Lauras Mama.

»Wenn das so ist, wäre das optimal, nicht wahr?«

»Am besten kommst du morgen zu Jolanda ins Kräuterhaus und besprichst den Plan mit unserem Chorleiter, Valli. Wir treffen uns zum gemeinsamen Frühstück.«

Ich lehnte mich zurück, wog den Vorschlag ab. »Das ist tatsächlich eine gute Gelegenheit.« Mit den Harzer Herzstimmen an Bord könnten wir auch Fans auf unser Fest aufmerksam machen.

»Ich komme mit.« Laura schob ihre Tasse zur Seite, ihre

Augen leuchteten plötzlich. »Zu zweit können wir ihn bestimmt überzeugen.«

Ich nickte ihr zu, und für einen Moment war es wie früher, wenn wir etwas gemeinsam hatten durchziehen wollen. Als Team. Gemeinsam würden wir das schaffen. »Aber sag, Valli, ist dir das denn nicht zu viel? Du bist extra hergekommen, um dich auszuruhen. Jetzt organisierst du wieder ein Event.« Meine Tante verzog besorgt den Mund.

»Das hier ist etwas anderes, Tante Clementine.« Es war Spaß, meine Hilfe nützlich. Und ich konnte mit Laura zusammen sein.

»Aber wenn es dir zu viel wird, ziehst du die Reißleine, verstanden?«

Ich führte zwei Finger zur Stirn und salutierte.

»Dann lasst uns die restlichen Aufgaben verteilen. Wer möchte die Verlosung übernehmen?« Schon hatte meine Tante Stift und Papier zur Hand, um sich Notizen zu machen.

Frau Sommer hob die Hand. »Ich könnte ein paar gute Jahrgänge als Hauptgewinn zur Verfügung stellen.«

»Wie wundervoll!« Clementine kritzelte sorgsam etwas aufs Blatt, verteilte weitere Aufgaben.

»Ich kümmere mich um die Werbung, Flyer entwerfen und drucken, Plakate aufhängen«, sagte ich. Damit hatte ich Erfahrung.

»Soll ich eine Chatgruppe eröffnen? Dann ist es leichter, alles zu koordinieren«, sagte Lotta. »Ich bräuchte nur eure Nummern. Von Laura und Valli zum Beispiel.«

»Ich gebe dir nachher eine Liste mit allen Kontaktdaten«, sagte Tante Clementine. »Füg auch gern Herrn Josefs hinzu, er gehört praktisch zur Familie und weiß fast immer Rat.«

»Super.«

Da hatten wir also unseren Plan. Schiefgehen kann nicht viel, sagte ich mir und drehte die leere Kakaotasse zwischen den Fingern. Dann durchbrach Lauras helles Lachen die Stille. Es löste ein Kribbeln in mir aus, das sofort verebbte, als mein Blick auf Stefan fiel – er hatte sich näher zu ihr gebeugt, seinen Arm um ihren Körper geschlungen. Die Tasse fiel mir fast herunter. Schlagartig wurde mir klar, es gab verdammt viel, was schiefgehen könnte. Und das meiste davon hatte rein gar nichts mit unserem Adventsfest zu tun. Denn Laura war mehr für mich geworden ...

26. Kapitel

Laura

Valli und ich stapften durch den Schnee zum Kräuterhäuschen, das sich von einem auf den anderen Tag verändert hatte.

Jolanda hatte ihre berühmte Weihnachtsdeko aufgebaut, bestehend aus einem riesigen Schlitten mit Rentieren. Abends würden sie in allen Farben erstrahlen. Außerdem hatte sie Lichterketten in die Bäume gehängt. Mit ihrem Gespür für Weihnachtsschmuck würde sie in unsere Straße passen.

Vor der Tür des Kräuterhauses angekommen, klopften wir den Schnee von unseren Schuhen, ehe wir eintraten. Der Duft von Zimt kam uns entgegen, was mich vermuten ließ, dass Jolanda ihre köstlichen Zimtsterne gebacken hatte, nach denen ich regelrecht süchtig war. Es gab kein besseres Gebäck!

Eine Gruppe aus einigen bekannten Gesichtern saß an mehreren zusammengeschobenen Tischen. Darunter Olga, die Bäckerin, Hubert, ihr Mann, meine und Vallis Eltern und Jolanda.

Als Jolanda uns entdeckte, erhob sie sich und eilte auf uns zu. »Was für ein schöner Morgen, toll, dass ihr bei uns vorbeischaut, ihr zwei Darlings. Es freut mich, dass ihr euch versöhnt habt!«

»Versöhnt?« Ich sah Valli an, der mit den Schultern zuckte.

»Sicher wollt ihr an euren Lieblingstisch, oder?«

»Wir sind wegen des Chors hier«, erklärte ich.

»Ach, stimmt. Das hat mir deine Mama schon verraten.« Jolanda zwinkerte.

»Dann bin wohl ich gefragt.« Ein älterer Herr erhob sich aus der Mitte der Tischkonstruktion und kam auf uns zu.

»Janusz Wojcik.« Er reichte erst mir, dann Valli die Hand, ehe er seinen buschigen Schnurrbart zwirbelte. »Anna und Sabine haben Sie beide schon angekündigt.« Ich linste zu unseren Müttern, die beide Daumen hoben, als hätten wir bereits das Okay des Chorleiters für unseren Plan bekommen.

»Wir hatten zwar noch nicht viel Zeit, es zu besprechen, doch unsere Sängerinnen und Sänger sind von der Idee, auf dem Gnadenhof aufzutreten, sehr angetan. Von meiner Seite spricht auch nichts dagegen. Wir könnten aufgrund des Zeitdrucks allerdings nur ein paar Stücke vortragen.«

»Das ist kein Problem, das verstehen wir. Vielen Dank, dass Sie sich diese Mühe machen.« Das war mehr als genug. Mit den Harzer Herzstimmen im Rücken würde unser Adventsfest in aller Munde sein.

»Für eine gute Sache immer. Möchten Sie sich vielleicht zu uns setzen, um Weiteres zu besprechen?«

Die Einladung nahmen wir gern an. Jolanda schenkte uns kostenlosen Tee ein, auch von den Zimtsternen, die pyramidenförmig auf einer Platte angeordnet waren, durften wir naschen.

Erste Ideen für die Musikauswahl wurden gesammelt, über die technischen Möglichkeiten diskutiert. Auf jede Frage hatte Valli eine Antwort. Seine professionelle und zugleich gelassene Art, die Dinge zu regeln, beeindruckte nicht nur mich. »Man merkt, dass er beruflich Feste organisiert.« Das und vieles andere sagten die Anwesenden über ihn. Wir plauderten noch etwas, und schließlich verließen Valli und ich das Kräuterhaus mit einem Lächeln.

»Der Chor ist so herzlich, ich freue mich, dass sie uns unterstützen. Und auch, dass du uns hilfst, Valli. Das bedeutet mir viel.«

»Gerne doch. Wir schaffen das alle zusammen.«

Ich nickte. Es war lange her, dass so viele Menschen zusammenarbeiteten, um dem Hof zu helfen. Klar, wir hatten viele freiwillige Helferinnen und Helfer. Aber diesmal waren noch mehr Leute beteiligt, wie unsere Eltern und der Chor. Als wüssten alle, wie bedeutsam die Pfoten-Villa für Darlingerode und die Tiere war.

»Hey, Laura!« Stefan winkte uns von der anderen Straßenseite zu.

»Was will der denn?«, murmelte Valli.

»Was hast du denn auf einmal gegen Stefan?«

»Ach, nichts ...«, grummelte er leise.

Schon sprintete Stefan über die Straße, schob mit den Füßen die Flockenpracht wie eine Schneemaschine vor sich her. Wie so oft machte ihm die Kälte nichts aus. Ein dicker Norwegerpulli und eine Jeans genügten ihm.

»Habt ihr mit dem Chorleiter gesprochen? Was hat er gesagt?«

»Der Chor tritt bei uns auf, Stefan! Ist das nicht super?«

»Wie schön, Laura! Hört mal, ich habe mir überlegt, wir brauchen Geschenke.«

»Geschenke? Wofür denn?« Valli rollte mit den Augen, obwohl er noch gar nicht wusste, wovon Stefan sprach. Merkwürdig, dass er so gereizt auf unseren ehemaligen Klassenkameraden reagierte.

»Na, ich will doch den Weihnachtsmann spielen. Für den Programmpunkt am Adventssonntag. Und der braucht Gaben für die Kinder! Ich hab entschieden, ich besorg das Kostüm und einen Jutesack, kaufe ein paar Geschenke und verteile sie an die Kinder. Das wird Spaß machen. Und es geht allein auf meine Kosten. Meine Schreinerei springt als Sponsor ein. Was sagt ihr?«

Ich riss die Augen auf. »Wirklich?«

»Aber ja! Für Tiere in Not bin ich immer zu haben.« Die Ehrlichkeit drang aus jedem seiner Worte. Das war es, was die Leute an Stefan mochten. Er war eine gute Seele. Nie auf seinen eigenen Vorteil aus. Und einen besseren Weihnachtsmann als ihn konnte ich mir kaum vorstellen.

»O Stefan, das ist so lieb von dir! Du bist und bleibst der Beste!« Sanft umarmte ich ihn.

Stefan lachte, legte die Arme um mich, erst da merkte ich, was für ein Hüne er war. Ich reichte ihm nur bis zur Schulter.

Valli unterbrach den Moment. »Nicht so schnell.«

Verdutzt schauten wir zu ihm.

»Zufällig ... habe ich mir genau dasselbe überlegt. Und ... schon ein Kostüm bestellt. Sorry, ich hatte vergessen, dass du das machen wolltest, Stefan. Gestern gab es so viele Vorschläge, da ist mir das entfallen.«

»Ach so? Du willst diese Rolle auch spielen? Davon hast du nichts gesagt.« Ich bedachte Valli mit einem prüfenden Blick. Ehrlich. Valli war ein attraktiver Typ, aber mehr in Richtung Model für teure Kaschmirmantel, weniger Santa.

»Tut mir leid ... das hätte ich tun sollen.«

Stefan winkte ab. »Schon gut. Wenn du ein Kostüm hast, überlass ich es natürlich dir. Aber die Geschenke besorge ich.«

»Einverstanden. Ich habe übrigens Erfahrung als Weihnachtsmann. Während meiner Ausbildung habe ich ihn schon einmal auf einem Betriebsfest gemimt. Ich kann also Qualifikationen vorweisen.«

Ich grinste. Wie ernst er das plötzlich nahm.

»Du wirst das rocken.« Kraftvoll klopfte Stefan Valli auf die Schulter, was diesen für einen Sekundenbruchteil ins Wanken brachte, ehe er die Schultern straffte.

»Ja, sicher. Am besten ... ich hole mal das Kostüm ab.« Er deutete die Straße hoch, wo sein Wagen stand. »Aus Wernigerode.«

Wieso nur hatte ich das Gefühl, dass er Stefan ausstechen wollte? Dazu gab es keinen Grund. Entschlossen hechtete er voraus zu seinem BMW. Ich schüttelte den Kopf.

»Ich geh auch zurück, hab wie immer viel zu tun. Stühle und Tische machen sich nicht von selbst.«

»Sei nicht enttäuscht wegen der Rolle«, sagte ich, aber Stefan lächelte.

»Bin ich nicht, ich meins ernst. Valli wird es rocken.«

Ich saß mit einer Klientin im Büro, als vor dem Fenster Stimmen erklangen.

»Lass mich in Ruhe, Justin.«

»Jetzt hör mir doch zu. Ich will nur reden, Therri, ehrlich!«

»Wie beim letzten Mal? Als du mich zu diesem Unfug angestiftet hast? Einen Laden ausrauben! Wegen einer Mutprobe!«

»Das war leichtsinnig von mir, und es tut mir leid, dass ich dich da reingezogen habe. Wir waren beide angetrunken. Ich weiß, es ist keine Entschuldigung. Aber ich habe Verantwortung übernommen, arbeite meine Sozialstunden bei der Straßenreinigung ab.«

»Ich hab mich so geschämt, als ich wieder klar im Kopf war.«

»Ich doch auch, Therri ...«

Die Kundin, die vor mir im Stuhl saß, rutschte unbehaglich hin und her.

»Entschuldigen Sie.«

»Dafür können Sie nichts, Frau Erle.«

Ich seufzte dennoch, widmete mich wieder dem aktuellen Fall und lotete gemeinsam mit meiner Klientin aus, wie wir ihrem Haustier helfen konnten. Eine Viertelstunde später hatten wir einen Plan erarbeitet, von dem wir überzeugt waren.

»Danke für die guten Ratschläge. Ich hoffe, sie helfen.«

Das hoffte ich auch.

Ich verabschiedete die Kundin, bei der zwei Katzenschwestern lebten, die sich nach Jahren des friedlichen Zusammenlebens plötzlich nicht mehr verstanden, und begleitete sie zur Garderobe.

»Alles Gute für Sie, melden Sie sich jederzeit.« Ich hielt ihr die Tür auf. »Und gehen Sie vorsichtig, der Weg ist vereist.«

»Danke für die Warnung.«

Da drang erneut eine Stimme zu uns. »Therri, bitte, jetzt sei doch nicht so stur, wir waren mal ein Paar. Das hat doch funktioniert, und jetzt können wir nicht mal mehr miteinander reden?«

Kopfschüttelnd verschwand meine Klientin, während ich mir meinem Mantel überstreifte, um nach dem Rechten zu sehen. Was auch immer hier für Beziehungsprobleme bewältigt wurden, es sollte nicht lautstark während meiner Arbeitszeit stattfinden.

Ich bog ums Haus, rutschte fast auf dem Eis aus, weil noch niemand gestreut hatte, und gelangte auf den freien Platz. Dort hielt ein junger Mann im knallroten Anorak Therri am Arm fest, die das sichtlich nicht mochte.

»Ich habe gesagt, es tut mir leid. Ich machs wieder gut.«

»Ich will nicht, dass du es wiedergutmachst. Lass mich los.«

Sah nach Ärger aus. Besser, ich schritt ein.

Rasch näherte ich mich den beiden, registrierte Bonny erst, als sie energisch vorneweg lief und laut bellte. Sie schien zu denken, dass dies in ihren Aufgabenbereich als Aufpasserin und Beschützerin des Gnadenhofs fiel. Musste instinktiv gemerkt haben, dass Therri in Schwierigkeiten steckte.

Die Hütehündin in der Nähe zu haben, war eine Erleichterung, hatte ich doch keine Ahnung, wer dieser Justin war und was genau er von Therri wollte.

Sie kam bei den beiden zum Stehen.

Abrupt löste Justin die Hand von Therris Arm, woraufhin diese strauchelte und zu Boden glitt.

»Aua, das tat weh!«

»Das wollte ich nicht.«

»Hey, was ist hier los?« Ich legte einen Schritt zu.

Der junge Mann zog sich seine Beanie tief in die Stirn, als wollte er sein Gesicht darunter verstecken, murmelte etwas von »Scheiße« und nahm Reißaus Richtung Haupteingang. So schnell, dass mich der Wind, den er dabei erzeugte, fast ebenfalls zu Boden schickte. Ich wedelte mit den Armen, hielt das Gleichgewicht, während Bonny bellend hinter ihm herjagte ...

Ich lief zu Therri, half ihr, sich aufzurappeln.

»Ich kann das allein.« Schnaubend klopfte sie sich den Schnee von der Jacke.

Wie immer charmant. Selbst nach einer Notsituation ...

Justin war inzwischen durch das Gatter geflohen und hatte dieses hinter sich zugezogen, weswegen Bonny bellend an diesem hochsprang.

»Schon gut, Bonny, der hat genug«, rief ich, woraufhin die Hündin zurückkam.

Mit besorgtem Blick blieb sie neben uns stehen.

»Alles okay?«, fragte ich.

Therri verschränkte die Arme, starrte demonstrativ zur Villa statt zu mir. Ich sah dennoch, dass ihre Augen sich gerötet hatten.

»Ja, geht schon«, gab sie grob zurück.

»Wer war der junge Mann?« Ich hatte ihn nie zuvor gesehen.

»Ein Esel.«

Das stimmte womöglich. Aber es sagte dennoch nicht viel.

»Steckst du in Schwierigkeiten?«

Prompt fuhr sie zu mir herum, funkelte mich an. »Du meinst, weil ich verurteilt wurde, stecke ich jetzt automatisch in irgendeiner Scheiße drin?«

»Nein, so war das nicht gemeint. Es sah aus, als würde der Typ dich bedrängen, und … ich wollte nur helfen.«

Sie schien sich zu beruhigen, nickte. »Das war nett. Aber es ist alles okay, misch dich bitte nicht ein. Justin ist mein Ex. Zwischen uns ist es aus und vorbei. Das hat er noch nicht verstanden.«

»Wenn was ist … kannst du jederzeit zu mir kommen.«

Therri hob skeptisch eine Braue. Ihr Kopf schwankte hin und her, als überlegte sie, was sie davon halten sollte.

»Okay … danke. Ich geh jetzt mit den Hunden los. Die mussten schon lange genug warten.« Sie schlitterte zum Haus zurück.

Ich folgte ihr und verlor das Gleichgewicht, aber Therri fing mich auf.

»Danke …«

Wir schauten uns an, mussten lachen.

»Soll ich dir die Stufen hochhelfen, alte Frau?« Sie grinste frech.

»Mit dreißig ist man nicht alt.«

Sie zuckte mit den Schultern, als wäre sie anderer Meinung und behielt diese aus Höflichkeit für sich.

»Hör mal, ich habe 'ne Idee für den Flyer für das Adventsfest«, sagte sie.

»Ach ja? Lass hören.«

»Nee, ich zeigs dir.« Sie holte ihr Handy hervor, wischte einige Male über das Display und hielt es mir dann vor die Nase. Zu sehen war ein Foto von Rosalinde, mit einer lustigen Weihnachtsmütze auf dem Kopf.

Ich musste unwillkürlich grinsen.

»Wie hast du das hinbekommen? Ist die Mütze echt oder hast du sie nachträglich eingefügt?«

»Nachträglich eingefügt, sieht man aber kaum, oder? Ich finde, sie schaut so süß in die Kamera.« Therri lächelte.

Stimmte ja, sie hatte einen Narren an Rosalinde gefressen, was ihr nicht zu verdenken war. Die Schweinedame hatte Charme.

»Weißt du, eine Art Maskottchen fürs Fest kann nicht schaden. Und Rosalinde hat Wiedererkennungswert.«

Sie hatte recht. Wenn wir dieses Foto auf die Flyer und Plakate druckten, würde es Neugierde bei den Leuten wecken.

»Gefällt mir«, sagte ich.

»Ehrlich?«

»Auf jeden Fall.«

Therris Gesichtszüge tauten noch mehr auf.

»Schick es in unsere Chatgruppe. Dann können es alle sehen und ihren Senf dazu geben.«

»Super Idee, danke.«

Es war schön, zu sehen, dass es ihr besser ging. Zum ersten Mal waren wir gelöst miteinander umgegangen, hatten sogar gelacht. Und dass sie sich nun einbrachte … freute mich. Vielleicht war das ein gutes Zeichen.

27. Kapitel

Laura

Lotta:

Die Chatgruppe ist offiziell eröffnet. Schaut bitte nach, ob jemand fehlt und tragt ihn oder sie nach. 😉

Clementine:

Großartig, Lotta. Danke dir. ❤

Noah:

Danke, sind alle drin.

Stefan:

Meihnee Fiingr siind zu dick zum Schrreibn.

Laura:

Du kannst deine Tastatur größer einstellen

Stefan:

Wieedenn??ßß

Therri:

Ich habe einen Vorschlag für den Flyer. Auf Lauras Wunsch poste ich ihn hier.

Es folgte Rosalindes Weihnachtsbild samt Weihnachtsmütze.

Lotta:

Oooh, ist die süß!

Noah:

Hat einen gewissen Charme, unsere Lady aus dem Stall.

Clementine:

Wisst ihr was, Kinder? Ich glaube, mit dem Foto können wir wirklich was erreichen. *Daumen hoch*

Therri:

Echt jetzt?

Noah:

Echt!!

Stefan:

SUPER IDEE111111

Lotta:

Auf jeden Fall.

Noah:

Stefan, du hast nicht die Tastatur groß gestellt, sondern die Buchstaben!

Ich steckte das Handy weg, als es an der offenen Tür meines Büros klopfte. Valli lugte rein, hielt mir eine große Plastiktüte hin.

»Mein Kostüm!«

»Du hast echt ein Weihnachtsmannkostüm gekauft?« Ich war unsicher gewesen, ob es ein Scherz gewesen war.

»Ich schlüpfe gleich mal rein, bin gespannt, was du sagst.«

Keine zehn Minuten später präsentierte er mir voller Stolz sein Outfit, als wollte er mich beeindrucken. Es sah überzeugend aus. Der Vollbart, der künstliche dicke Bauch unter dem Mantel, das strahlende Rot.

»Wie findest du es?«

Ich hob den Daumen. Doch Caruso war anderer Ansicht. Zufällig kam er ins Büro und schreckte zurück, als er die augenscheinlich fremde Person entdeckte. Schon bellte er los, als wollte er den Eindringling höchstpersönlich in die Flucht schlagen. Damit nicht genug. Grumpy war ihm gefolgt, reagierte ähnlich, indem sie einen Buckel machte und den Schwanz sträubte.

»Leute, alles gut, es ist nur Valli«, sagte ich, um die Tiere zu beruhigen. Aber hörte jemand auf mich?

Grumpy entschied sich für die Flucht, Caruso aber bellte weiter, bis Valli sich umdrehte, zu ihm beugte und ihm die Finger zum Schnüffeln hinhielt.

»Ich bin es nur, kleiner Kerl.«

Caruso hielt inne. Misstrauisch schnupperte er an der Hand.

»Überzeugt?«

Die Ohren des Chihuahuas richteten sich auf, er wedelte mit dem Schwanz. Sorry, hab dich nicht erkannt, schien sein Blick zu sagen.

Vorsichtig strich Valli ihm übers Köpfchen, was das Schwanzwedeln verstärkte. Keinen Augenblick später schlabberte Carusos lange Zunge, die sein persönliches Markenzeichen war, freudig hervor.

»Dann ist das geklärt«, meinte ich grinsend und lehnte mich mit dem Po an meinen Schreibtisch.

»Ich denke auch.«

Valli richtete sich wieder auf, warf sich nochmals in Weihnachtsmannpose.

»Der Bauch steht dir.«

»Haha. Und im Ernst?«

»Ich glaube, du gibst einen super Santa Claus ab.« Ich trat auf ihn zu, fasste mit beiden Händen nach dem weißen Kunstbart und richtete ihn. »Noch besser.« Ich zwinkerte und erstarrte. Sein Blick war so warm und samten, etwas funkelte in der Tiefe seiner Pupillen.

Unwillkürlich hielt in den Atem an.

»Ich muss dir was gestehen«, raunte mir Valli zu.

Mein Herz schlug schneller. »Was denn?«

»Ach ...« Er lief um meinen Schreibtisch herum, ließ sich auf meinen Bürosessel sinken und legte die Hände auf seinem Bauch ab. »Ich hatte ... das Kostüm gar nicht vorher bestellt.«

Ich legte den Kopf schief. Warum nur hatte ich mir das gedacht?

»Alle ... lieben Stefan, er ist immer zur Stelle ... und ich ... bin derjenige, der nie da ist. Ich weiß auch nicht, was in mich gefahren ist, das einfach zu behaupten. Vielleicht ... wollte ich was ausgleichen?«

Ich lächelte milde. »Du bist derjenige, der die Idee fürs Programm hatte. Und alle finden sie super.«

Valli nickte. »Ich ... würde gern wissen, was du von mir denkst.«

Jetzt sah er mich wieder an. Erneut mit diesem intensiven Blick, der mich alles ringsherum vergessen ließ.

Ich trat einen Schritt vor. »Ich denke, dass du derjenige bist, der unseren Hof retten wird.«

»Ich hoffe es, Laura.«

Ich versank in diesen hellblauen Augen. Mehr noch, sie sogen mich auf. Wie Magie.

Konnte es sein, dass sich die Zeiten nicht wirklich änderten? In Wahrheit vieles blieb, wie es war? So jedenfalls fühlte es sich an, während ich tiefer und tiefer in diesen blauen Ozean versank. Als wäre keine Zeit vergangen. Als wären wir wieder Teenies, ich mit demselben Herzklopfen wie damals in der Brust ... was ich lange Zeit verleugnet hatte, sogar vor mir selbst. Aus Angst, zurückgewiesen zu werden, unsere Freundschaft, die mir so wichtig war, zu riskieren. Aber war es sinnvoll, sich gegen Gefühle zu wehren?

Instinktiv trat ich noch näher. Valli hielt meinem Blick stand. Ich war es, die für einen Augenblick seine geöffneten Lippen fixierte, die unter dem weißen Bart hervorlugten.

Mein Herz war so laut geworden, dass ich Carusos Jaulen verspätet wahrnahm. Versehentlich war ich ihm aufs Vorderpfötchen getreten.

Erschrocken wich ich zurück, während der kleine Hund flüchtete.

»O nein! Tut mir leid, Caruso!«

Ich eilte ihm nach. Er hockte im Flur, leckte sich das Pfötchen. Das konnte ich nur mit einem Leckerli wiedergutmachen. Ich schnappte mir die Dose aus dem Regal, schraubte sie auf und gab ihm zwei Pellets, die er empört annahm.

Als ich die Dose zurückstellen wollte, bemerkte ich Valli hinter mir. Immer noch mit diesem intensiven Blick. Ich schluckte. Da klingelte es an der Tür.

»Mein nächster Klient«, sagte ich heiser.

»Ich geh ... mich umziehen.«

Valli betrachtete mich noch einen Moment, was mir durch und durch ging. Dann hechtete er die Treppe hoch, und ich strich mir durchs Haar, als müsste ich es ordnen, obwohl ich mich in Wahrheit innerlich ordnen musste, bevor ich die Haustür öffnete.

Was immer das gewesen war, ich durfte nicht vergessen, was er neulich gesagt hatte. Er sah mich als gute Freundin. Und als guten Freund sollte ich ihn auch sehen, alles andere würde nur kompliziert werden ...

28. Kapitel

Valentin

Die letzten drei Tage seit diesem magischen Moment in Lauras Büro waren wie im Flug vergangen. Gleichzeitig hatten sich diese tiefen Blicke, die wir ausgetauscht hatten, in mein Gedächtnis gebrannt. Sie gaben mir das Gefühl, dass mehr zwischen uns sein könnte, eine Verbindung, die über Freundschaft hinausging. Ich musste herausfinden, ob Laura noch etwas für mich empfand. Bei unserem Streit hatte sie noch davon gesprochen. Aber dann war alles anders geworden.

Ich hatte entschieden, sie im richtigen Moment zu fragen. Heute fand sich womöglich eine Gelegenheit, es war viel ruhiger auf dem Hof. Zumindest bis vier Kartons mit Flyern eintrafen. Ich platzierte sie auf dem Küchentisch der Pfoten-Villa und rief alle zusammen, war ich doch neugierig, wie sie das Design finden würden. Ich hatte aus Therris spontanem Handyfoto einen professionellen Flyer gestaltet und zum Druck in Auftrag gegeben. Als wir endlich alle beisammen waren, ein aufgeregtes Leuchten in jedem Blick, hob Clementine vorsichtig den Deckel eines Kartons ab, in dem die Flyer in großen Stapeln aneinandergereiht lagen. Rosalinde thronte auf der ersten Seite der Broschüre wie eine Weihnachtskönigin, die rote Mütze frech zwischen ihren Schlappohren.

»Die sehen wundervoll aus.« Clementine nahm ein paar heraus, reichte einen davon Laura und zwei andere Noah sowie Therri.

»Du hast sogar an einen QR-Code und eine Wegbeschreibung gedacht.« Laura staunte und sah mich auf dieselbe Weise an wie neulich in ihrem Büro, was mich darin bestärkte, dass heute ein guter Moment für das Gespräch war. Ich hatte genügend Zeit gehabt, über sie und mich nachzudenken. Und wenn ich einen letzten Schubs gebraucht hatte, um zu erkennen, was mit mir los war, so war es dieser Moment gewesen, als sie meinen Vollbart zurechtgerückt und mich angesehen hatte. Ich ... hatte mich in meine beste Freundin verliebt.

Das war so absurd. Es war ... Laura ..., die ich seit Kindheitstagen kannte. Und die doch einen Wirbelwind in meiner Brust auslöste.

Hoffentlich zerstörte ich nicht das, was wir wieder aufgebaut hatten. Aber ich wusste, ich musste es riskieren. Sonst würde ich sie womöglich an *ihn* verlieren ...

»Und an das Programm, das wir zur Unterhaltung bieten, hat er auch gedacht, alle Achtung. Auf der Rückseite findet sich der Ablauf.« Noah hob den Daumen.

Laura drehte die Broschüre um, Clementine und Therri taten es ihm gleich.

»Ah«, machten sie gleichzeitig.

Ich aber sah nur sie. In der vergangenen Nacht hatte ich wach gelegen, überlegt, was ich sagen oder tun sollte. Himmel, im Leben hätte ich nie gedacht, dass Laura und ich ... mehr sein könnten als beste Freunde. Und nun? Nun war ich so aufgeregt wie ein Teenager, der nach einem Date fragte.

»Wer hätte gedacht, dass unsere Rosalinde mal zum Werbestar wird? Das haben wir Therri zu verdanken«, sagte Laura.

Therris Wangen röteten sich. »Ach, war doch nur ein Foto.«

»Stell dein Licht nicht unter den Scheffel.« Laura schüttelte ihre langen braunroten Haare.

Ich räusperte mich, versuchte, mich auf die Flyer zu konzentrieren.

»Und nun müssen wir sie überall im Ort verteilen?«, hakte Clementine nach.

»Genau. Aber nicht nur in Darlingerode, sondern auch in den Nachbarorten, um möglichst viele Menschen zu erreichen. Morgen kommen die Plakate an. Die müssen wir auch aufhängen, zum Beispiel in Geschäften oder an Laternenpfählen«, erklärte ich.

»Da haben wir einiges vor uns.« Nun wuschelte sich Laura mit einer Hand durch ihren Pony, der bis zu ihren Wimpern reichte.

Die anderen teilten spontan die Gebiete, die sie aufsuchen wollten, unter sich auf. Ich nutzte die Gelegenheit, beugte mich zu Laura vor. »Hast du nachher einen Moment?«

Ihr süßer Duft ließ mich auf Wolken schweben.

Sie schaute zu mir hoch, blinzelte mit ihren grünen Augen unter dem Pony hervor. Schon wieder geschah es, schon wieder rauschte ein Schwarm Schmetterlinge durch meinen Bauch.

»Aber ja, worum gehts denn?«

»Ich …«

Just in der Sekunde klingelte es an der Tür. Wer konnte das sein? Ein Klient von Laura?

»Ich seh mal nach.« Zügig lief Therri los.

Wenige Augenblicke später hörte ich schwere Schritte im Flur, die Stefans Ankunft ankündigten. Der hatte noch gefehlt.

»Hey, Stefan, alles gut?«, fragte Noah.

»Komm rein, Junge«, rief Clementine.

Aber Stefan, der seine Mütze zwischen beiden Händen knetete, schüttelte den Kopf. »Ich würde gern kurz Laura sprechen, wenn das geht.«

»Aber klar.« Schon schob sie sich an mir vorbei, ihr sinnlicher Duft wie eine Spur, die sie hinter sich herzog.

Therri gesellte sich zu uns, Laura lehnte die Küchentür an. Ich hatte kein gutes Gefühl. Im Gegenteil. Stefans Auftauchen hatte mich daran erinnert, dass Laura ihm nahe stand. Sehr nahe sogar ...

»Was da wohl los ist?«, fragte Clementine.

Therri zuckte mit den Schultern. »Also ich kann einen Stapel in meiner Straße in Wernigerode verteilen. Bei uns gibt es süße kleine Cafés, die legen die Flyer bestimmt gern aus.«

»Ich gebe dir welche mit«, sagte Clementine beherzt und griff mit beiden Händen in den Karton.

In dem Moment schob sich Grumpy in die Küche, wodurch die Tür aufschwang. Weit genug, dass ich einen Blick in den Flur und in Lauras Büro werfen konnte.

Laura und Stefan standen dicht beisammen, besprachen etwas. Die Art, wie sie ihn ansah, die Hand auf den Ärmel seines Mantels legte, verursachte ein Ziehen in meiner Brust.

Und dann geschah es. Sie schwang sich auf die Zehenspitzen und schlang die Arme um seinen Hals.

Mein Herz setzte aus.

Eng schmiegte sie sich an ihn und er an sie. Eine gefühlte Ewigkeit hielt diese innige Umarmung an, die mir den Magen verknotete. Ja, vielleicht waren sie noch kein Paar. Vielleicht waren sie sich ihrer Gefühle nicht einmal bewusst. Aber ich, als Außenstehender, konnte es sehen. Genau das, was ich mir für mich wünschte, aber nicht haben würde.

29. Kapitel

Laura

»Und du bist mir nicht böse?«, fragte Stefan.

Ich musste lächeln. Was für ein lieber Kerl er war. Obwohl er mir gerade gesagt hatte, welche Sorgen ihn plagten, dachte er an mich und meine Gefühle.

»Natürlich nicht. Du möchtest dich um deine kranke Großmutter kümmern, das verstehe ich.«

Er seufzte, schaute immer wieder zur Haustür, als wäre er in Eile.

»Ich wollte euch wirklich helfen, mit dem Fest und so. Tut mir leid, dass ihr den Aufbau nun ohne mich bewältigen müsst und auch noch das Chorkonzert ins Wasser fällt. Ich wäre so gern mit dir dorthin gegangen.«

»Schon gut, bestimmt findet sich eine andere Gelegenheit, um was zusammen zu unternehmen.«

Er nickte bedrückt. »Das wäre schön.«

»Und was das Fest angeht: Es werden genug Leute mithelfen, keine Sorge. Und sie werden alle Verständnis haben, dass du nach Hannover musst.«

Ich umarmte ihn noch einmal. Diesen großen Kerl mit dem noch größeren Herzen.

»Willst du noch kurz mit den anderen reden? Wir haben auch die Flyer hier. Frisch aus dem Druck.«

»Leider drängt die Zeit. Ich habe meine Tasche bereits gepackt, fahre gleich los. Wäre nett, wenn du Clementine Bescheid geben könntest. Ich will so schnell wie möglich zu meiner Großmutter.«

»Alles klar. Mache ich doch gern. Und melde dich, wenn was ist.«

Nun lächelte er sanft. »Danke, Laura.«

Ich brachte ihn zur Haustür, strich ihm sanft mit der Hand über den Rücken. Solche Nachrichten sollte niemand kurz vor Weihnachten bekommen. Ich hoffte von Herzen, dass es seiner Großmutter bald besser ging.

Er drehte sich noch mal zu mir um, sah mich sanft an, mit diesem Schimmer, der Traurigkeit ausstrahle, aber der noch etwas anderes beinhaltete. »Denkst du, wir werden wirklich noch mal zusammen weggehen? Irgendwann?«

Ich hielt inne. Ob Stefan unsere Beziehung anders wahrnahm als ich? Ich sollte mit ihm darüber reden, damit er sich keine falschen Hoffnungen machte.

Der Moment war jedoch ungeeignet. Er hatte schon genug Sorgen.

»Wir sprechen noch mal drüber, jetzt kümmere dich um deine Oma.«

Er nickte, und wir verabschiedeten uns.

Als ich in die Küche zurückkehrte, richteten sich alle auf.

»Ist etwas passiert?«, fragte Clementine sogleich.

Ich nickte. »Stefans Oma ist krank, er kann uns daher nicht beim Aufbau der Stände helfen, fährt jetzt zu ihr.«

»Ach, der Arme. Jetzt häufen sich die schlechten Nachrichten.« Clementine schaute betrübt aufs Display ihres Mobiltelefons, das sie in der Hand hielt.

»Was ist los, Clementine?«

»Der Chorleiter hat eben angerufen … er hat den Auftritt auf dem Gnadenhof abgesagt.« »

»Was? Aber Janusz und die anderen waren doch begeistert von der Idee.«

Valli schnaubte. »Das waren und sind sie. Nur besteht

Herr Aalberg, der Vorsitzende des Fördervereins, der den Weihnachtsmarkt vor dem Gemeindehaus unterstützt, auf Exklusivität, was den Auftritt angeht.«

Ich kam mir vor wie im falschen Film.

Schon wieder machte uns Herr Aalberg einen Strich durch die Rechnung.

Ich warf einen Blick zu Noah, sah ihm an, wie enttäuscht er war.

»Ich fahre sofort hin und lese dem Kerl die Leviten«, sagte ich.

»Wir haben bereits angerufen, Kind. Herr Aalberg steht für dieses Thema nicht zur Verfügung.«

»Ach so? Na, das wollen wir mal sehen.« Nach Clementines Worten war ich umso entschlossener, die Sache zu regeln. Von Angesicht zu Angesicht.

»Lass es gut sein, Laura. Wir finden einen Ersatz«, sagte Noah in sanftem Ton.

»Das ist nett von dir, ehrlich. Und wahrscheinlich hast du recht. Aber es ist bereits das zweite Mal, dass Herr Aalberg dem Gnadenhof schadet.«

Allmählich kam mir der Verdacht, dass er etwas gegen die Pfoten-Villa hatte.

»Ich fahre hin«, sagte ich weiterhin entschlossen.

Clementine wandte sich an Valli. »Kannst du Laura dann nicht begleiten? Du kennst dich doch mit Veranstaltungen aus, vielleicht kannst du Herrn Aalberg ins Gewissen reden, dass der Weihnachtsmarkt keinen Schaden nimmt, wenn der Chor auch bei uns auftritt.«

Valli nickte.

Er verhielt sich merkwürdig, wirkte in sich zurückgezogen. Hatte ihn die Nachricht von der Chorabsage so getroffen? Ich könnte es verstehen, schließlich war der Chor unser Highlight und zugleich die Hoffnung, dass viele Leute zu uns kamen, die den Gnadenhof noch nicht unterstützten. Hoffentlich würden wir Herrn Aalberg umstimmen.

Das Gemeindehaus lag im warmen Licht der Straßenlaternen, Schnee knirschte unter unseren Schuhen. Dank Noah kannte ich den Weg zum Büro des Vorsitzenden, allerdings ließ uns die Vorzimmerdame nicht ein. Sie plusterte sich hinter ihrem Schreibtisch wie ein Wachhund auf.

»Herr Aalberg ist nicht hier, er hat wichtige Termine, das habe ich Ihnen doch am Telefon gesagt. Bitte gehen Sie wieder.«

»Vielleicht hat Noah recht, es wird sich bestimmt ein anderer Chor finden, der spontan auftreten würde«, sagte Valli. Doch seine Stimme klang, als wäre er in Gedanken ganz woanders.

Ich schüttelte den Kopf. »Wir werfen die Flinte nicht so schnell ins Korn. Die Harzer Herzstimmen sind eine Institution in Darlingerode und ein Garant für ein großes Publikum. Es geht um die Pfoten-Villa! Irgendwann wird Herr Aalberg schon zu sprechen sein. Wir kommen einfach wieder.«

Wäre da nicht das kleine Problem, dass uns die Zeit davonlief. Schweigend verließen wir das Gemeindehaus.

Draußen empfing uns der Duft von gebrannten Mandeln und Glühwein, Kinderlachen mischte sich mit Weihnachtsmusik. Fast hätte ich die Enttäuschung vergessen können. Fast.

»Die haben eben eröffnet, kann das sein?« Als wir zuvor hier aufgeschlagen waren, waren die Weihnachtsmarktbuden noch dicht gewesen.

»Scheint mir auch so.« Valli klang immer noch betrübt, wie ein Schluck Wasser schlurfte er neben mir her. Lag es daran, dass er Perfektionist war? Ohne Chor würde sein Programm nicht glänzen wie geplant.

Da kam mir eine Idee, um uns beide ein bisschen aufzuheitern.

»Lust auf einen Spaziergang über den Markt? Das erdet, und vielleicht fällt uns dann eine Lösung ein.«

Er schüttelte den Kopf. »Jetzt nicht ...«

»Ach, komm. Das wird lustig.« Ich hakte mich sanft bei ihm ein. »Eine Runde, mehr nicht. Wie früher, als wir über den Weihnachtsmarkt geschlendert sind.«

Er seufzte. »Okay.«

Wir spazierten los.

Viele Buden stammten aus alten Zeiten, die Verkäuferinnen und Verkäufer waren dieselben wie immer. Das war das Schöne an einem Ort wie diesem, hier wuchsen die Menschen miteinander auf und zusammen. Sie kannten sich, halfen einander.

Plötzlich fiel mir etwas ein.

»Was wolltest du eigentlich mit mir besprechen?«

Valli wich meinem Blick aus. So schüchtern war er sonst nicht. »Nichts ... vergiss es einfach.«

»Du hast doch was.« Ich blieb stehen, sah zu ihm auf. Was war hier los?

Valli seufzte. Ich hatte das Gefühl, er suchte nach Worten. Oder Ausflüchten? Gab es etwas, das er mir nicht sagen konnte oder wollte?

»Ich habe über uns nachgedacht, Laura.«

Über uns? Mein Herz schlug gleich schneller.

»Ja ... ähm ... dass ... mir unsere Freundschaft ... so unglaublich wichtig ist.« Er lächelte verkrampft.

Mh. Ja ... Freundschaft ... genau. Gut, dass er das noch mal betonte, nicht, dass ich mir falsche Hoffnungen machte. Denn neulich in meinem Büro, da hätte ich fast etwas anderes geglaubt.

Ach, Laura. Sieh es doch endlich ein. Wenn man aufwächst wie Valli und du, dann kann einfach nicht mehr draus werden. Die Freundschaft stand immer im Weg. Und zugleich war sie das Wertvollste überhaupt.

Ich lächelte. »Hast recht, die beste Freundschaft ever.« Endlich war das geklärt.

»Genau! Die zerstört nichts und niemand.« Er breitete die Arme zu einer Umarmung aus.

Ich zögerte, schmiegte mich dann aber an ihn. An meinen besten Freund. Sanft strich er über meinen Rücken. Dieser Duft ... Schnell löste ich mich wieder von ihm. »Ich glaube, deine Lösung ist die beste. Lass uns einen anderen Chor engagieren«, sagte ich

»Ich höre mich mal um. Vielleicht kenne ich jemanden, der jemanden kennt.« Er zwinkerte.

»Super!«

»Hey, sieh mal. Das ist doch ... die Weihnachtskugel, die ich dir geschenkt habe. Was für ein Zufall.« Er zog mich zu einem Stand, an dem verschiedene Schneekugeln mit weihnachtlichen Motiven ausgestellt wurden.

Vorsichtig griff er nach einer Variante, die seinem Geschenk von damals aufs Haar glich. Ich betrachtete die Kugel, die mir so viel bedeutet hatte. Es immer noch tat ...

»Die schenke ich dir zu Weihnachten«, sagte er. »Als Symbol unserer Freundschaft.«

Er strapazierte dieses Wort ein bisschen über. Doch die Geste fand ich süß. Schon reichte er der Verkäuferin die Kugel, die diese einpackte. Tüte und Schein wurden gewechselt.

Ich lächelte. Valli schien allmählich bessere Laune zu bekommen.

»Wo ist eigentlich dein Kaschmirmantel geblieben?«, fragte ich.

Er trug eine gepolsterte Steppjacke. Sah schick aus. Und perfekt für jemanden, der auf einem Gnadenhof aushalf.

»Ich dachte mir, ich brauche eine neue Garderobe, passend zu Darlingerode und dem Harz.« Er lachte mit geröteten Wangen.

»Du hast dir in Wahrheit deinen teuren Mantel auf dem Hof verschmutzt, gib es zu.«

Ein freches Grinsen verriet, dass ich recht hatte.

Apropos Mantel. Just in der Sekunde blieb mein Blick an einem Mann in einem karierten Mantel hängen, der zwischen zwei Buden stand, ein Glas Glühwein trank und sich angeregt mit den Leuten ringsherum unterhielt. Seine echsenhafte Gestalt hatte ich sofort erkannt – Herr Aalberg. Er schüttelte Hände, lachte mit den Marktleuten, als wäre er der Weihnachtsmann persönlich.

»Da ist er!«

»Wer?«

»Der Vorsitzende. Herr Aalberg. Von wegen wichtige Termine ... Den schnappe ich mir.«

Ich löste mich von Vallis Arm und eilte auf Herrn Aalberg zu. Hier, wo er seine öffentliche Rolle spielte, konnte er mir nicht ausweichen. Ich bahnte mir einen Weg durch die Menge, der Duft von Zimt und Tannengrün begleitete mich.

»Herr Aalberg, wie gut, dass ich Sie hier antreffe«, rief ich.

Das Lächeln des Vorsitzenden gefror. »Guten Abend, Frau Erle, unsere ehemalige Tierärztin. So sieht man sich wieder. Ich hoffe, Sie genießen unseren Markt.«

Ich stutzte. Er kannte sich gut in meinem Lebenslauf aus, wie es schien. Gerade zu genüsslich hatte er das Wort *ehemalige* benutzt. Hatte er sich über mich erkundigt? Ich wollte nachhaken, überlegte es mir jedoch anders. Allein die Äußerung hatte mir einen kleinen Stich in die Brust versetzt.

Da trat Valli zu uns. »Wir haben erfahren, dass Sie dem Harzer Herz Chor untersagt haben, auf dem Gnadenhof aufzutreten, obwohl der Chor und wir es uns wünschen. Warum?«

Ich nickte Valli zu, hatte auch keine Lust, um den heißen Brei zu reden.

»Ich habe nur das Wohl des Chors im Sinn, denken Sie bitte an die Sängerinnen und Sänger, die sich auf ihren Auftritt auf dem Weihnachtsmarkt in Ruhe vorbereiten sollten ... so knapp davor noch ein Auftritt, das wäre zu viel.«

»Wir sorgen schon dafür, dass es den Sängerinnen und Sängern bei ihrem Auftritt gut geht. Sie wissen genau, dass wir auf jede Spende angewiesen sind, nachdem Sie uns die Fördergelder gestrichen haben. Warum legen Sie uns jetzt erneut Steine in den Weg?«

Die umstehenden Besucherinnen und Besucher horchten auf. Eine ältere Dame mit einer Geschenketüte blieb stehen, zwei Mütter mit Kinderwagen tuschelten, eine Gruppe junger Männer unterbrach ihr Gespräch. Das Publikum wuchs mit jedem Moment.

»Habe ich das richtig gehört?«, fragte jemand.

»Ein Auftritt des Chors würde helfen, viele Spenden kämen zusammen.«

»Sagen Sie, Herr Aalberg, warum geht das denn nicht?« Von allen Seiten stürzten Fragen und Meinungen auf ihn ein.

»Das ist aber kein schöner Zug vom Förderverein.«

»Die Pfoten-Villa leistet eine wichtige Arbeit!«

Herr Aalberg wich zurück, versuchte, sich zu rechtfertigen, kam aber kaum zu Wort. Die öffentliche Meinung war ein Gegner, gegen den selbst er nicht ankam.

Da trat eine junge Frau auf Aalberg zu, und dessen Miene wurde starr. Allem Anschein nach kannte er sie.

»Harzer Extrablatt, bitte geben Sie eine Stellungnahme ab, weshalb der Auftritt auf dem Lebenshof nicht stattfinden kann.«

Eine Reporterin? Hier? Vermutlich wegen der Eröffnung des Weihnachtsmarkts. Das war gewiss einen Lokalartikel wert. Und die Story um Aalberg schien ebenso reizvoll.

Aalbergs Mundwinkel zuckte. Die Situation gefiel ihm sichtlich nicht. Plötzlich wandelte sich alles an ihm. Als wäre er ein Schauspieler, der von einer in die andere Rolle schlüpfte. Lächelnd drehte er sich der Reporterin zu. »O bitte, schreiben Sie das nicht. Das ist doch nur ein Missverständnis.«

Er breitete die Arme aus.

»Frau Erle, da haben Sie etwas falsch verstanden«, säuselte er mit honigsüßer Stimme. »Wie gesagt, habe ich bei meiner Entscheidung nur an das Wohl unserer Chormitglieder gedacht. Ich wollte ihnen den Stress zweier Auftritte ersparen. Doch wenn die Sängerinnen und Sänger unbedingt auf dem Hof auftreten möchten, bin ich doch der Letzte, der ihnen das untersagen würde.«

Dieser Mann hätte einen Oskar verdient ...

»Also bleibt es beim geplanten Auftritt?«, hakte die Reporterin nach.

»Gewiss. Das können Sie gern schreiben und drucken, werte Frau Wentheim.«

Die Reporterin nickte, machte sich Notizen. »Diesen Auftritt auf dem Gnadenhof werde ich mir nicht entgehen lassen.«

»Na bitte, geht doch«, murmelte irgendwer.

»Ich werde mir den Auftritt auch ansehen«, sagte ein älterer Mann.

Erleichtert atmete ich auf. Wären diese Reporterin und die Leute um uns herum nicht gewesen, wäre es vermutlich anders verlaufen. Ach, wie es mich rührte, dass sie alle für die Pfoten-Villa eingestanden waren.

Die Menge löste sich langsam auf, auch Frau Wentheim zog weiter, da traf mich der Blick des Vorsitzenden. Kalt. Berechnend. Einer stillen Botschaft gleich: Das war nicht das letzte Wort.

30. Kapitel

Valentin

Da die Harzer Herzstimmen weiterhin bei uns auftreten würden und alles mit dem Chorleiter abgestimmt war, hatten wir begonnen, die Flyer zu verteilen und die Plakate aufzuhängen, um den großen Auftritt gebührend anzukündigen.

Drei Tage später waren die Läden und Straßenlaternen Darlingerodes mit unseren Werbepostern übersät. Die Nachbarorte ebenso. Die Leute reagierten entzückt auf Rosalindes Abbild. Es sah zu niedlich aus, diese freche Schweinedame mit der Weihnachtsmütze, die die Betrachtenden direkt ansah.

»Die Bäckerin hatte ein Grinsen im Gesicht, als sie das Plakat bei sich aufgehängt hat. Das hättest du sehen sollen. Die Leute lieben Rosalinde!«, hatte mir Clementine stolz beim Abendbrot erklärt.

»Der Postbote ist extra umgekehrt, um sich das Plakat am Schaufenster vom Kräuterhäuschen genauer anzuschauen, hat mir Jolanda vorhin am Telefon erzählt. Und die Frau Angermeier vom Schreibwarenladen hat sogar ihre Schaufensterdeko umgeräumt, damit Rosalinde besser zu sehen ist. Ich glaube, es hängen jetzt mehr Plakate von uns aus als vom Weihnachtsmarkt. Dein Konzept geht auf, Valli! Die Leute zeigen echtes Interesse. Auch, dass sie sich für uns bei Herrn Aalberg stark gemacht haben, ist unglaublich. Ich freue mich so darüber! Ich glaube, das Fest wird wunderschön. Viel besser als in den Jahren davor. Denn es trägt deine Handschrift.«

Bei dem Gedanken an diese Worte wurde mir erneut warm ums Herz. Bekam ich also doch etwas auf die Reihe. Das war gut zu wissen. Nach dem Chaos in Berlin war ich mir dessen nicht mehr sicher gewesen. Das Leben in Darlingerode lenkte mich zwar ab, aber wenn ich mich auf mein Zimmer zurückzog, Musik hörte und mich in Gedanken verlor, kam das Desaster in der Hauptstadt wieder hoch.

Ich musste zugeben, dass es mir viel Spaß machte, das Adventsfest zu begleiten. Es war ein viel kleineres Event als jene, die sonst unter meiner Verantwortung standen. Und vertrauter, weil es Tradition auf dem Gnadenhof hatte und mit allerlei Erinnerungen verbunden war. Auf einem der Adventsfeste war sogar mein Wunsch geboren worden, eines Tages in der Veranstaltungsbranche zu arbeiten. Weil Oskar und Clementine sich so viel Mühe mit ihrem Adventsfest gegeben hatten. Doch meine Tante hatte recht. Dieses Jahr würde das Fest ganz anders werden. Größer, stimmungsvoller. Hoffentlich würde es der Pfoten-Villa helfen. Ob Laura inzwischen verstand, dass auch mir der Gnadenhof am Herzen lag?

Ich seufzte, merkte mit jedem Tag mehr, wie schwer es mir fiel, nur ein Freund für Laura zu sein. Ihre Nähe, ihr Lächeln, ihre süße Stupsnase. All die Dinge an ihr, die ich früher für selbstverständlich gehalten, vielleicht nicht mal wahrgenommen hatte, rückten nun ständig in meinen Fokus. Es tat weh, mich zurückzuhalten, obwohl ich ihr so viel sagen wollte. Aber es war besser so.

Plötzlich erhielt ich einen Anruf, der mich aus dem Bett zwang. Auf dem Display erkannte ich, es war Mike.

»Guten Abend, Valentin. Ich hoffe, ich habe dich nicht geweckt.« Mike lachte. Klang gut gelaunt, was in letzter Zeit selten war.

»Nicht wirklich.«

»Du klingst aber müde.«

»Tja, die Uhren in Darlingerode ticken anders. Die Arbeit auf dem Hof beginnt früh. Daher ist ein frühes Zubettgehen ein Muss. Was gibts denn?«

»Du wirst es nicht glauben, Valentin. Die haben die Ursache für den brennenden Baum gefunden.« Mikes Stimme vibrierte vor Aufregung. »Halt dich fest, Kumpel. Es lag nicht an den Lichterketten und auch nicht an dir. Es war Brandstiftung.«

Ich stockte. Veralberte Mike mich?

Rasch öffnete ich den Browser und fand einen Artikel, der alles bestätigte.

Die Ermittlungen haben ergeben, dass ein Sabotageakt hinter allem steckt. Der Täter wurde verhaftet.

Ich rieb mir die Augen.

Unglaublich ...

Ich setzte mich zurück aufs Bett, ließ die Beine baumeln. Ein kühler Luftzug drang durch den Türspalt ins Zimmer, strich über meine nackten Füße.

Mikes Stimme drang aus dem Smartphone zu mir durch. Schnell hielt ich es wieder ans Ohr. »Hast du gehört, Valli? Jemand hat absichtlich ein Feuer gelegt. Um ein Zeichen gegen den Konsum zu setzen.«

Ein Wunder, dass der Security das entgangen war. Aber das waren die besten Nachrichten seit Langem.

Ich lachte auf. Nicht aus Belustigung, Gott bewahre. Es war die Erleichterung, die sich ihren Weg freibrach. Die Last der letzten Wochen fiel von meinen Schultern. Damit war Perfect Events rehabilitiert, ich war es!

»Ich kanns nicht glauben.« Ich hatte mir solche Vorwürfe gemacht, mich wegen des Schadens im Kaufhaus und um die Agentur gesorgt. Mit den Fingern strich ich über meine Pyjamahose, glättete die Falten. Ich spürte meine kalten Hände durch den Stoff hindurch.

Ein Rascheln von Papier drang durch die Leitung. »Hör mal, Valentin. Ich war echt mies zu dir. Tut mir leid. Ich hätte damit besser umgehen können. War auch für mich neu, die Situation.« Er klang bedauernd.

»Mir hat dein Verhalten ziemlich zugesetzt, aber ich kann dich auch verstehen. Vielleicht hätte ich an deiner Stelle genauso reagiert Danke, dass du dich entschuldigt das. Das schätze ich sehr. Lass uns nach vorn sehen, Mike.«

»Gern. Denn du kannst praktisch sofort zurückkommen und die Leitung mit mir übernehmen.«

Ich stockte.

Mikes Worte hätten mich elektrisieren sollen. War es nicht das, was ich mir gewünscht hatte? Zurückkehren zu können, in unsere Agentur? Am besten sofort. Und doch blieb die Euphorie aus. Dabei wäre es gut für alle, wenn ich ging. Vor allem würde ich Laura nicht mehr ständig sehen und daran denken müssen, was hätte sein können. Aber eine Sache war offen: Das Adventsfest der Pfoten-Villa, für das wir so hart arbeiteten, für das wir die Flyer verteilt und Plakate aufgehängt hatten. Ich hatte hier noch eine Aufgabe. Wenigstens die Vorbereitungen musste ich zu Ende bringen.

»Bist du noch dran?« Mikes Stimme riss mich aus den Gedanken. Wie lange hatte ich geschwiegen?

»Ja, bin ich.«

»Super, dann mach dich auf die Socken! Alle warten auf dich.«

Ich erhob mich, schaute aus dem Fenster, vor dem die Flocken durch die Luft glitten. Sie leuchteten im Laternenlicht, wirkten magisch. Weil dies ein magischer Ort war. Für mich.

»Ich ... ähm ... muss noch etwas erledigen.«

»Was denn?« Mike hörte sich ungeduldig an.

»Ist ... etwas Privates. Familiäres.«

»Na schön, wir würden uns zwar freuen, dich wieder hier zu haben, aber nach allem, was war, können wir auch warten, Kumpel. Hauptsache, Perfect Events verliert dich nicht.

Viele aus dem Kundenstamm haben die ganze Zeit hinter dir gestanden. Zum Beispiel Belinda Ave von Ave Mode, die hat nichts auf dich kommen lassen und möchte auch in Zukunft mit dir zusammenarbeiten.«

»Das schmeichelt mir sehr. Findet ihr Event immer noch wie vorgesehen im Schloss Grunewald statt? Mit der Planung hatte ich ja schon vor Monaten begonnen.«

»Ja, genau. Du hast gute Vorarbeit geleistet. Alles, was noch fehlt, ist das Catering, darum kümmere ich mich.«

Dann war ja alles geregelt, und ich konnte hier mein Versprechen einlösen.

»Gut. Ich bleibe noch bis zum vierten Adventswochenende hier. Dann komme ich zurück«, sagte ich. Dann wäre das Fest gelaufen und alles in trockenen Tüchern. Und ich würde das Fest der Liebe nicht mit Laura und Stefan verbringen müssen.

»Perfekt. Bis dann, Kumpel.«

Schon hatte er aufgelegt.

Sobald ich beide Hände frei hatte, stützte ich meinen Kopf hinein, die Ellenbogen auf den Fenstersims gestützt. Unten im Hof lag alles friedlich da. Sanft hüllte der Schnee alles in ein weißes Flies. Ich genoss den Anblick, dachte daran, dass ich bald wieder Berliner Altbauten vor mir sehen würde, wenn ich aus dem Fenster blickte. Wieso zog sich mein Herz dabei zusammen?

Die Antwort auf diese Frage folgte auf dem Fuß. Ich wandte mich um und stolperte fast über die Tüte, in der sich die Schneekugel für Laura verbarg ... Mein Herz schlug unwillkürlich schneller, bis das Bild von Laura und Stefan vor meinem inneren Auge aufblitzte. Ich seufzte, schüttelte den Kopf und machte mir klar: Es gab keinen Grund, länger als bis zum Adventsfest hierzubleiben. Auch wenn ich es mir wünschte.

31. Kapitel

Laura

»Das ist eine schöne Überraschung«, sagte ich, als Valli mit Frühstück vor meiner Wohnungstür in Wernigerode stand. »Komm rein.« Ich trat einen Schritt zur Seite.

Seine Wangen waren von der Kälte gerötet, Schneeflocken schmolzen auf seinem glänzenden Steppmantel. Lächelnd schob er sich mit den beiden Papiertüten, die bis oben mit Lebensmitteln vollgestopft waren, in meine Wohnung.

Ich lotste ihn in die kleine Küche, half ihm beim Auspacken. Aufschnitt, Käse, Brötchen, alles dabei.

»Was verschafft mir denn die Ehre?« Wir waren nicht verabredet gewesen. Spontan hatte heute Morgen mein Handy gebimmelt, und er hatte gefragt, ob er mit Frühstück vorbeikommen könnte.

»Ich ... habe es schon mit Clementine besprochen. Es gibt Neuigkeiten. Aus Berlin.«

»Oh«, machte ich, und meine Bewegungen verlangsamten sich unwillkürlich. Wie in Zeitlupe legte ich die Brötchen in einen Weidenkorb.

»Mike hat gestern angerufen. Ich kann zurückkommen. Alles hat sich aufgeklärt. Die Sache mit dem Brand ... der geht zum Glück nicht auf meine Kappe.«

»Oh ... Das ist ... toll!« Ich straffte die Schultern, fasste mich und holte Besteck und Geschirr aus dem Schrank, stieß die Schublade mit der Hüfte zu und verteilte alles auf dem Tisch, setzte mich an diesen. Valli nahm mir gegenüber Platze.

Ich freute mich für ihn. Ehrlich. Ich wusste, wie sehr der Vorfall ihn belastet hatte. Wie sehr er seinen Job liebte. Und doch war da ein Teil in mir, dem diese Nachricht einen Stich in die Brust versetzte. Ich hätte es schön gefunden, ihn bis Neujahr hier zu haben. Die Wochen mit ihm waren schnell vergangen. Viel zu schnell.

Aber was hatte ich erwartet? Es war von Anfang an klar gewesen, dass er nach Berlin zurückkehren würde. Und jetzt hatten sich die Wogen geglättet, das waren gute Nachrichten.

»Ich freue mich für dich.«

»Ein paar Tage bleibe ich noch, bis alles für das Adventsfest geregelt ist.«

»Das finde ich schön, Valli. Ehrlich.«

Ich streckte die Hand aus, um sie auf seine zu legen, ließ es aber bleiben. Wenn mir sein Besuch in Darlingerode etwas vor Augen geführt hatte, dann, dass Gefühle nie ganz verschwanden. Neu erwachen konnten. Auch, wenn sie nirgends hinführten. Ihn nun zu berühren, würde die Situation nur schlimmer machen. Diese Gefühle womöglich noch mehr verstärken.

Er lächelte, schnitt ein Brötchen auf, belegte es mit Käse und biss hinein. Ich nickte, tat es ihm gleich, mein Appetit war nicht groß.

»Eins verspreche ich dir, Laura. Diesmal bleiben wir in Kontakt. Ich werde nicht noch mal erlauben, dass wir uns so lange aus den Augen verlieren.«

Er klang so ehrlich, dass ich keinen Zweifel an seinen Worten hegte.

»Mein Leben wird nun anders. Ich werde auf die Bremse treten und öfter Dinge machen, die nichts mit der Arbeit zu tun haben. Vielleicht komme ich auch mehrmals im Jahr her.«

Mein Herz stolperte bei dieser Aussicht, ich konnte mir nichts Schöneres vorstellen.

Ein Handy klingelte, durchbrach die Stille, die sich über uns ausgebreitet hatte.

Wir griffen gleichzeitig in unsere Hosentasche. Meine Finger berührten die Außenhülle, keine Vibration.

Valli zog seines hervor, wischte über das Display und hielt es sich ans Ohr. »Clementine, was gibt es denn?«

Sein Blick traf meinen, seine Augen weiteten sich. Ich wusste sofort, es war etwas passiert.

»Alles klar, wir machen uns auf den Weg. Bis gleich.« Schon sprang er von seinem Stuhl auf.

»Tut mir leid, Laura, das Frühstück muss warten.«

»Was ist denn los?«

»Jemand hat versucht, Rosalinde zu entführen.«

»Was?«

Das konnte nur ein Scherz sein. Wer, um alles in der Welt, sollte ein Interesse daran haben, ein Schwein zu entführen?

»Soll ich dich mitnehmen? Oder nimmst du deinen Wagen?«

»Ich fahr mit dir«, sagte ich spontan. Mein Wagen stand irgendwo in der Nebenstraße, weil ich gestern Abend keinen Parkplatz gefunden hatte. Mit Vallis Wagen war ich schneller vor Ort, so kamen wir außerdem gleichzeitig an.

Geistesgegenwärtig räumte ich ein paar Dinge in den Kühlschrank, die sonst vertrocknen würden. Dann machten wir uns auf den Weg.

Wir folgten der verschneiten Hauptstraße von Darlingerode. Die Räder des Wagens knirschten durch den frischen Schnee, während die Scheibenwischer einen vergeblichen Kampf gegen die dicken Flocken führten. Vor der Pfoten-Villa stand ein Streifenwagen, dessen Blaulicht sich stumm drehte und blaue Schatten über die weiße Winterlandschaft tanzen ließ. Tante Clementine und Therri standen einem Polizisten Rede und Antwort, sein Notizbuch ruhig in der behandschuhten Hand. Der Mann in Uniform wirkte wie ein Ruhepol, während Clementine aufgeregt gestikulierte und dabei von Therri gestützt wurde.

Vallis Wagen kam ins Schlittern, als er an den Straßenrand fuhr und parkte. Ich ließ keine Sekunde länger als nötig verstreichen, sprang raus und eilte auf die Dreiergruppe zu.

Therri schnaubte, als hätte gerade jemand von der Seite angemacht.

»Justin war es!« Sie ballte die Hände zu Fäusten. Ihre Stimme überschlug sich. »Er hat sich bei Morgengrauen auf den Hof geschlichen. Ich war im Haus, hab Kaffee aufgesetzt und aus dem Fenster geguckt, da sah ich seine rote Jacke auf dem Hof leuchten. Ich wollte natürlich nach dem Rechten sehen und wissen, was er hier so früh zu suchen hat. Dieser Mistkerl ... ich stand kurz davor, ihm zu glauben, dass er Verantwortung übernehmen will ... dann sah ich Rosalinde, er muss sie aus dem Stall geholt haben. Aber sie lief davon. Richtung Wiesen. Ich konnte sie nicht aufhalten.«

Es war also kein Scherz gewesen. Mir blieb fast das Herz stehen.

Tante Clementine war so blass, als bestünde sie aus Schnee. Die Finger klammerte sie um ihre Krücke, die Knöchel weiß hervorgetreten vor Anspannung. Keuchend nahm ich die letzten Schritte und blieb vor ihnen stehen. »Hallo ihr zwei.«

Clementine nickte mir zu.

»Kennen Sie sein Motiv?«, wollte der Polizist wissen. Seine Stimme war bedächtiger als seine Ausstrahlung. Jedes Wort notierte er sorgsam. Der Mann hatte sicher einiges in seinem Leben erlebt. Die versuchte Entführung einer Schweinedame brachte ihn da nicht aus der Ruhe.

»Das war bestimmt seine Rache an mir, weil er irgendwie

herausgefunden hat, dass mir Rosalinde wichtig ist.« Therris Stimme war kaum zu hören. Als wäre es ihr unangenehm, ihre Zuneigung für die Schweinedame zu offenbaren.

Clementine legte den Arm um Therri, die sich nun über ihre Augen rieb, als wollte sie aufkommende Tränen verstecken.

»Wie heißt dieser Justin mit Nachnamen? Wissen Sie, wo ich ihn finden kann?«

Therri gab dem Beamten die Daten. »Und was machen wir jetzt?«

»Ich weiß es nicht, Liebes. Rosalinde könnte überall sein.« Clementines Blick schweifte zu den freien Wiesen hinter der Villa, als könnte sie durch pure Gedankenkraft einen rosa Punkt am Horizont materialisieren.

»Und Justin ist auch noch entkommen. Ich habe versucht, ihn festzuhalten ... aber er hat sich losgerissen.«

Ich schüttelte fassungslos den Kopf, spürte Vallis Präsenz in meinem Rücken. Sanft legte er seine Hände auf meine Schultern. Die Wärme, die von ihnen ausging, drang durch meinen Wintermantel.

»Danke für Ihre Aussagen, wir werden der Sache nachgehen.« Der Polizist zog seine Jacke zurecht und wandte sich seinem Wagen zu.

»Aber was ist mit Rosalinde?«, rief Therri. »Sie hat bestimmt Angst. Wer weiß, wo sie jetzt steckt.«

»Wir haben leider nicht die Kapazitäten, um einen Suchtrupp für ein Hausschwein zu bilden«, sagte der Polizist bedauernd. Das Notizbuch verschwand in seiner Brusttasche.

Therri schluchzte urplötzlich. Es überraschte nicht nur mich, ich sah auch Erstaunen in Clementines Blick. Bisher hatte Therri die meisten ihrer Emotionen verborgen, doch offenbar nahm sie die Situation sehr mit.

»Es ist meine Schuld ...«, wisperte sie.

»Nein, Theresa, das ist es nicht, das weißt du auch.« Tröstend legte Tante Clementine den Arm um sie, was die junge Frau zuließ.

»Wir werden einen Suchtrupp bilden, informiert die anderen über die Chatgruppe. Jeder, der Zeit hat, soll helfen. Zusammen werden wir Rosalinde finden«, sagte Valli entschlossen. Ob er sich auch so anhörte, wenn er die Agentur leitete? »Der Schneefall erschwert unsere Suche, Rosalindes Spuren sind bestimmt verwischt. Das bedeutet, wir müssen uns aufteilen und die Umgebung großflächig absuchen.«

Ich war beeindruckt von seinem Tatendrang, nickte zustimmend. So würden wir es machen!

32. Kapitel

Laura

Frau Sommer vom Weinladen und Noah hatten sich bereit erklärt, uns bei der Suchaktion zu helfen, und nahmen sich den südlichen Bereich von Darlingerode vor. Lotta musste die Schulbank um diese Zeit drücken. Blieben noch Clementine und Therri, die in der Ortsmitte nach Rosalinde Ausschau hielten, während Valli und ich das nördliche Gebiet hinter dem Haus absuchten. Falls jemand von uns Rosalinde fand, sollten die anderen sofort per Handy informiert werden.

Jede Gruppe hatte außerdem ein Geschirr mit, wie man es sonst für große Hunde verwendete. Als ehemaliges Haustier war Rosalinde ausgeführt worden, war es gewohnt, am Geschirr zu laufen. Deshalb erhofften wir uns, sie auf diese Weise zum Hof zurückführen zu können. Sofern wir sie fanden ...

Valli und ich stapften durch den Schnee, der immer noch in dicken Flocken herabrieselte.

»Sie hat bestimmt Angst allein hier draußen«, sagte ich. Der Gedanke besorgte mich so sehr, dass ich einen Schritt zulegte. Erstaunlich, wie sehr mir Rosalinde inzwischen ans Herz gewachsen war.

»Wir werden sie finden, okay?« Valli nickte mir voller Zuversicht zu.

Ich hoffte, er hatte recht.

Unser Weg führte uns über die Wiesen zu dem kleinen Forst mit seinen Trampelpfaden, die jetzt unter einer dicken Schneeschicht lagen. Unter anderen Umständen hätte ich es genossen, wie herrlich das Unterholz mit seinem glitzernden Mantel aussah. Doch dazu war die Lage zu angespannt. Nicht nur wegen Rosalinde.

»Ich werde dich vermissen.« Die Worte waren mir herausgerutscht.

Valli hielt inne, sah mich mit gerunzelter Stirn an.

»Ich meine, wenn du wieder in Berlin bist ... es war schön, dich hier zu haben.«

Er lächelte sacht. »Noch bin ich da.«

Ich nickte. Bis zum Adventsfest.

Valli wollte sich ins Gestrüpp stürzen, doch ich hielt ihn am Arm fest. »Hausschweine meiden tiefen Schnee in der Regel. Wenn sie hier war, wird sie wahrscheinlich die Pfade genutzt haben. Dort ist der Schnee durch die vielen Leute, die hier spazieren gehen, flacher.«

Überrascht hob er eine Braue. »Das erleichtert uns die Suche natürlich. Ich hätte jetzt den ganzen Wald im Unterholz abgegrast, ohne zu ahnen, dass Rosalinde sich dort vermutlich nicht aufhält.«

Wir folgten dem Hauptweg, stießen auf ein paar Eichhörnchen am Rand des Pfades, die uns neugierig von einem Ast beäugten, und sahen ein Reh in der Ferne, aber keine Rosalinde.

»Hoffentlich gibt es hier keine gefährlichen Tiere ...«, murmelte Valli.

»Nicht in dieser Region. Wir haben derzeit keine Wölfe«, erklärte ich.

Ich zog mein Handy hervor, um nachzusehen, ob sich die anderen gemeldet und ich es lediglich überhört hatte.

Fehlanzeige.

Seufzend steckte ich es wieder weg.

»Das ist gut zu wissen. Aber die Temperaturen machen mir Sorgen.« Valli hielt die behandschuhte Hand auf, ein paar Flocken rieselten darauf. Seit Ende November schneite es täglich.

»Schnee allein stellt für Hausschweine nicht unbedingt ein Problem dar. Die Haut besitzt eine ausgeprägte Fettschicht, die isolierend wirkt. Erst bei Temperaturen weit unter null Grad könnte es problematisch werden.«

Valli hielt inne und schaute mich an, als wäre ich zu einem wandelnden Lexikon mutiert.

Dennoch fuhr ich mit meinen Überlegungen fort. »Allerdings schneit es immer wieder, und Nässe könnte sehr wohl gefährlich werden. Die Folge wäre Kältestress und eine reduzierte Körpertemperatur. Bei Schweinen liegt sie zwischen 38 und 39,5 Grad.«

Wenn wir die Schweinedame nicht fanden, bestand die ernste Gefahr, dass sie krank wurde.

Valli blinzelte mehrfach, setzte dann aber den Weg fort. »Na großartig, da hat uns dieser Justin aber ein Ei ins Nest gelegt. Was ist das überhaupt für ein Kerl?«

Er half mir über eine dicke Wurzel, die sich über einen kleineren Pfad erstreckte.

»Ich weiß es ehrlich gesagt nicht genau, er ist wohl Therris Ex-Freund. Und weil sie ihn nicht zurückwollte, hat er offenbar zu diesem Mittel gegriffen.«

Valli schüttelte fassungslos den Kopf. »Das funktioniert ja seit jeher, drohen und Angst machen. Die perfekte Basis für Liebe.«

Derweil waren wir in den nächsten Weg eingebogen, hatten nun einen Großteil des kleinen Waldstücks abgesucht. Der Schnee ließ allmählich nach. Immer weniger Flocken tanzten durch die Luft.

»Laura ... ich hoffe, du verzeihst mir, dass ich dieses Thema anschneide, aber ich merke ... wenn ich dich so über Schweine reden höre ... wie viel Ahnung du hast und wie viel du durch die Arbeit als Tierärztin von der Materie verstehst. Und nicht nur das. Deine Tierliebe und die Leidenschaft, mit der du dich um alle Fellnasen kümmerst. Du hast was drauf. Vielleicht solltest du noch einmal darüber nachdenken, wieder in einer Praxis zu arbeiten.«

Ich seufzte. »Du weißt, was mich davon abhält, Valli.«

Wir hatten den kleinen Rundgang beendet und traten zwischen den Bäumen hervor.

Eine weite weiße Fläche tat sich vor uns auf.

»Laura ... dieser Vorfall damals. Das war nicht deine Schuld ... Solche Dinge passieren, auch wenn man alles richtig macht.«

»Du hast recht, Valli. Solche Dinge passieren. Und ich bin mir dessen bewusst gewesen, als ich mein Studium begonnen habe. Doch die Theorie ist etwas ganz anderes, als tatsächlich einen Patienten zu verlieren.« Ich wischte mir über die Augen.

»Ich habe diesen Job gewählt, weil ich Tieren helfen wollte. Es war mein Ziel, kranke Tiere gesund zu machen. Nicht, das Gegenteil zu bewirken.«

Valli stand mit einem Mal dicht vor mir, eine Hand auf meine Schulter gelegt. »Ich bin mir sicher, du hast vielen Tieren durch schwere Zeiten geholfen, indem du sie optimal behandelt hast und auch für sie und ihre Familien da warst.«

Ich schluckte, sah zu ihm auf, wünschte, dass er für immer in Darlingerode blieb. Langsam nickte ich.

»Das stimmt schon.«

In seinen Pupillen sah ich ein fernes Leuchten und spürte, wie es in meinen Wangen kribbelte. Wäre doch nicht alles so kompliziert.

Ich wandte den Kopf, und da sah ich einen rosa Fleck mit dunklen Tupfen, die so typisch für Turopolje-Schweine waren. Verblüfft rieb ich mir die Augen, blinzelte erneut in die

Richtung, in der ich Rosalinde zu sehen geglaubt hatte. Sie war verschwunden. Hatte ich sie mir nur eingebildet?

Nein! Dort hinten lief sie. Genau auf den Rohrteich zu. Himmel!

»Laura ...«

»Valli, da ist sie, schau mal!« Ich deutete mit dem Finger zu dem gefrorenen Gewässer. Was für ein seltsamer Zufall, dass es Rosalinde ausgerechnet an den Ort gezogen hatte, an dem Valli mich als Kind gerettet hatte.

»Du hast recht!«

Valli und ich eilten näher heran, und ich zückte mein Handy. »Ich gebe den anderen Bescheid.«

Ich tippte etwas mit den virtuellen Tasten, aber kam nicht dazu, es abzuschicken. Denn Valli keuchte.

»Das ist nicht gut.«

Ich hob den Kopf und riss die Augen auf. Mitten auf dem Eis rutschte die Schweinedame hin und her.

Valli deutete zu den filigranen Rissen im Eis. Sie wirkten wie kleine silberne Adern, die sich zusehends ausbreiteten.

So ein Mist. Offenbar war der Teich nicht fest genug gefroren, und Rosalinde sorgte mit ihren tollpatschigen Bewegungen für ständige Erschütterungen. Zumal sie als ausgewachsenes Schwein so viel wog wie zwei gesunde Erwachsene.

Ich steckte das Handy wieder weg, hockte mich hin und versuchte, Rosalinde mit Handbewegungen und Zungenschnalzen zu uns locken.

»Hierher, Süße. Komm zu uns!«

Valli tat es mir gleich.

Rosalinde hob den Kopf und quiekte erfreut, als sie unsere vertrauten Gesichter erspähte. Aber es lockte sie nicht vom Eis. Im Gegenteil. Es schien ihr zu gefallen, dort entlangzuschlittern.

»Sie nähert sich der Mitte, die ist am instabilsten«, sagte Valli. Bei einem stehenden Gewässer wie diesem mussten wir außerdem davon ausgehen, dass das Eis nicht überall gleich dick war.

Mir wurde klar, wir mussten schnell handeln. Denn wenn das Eis erst zersprungen und Rosalinde im Wasser gelandet war, gab es kaum etwas, das wir tun könnten.

Ich streckte die Hand aus. »Gib mir das Geschirr

»Was?« Valli schüttelte den Kopf. »Ich geh da rauf, nicht du.«

»Aber du bist viel schwerer.«

»Ich versuche es trotzdem«, sagte er und wollte an mir vorbei.

Ich hielt ihn auf. »Wir haben jetzt keine Zeit für so etwas.«

Fest sah ich ihm in die Augen. Valli erwiderte meinen Blick voller Sorge. »Du wärst da schon einmal fast eingebrochen.«

»Da war ich unbedarft, ein Kind. Jetzt weiß ich es besser. Sobald ich merke, dass das Eis bricht, komme ich ans Ufer zurück.«

Er seufzte gequält. »Laura ... das ist wirklich gefährlich ... dir ... darf nichts passieren, hörst du? Ich ...« Er brach ab. Ich wusste, er wollte noch etwas sagen. Doch die Zeit drängte ...

»Es wird schon schiefgehen.«

Sacht nahm ich ihm das Geschirr ab und machte einen Schritt auf das gefrorene Wasser zu, setzte vorsichtig meinen Fuß darauf, verlagerte mein Gewicht. Das Eis wirkte stabil. Also wagte ich einen zweiten Schritt. Offenbar hielt es mich aus.

Noch.

»Beeil dich, Laura«, rief Valli eindringlich.

Ich schaute über meine Schulter zu ihm, nickte ihm zu. »Mach ich.«

So schnell es mir möglich war, bewegte ich mich über die starre Fläche, jeden Schritt wog ich sorgsam ab. Belastete erst den einen Fuß, zog dann den anderen nach, bis ich mich

Stückchen für Stückchen bis zur Mitte des Teichs vorgearbeitet hatte, wo Rosalinde quiekend entlangschlitterte.

»Süße ... ich bin es.« Ich hob die Hand, winkte ihr zu, um ihre Aufmerksamkeit zu erregen. Dazu machte ich mit den Lippen Klickergeräusche.

Mit großen Augen schaute die Schweinedame zu mir und grunzte dann erfreut.

Ich streckte die Hand nach ihr aus, was sie dazu veranlasste, näher zu kommen. Mit ihrem kleinen Rüssel beschnüffelte sie meine Handinnenfläche, was kitzelte.

»Alles gut, Rosalinde, wir gehen nach Hause.« Mit ausgestreckten Fingern strich ich ihr über den Kopf, spürte die strubbeligen Borsten. Vorsichtig ging ich in die Hocke, um ihr das Geschirr anzulegen. Dabei machte ich eine Schramme an ihrem Hinterlauf aus, die sie jedoch nicht zu beeinträchtigen schien. Bei ihrer Flucht musste sie gestürzt oder an einem Strauch hängen geblieben sein.

Brav hielt sie still, ganz anders als vor Kurzem im Transporter. Inzwischen hatte sie sich an uns gewöhnt.

Schon hatte ich den Verschluss zugemacht, hakte die Leine ein, als ein leises Knacksen erklang. Mein Blick wanderte zum Eis zu unseren Füßen, wo sich ein winziger Riss auftat. Unwillkürlich atmete ich schneller.

Ich sollte mich besser ranhalten. Bedächtig drehte ich mich zu Valli um, der am Ufer stand und wie ein Tiger hin- und herging.

Nun kam der schwierigste Teil. Wir mussten zurück, aber unser Gewicht summierte sich an einer Stelle, was das Eis noch mehr belastete. Der Riss unter uns wurde langsam größer. Das Knacken eindringlicher.

Erneut einen Schritt nach dem anderen machend, ging ich voran. Rosalinde blieb treuherzig an meiner Seite. Es schien, als wäre sie froh, dass wir sie gefunden hatten. Wieder hörte ich dieses Knacken unter uns, das mir eine Gänsehaut auf die Arme trieb.

Ich schluckte, jede Bewegung, jeder Schritt könnte ein Fehler sein.

»Beeilt euch!« Valli streckte uns beide Arme entgegen, obwohl er viel zu weit weg war, um uns zu erreichen. Splittergeräusche. Gleich Kristallen, die aneinanderklirrten, schienen uns zu verfolgen.

Der Sprung holte uns ein, schlimmer noch. Ich sah, wie er zwischen meinen Beinen hindurchglitt und sich dem Ufer näherte.

Schweiß trat mir auf die Stirn. Komm, es sind nur wenige Meter. Das müssen wir einfach packen.

Noch ein Knacken. Diesmal lauter. Das Eis unter uns vibrierte plötzlich, als bewegte es sich auseinander. Keuchend blieb ich stehen. War wie erstarrt.

»Was ist los? Worauf wartest du?«

»Es ... bricht«, erwiderte ich atemlos.

Rosalinde und ich waren einfach zu schwer.

»Kommt da runter, schnell!«

Das sagte sich leicht. Ich spürte weder meine Beine noch den Rest meines Körpers.

Ich starrte nur auf diesen immer größer werdenden Sprung im glitzernden Eis, während der Boden unter mir auseinanderdriften wollte. Himmel!

»Laura, bitte! Ihr müsst da runter!« Valli klang verzweifelt. Seine Stimme hallte *durch* die Schneelandschaft wie ein tosender Sturm.

Er hatte recht. Wieso bewegte ich mich immer noch nicht? Ich wusste doch, dass hier stehen zu bleiben, keine Option war.

»Lass Rosalinde los!«

Um mich selbst zu retten?

Nein, ich würde sie nicht aufgeben. Das würde ich mir nie verzeihen. Ich hatte schon ein Tier auf dem Gewissen. Durch meine Fehleinschätzung von Freddys Gesundheitszustand ...

»Lass die Leine los! Rosalinde, komm zu mir.«

Rosalinde quiekte erfreut, wollte seinem Ruf folgen. Endlich verstand ich, was Valli vorhatte. Er wollte sie zu sich locken und mich aus der Starre befreien.

Ich öffnete die Hand. Die Leine entglitt mir.

Sofort rannte Rosalinde zu Valli. Ihre dünnen Beinchen trugen ihren schweren Körper geschwind über das Eis. Hier und da rutschte sie aus, aber das hielt sie nicht auf. Sie wollte zu ihm, koste es, was es wolle.

Und dann hatte sie es geschafft. Quiekend erreichte sie das Ufer, wo Valli sie beherzt auffing. Sanft wuschelte er ihr über den Kopf. Das Resultat ihres Sprints war, dass der Sprung noch größer geworden war. Wie die Zweige eines Baumwipfels bildete sich das Muster vor mir aus. Wurde immer weitläufiger. Ich werde … ins Wasser fallen, schoss es mir durch den Kopf.

Diesmal würde es dem Rohrteich gelingen, mich zu verschlucken. Wenn die eisigen Wellen mich erst erfassten, könnte ich mich womöglich gar nicht mehr bewegen.

Mein Herz schlug mir bis zum Hals.

Nein, das durfte ich nicht zulassen. Ich musste kämpfen.

»Laura, bitte!«

Ich nickte Valli zu, trat langsam ein Stück zur Seite, um nicht auf das zersprungene Eis zu gelangen, und bewegte mich weiter. Unter mir knirschte es erneut. Ein bedrohlicher Klang, der mich nicht loslassen wollte. Doch jetzt waren es nur noch drei Meter. Das war zu schaffen.

Ich fasste Mut. Valli hielt mir erneut die Hand entgegen. Wie damals, als ich fast im Eis eingebrochen wäre. Ich sah ihm an, wie angespannt er war. Bereit, ins Wasser zu springen, sollte ich hineinfallen.

Näher und näher kam ich ihm.

Da krachte es unter mir.

Es fühlte sich an, als würde mir jemand den Boden unter den Füßen wegreißen.

Die Welt schwankte. Würde ich jetzt untergehen? Für immer verschwinden?

Ich schnappte nach Luft, doch ehe mein Stiefel das eiskalte Nass berührte, griff Valli nach meinem Handgelenk und zog mich mit aller Kraft ans Ufer.

Mit einem Aufschrei landete ich im Schnee. Oder vielmehr auf Valli.

Ich war hier. Bei ihm.

Nicht verschluckt worden vom eiskalten Wasser ...

Er hatte mich gerettet. Schon wieder.

Keuchend schaute ich ihm in die schreckgeweiteten Augen. Langsam schien er zu realisieren, dass wir es geschafft hatten. Kleine Fältchen bildeten sich um seine Augen, ehe er mit einem Mal lachte.

»Gott sei Dank«, hauchte er, seine Lippen so dicht an meinen, dass seine Worte an meinem Mund vibrierten.

Ich konnte einfach nicht anders, als meinen Gefühlen freien Lauf zu lassen. Gerade noch hatte es sich angefühlt, als würde mein Leben enden, doch Valli war da gewesen. Valli, für den mein Herz schlug.

Wenn ich ins Wasser gefallen und ertrunken wäre, dann hätte er es nie erfahren. Nie gewusst, wie viel er mir bedeutete. Aber ich war hier. Bei ihm.

Meine Lippen landeten auf seinen, die sich warm und weich anfühlten. Für Sekunden schien die Welt still zu stehen. Mein Herz setzte aus, bis es sich schmerzhaft zusammenzog. Wieso ... reagierte er nicht?

O Gott, was hatte ich getan? Endgültig unsere Freundschaft ruiniert?

Da bemerkte ich, dass er mir entgegenkam, sich seine Arme fester um mich schlangen, als wollte er mich nie mehr hergeben.

Seine Reaktion überwältigte mich. Hieß das, dass er dasselbe spürte? Hatte ihm dieser Schockmoment ebenfalls gezeigt, wie kostbar die Zeit war, die wir zusammen verbrachten? Dass da mehr sein könnte? Ja, es musste so sein, denn sein Kuss wurde immer zärtlicher.

Ich atmete auf, genoss ihn wie in einem Glücksrausch. Seine Lippen, die so sinnlich waren. In diesem Moment gab es nichts, was sich schöner oder richtiger hätte anfühlen können.

33. Kapitel

Valentin

Ihr Kuss kam einer Erlösung gleich. So sanft wie frischer Schnee, der auf der Haut schmolz.

Ich war froh, dass sie wohlauf war, dass nichts passiert war. Himmel, ich hatte solche Angst um sie gehabt. Das Eis hätte brechen, ich hätte sie verlieren können ... nein, daran wollte ich nicht denken.

Sie jetzt in meinen Armen halten zu dürfen, war wie ein Geschenk. Ein Geschenk, das ich für immer schätzen wollte. Ihr Herz schlug an meinem, ich spürte es durch unsere Mäntel hindurch. Warm strich ihr Atem über meinen Hals.

Welch Narr ich gewesen war, weil ich damals geglaubt hatte, nur in Berlin mein Glück finden zu können. All die Jahre in der Metropole, die Events, die Partys – sie erschienen mit einem Mal belanglos.

Mein Mund umschloss Lauras zärtlich. Ich konnte nicht genug von ihren süßen Küssen bekommen. Das war das Glück, das ich gesucht hatte. Ich schmeckte es auf meinen Lippen. Immer schon war es greifbar gewesen, aber ich hatte es nicht sehen können. Hatte fortgehen müssen, um es hier zu finden.

Die Welt um uns verschwamm zu einem weißen Schleier aus Schnee.

Ich hätte für immer mit Laura am Ufer des Teichs liegen

können. Die Zeit vergessen. Es war Rosalindes Rüssel in meinem Gesicht, der mich daran erinnerte, dass wir die anderen benachrichtigen sollten, dass alles in Ordnung war ...

Laura lachte und streichelte Rosalinde. Ihre Finger glitten durch ihr borstiges Fell, und die Schweinedame gluckste vor Wonne. Dann erhob sich Laura, und ich tat es ihr gleich. Meine Beine fühlten sich wackelig an. Ob das am nachlassenden Adrenalin oder der freudigen Erregung lag?

Ich nahm Lauras Hand in meine. Wie selbstverständlich verschränkte sie ihre Finger mit meinen, schnappte sich Rosalindes Leine. Ich hingegen holte mein Handy mit der freien Hand aus der Jackentasche, um Tante Clementine anzurufen. Damit die anderen ihre Suche einstellen konnten.

»Wir haben sie gefunden!«, rief ich.

»Welch Glück, ich bin so erleichtert. Treffen wir uns bei der Villa? Ich sag der anderen Gruppe Bescheid. Therri, hast du gehört? Rosalinde wurde gefunden!«

Eine Stimme erklang im Hintergrund. »Gott sei Dank.«

»Bis später.« Ich legte mit einem Lächeln auf, sah Laura an und genoss das Leuchten ihrer Augen – gleich Sonnenlicht auf frischem Schnee. Welches Glück ich hatte. Allerdings hatten wir noch gar nicht darüber geredet, was dieser Kuss bedeutete.

»Du, Laura ... ich ... das eben, das war für mich ... mehr als nur der Moment nach dem Schrecken. In den letzten Wochen hat sich einiges in mir verändert. Und ... ich weiß, es ist neu für uns beide, auch, wenn es sich gerade wirklich gut anfühlt ... doch da ist noch unsere Freundschaft und ...« Wie sollte es von hier aus weitergehen? Wie stellte Laura sich die Zukunft vor? Konnten wir beides – Freundschaft und eine Beziehung – haben? Wollte sie das überhaupt?

»Für mich ist es auch mehr, Valli.« Ein roter Schatten legte sich über ihre Wangen, und das Leuchten ihrer Augen nahm zu. »Um ehrlich zu sein, weiß ich nicht, ob wir noch zurückkönnten, wenn wir es wollten.«

Mir ging es genauso. Ich wollte uns nicht aufgeben. Erst waren diese Gefühle so leise gewesen, dass ich sie fast überhört hätte. Aber mit jedem Tag waren sie stärker geworden, bis sie eben wie eine Welle über mich geschwappt waren. Der Kuss war so bedeutsam gewesen, dass ich ihn nie vergessen würde. Nur gab es da noch etwas, das mich bremste. Das vorher geklärt werden musste, bevor es mir möglich war, mich ganz auf Laura einzulassen.

»Was ist mit Stefan?«, fragte ich.

»Stefan?«

»Nun ... du und er ... ihr seid euch scheinbar sehr nahegekommen. Ich hab eure Umarmung gesehen, die Magie zwischen euch.«

Mit offenem Mund sah Laura mich an, schüttelte kurz darauf den Kopf. »Magie? Valli, Stefan und ich sind nur Freunde.«

»Aber euer Date ... zum Chorauftritt. Die innigen Blicke ...« Es hatte für mich keinen Zweifel gegeben, dass Gefühle im Spiel waren.

Sie lachte leise. »Ich mag Stefan, er ist ein guter Freund. Aber nicht mehr. Es war auch kein Date, nur ein gemeinsamer Abend. Und die Umarmung gabs zum Trost, wegen seiner Oma. Ich habe doch erzählt, dass sie krank geworden ist.«

Sie strich über meinen Arm. »Aber du hast vielleicht nicht ganz unrecht. Ich habe mich ebenfalls gefragt, ob Stefan in mir vielleicht mehr als nur eine gute Freundin sieht. Ich werde mit ihm über uns reden, sobald er zurück ist. Ich wollte es längst tun. Doch nach dieser furchtbaren Nachricht mit seiner Oma ... da ging es einfach nicht.«

Ich nickte. Konnte es verstehen.

»Dann ... versuchen wir es also, Laura? Du und ich?«, fragte ich und genoss diese Wörter in Kombination: Du und ich.

Laura nickte mit diesem süßen Lächeln auf den Lippen,

stellte sich auf die Zehenspitzen und hauchte mir einen Kuss auf den Mund. »Ja, Valli, lass es uns versuchen. Doch auch ich habe noch etwas auf dem Herzen. Nämlich Berlin.«

Ich atmete tief ein. Berlin löste in mir nicht mehr dieselbe Freude aus wie früher. Stattdessen hatte dieses Verlangen, dort zu sein, nachgelassen. Doch meine Agentur befand sich in der Metropole und war erfolgreich, gerade wieder im Aufschwung. Ich musste die Optionen sorgsam abwägen.

Wie überraschend sich plötzlich alles entwickelte. Ich hatte mir mein Leben stets wie eine gerade Linie vorgestellt. Von Darlingerode nach Berlin, vom Auszubildenden zum Event-Manager, vom Event-Manager zur eigenen Agentur. Vorwärts, immer nur vorwärts. Aber jetzt schien mich diese Linie einzuengen, gleich den Schnüren eines Korsetts.

»Ich möchte das mit uns in Ruhe angehen. Nichts übers Knie brechen. Aber eines kann ich dir mit absoluter Sicherheit sagen, Laura: Ich will mit dir zusammen sein. Wir finden einen Weg.«

»Was heißt das genau?«, fragte Lauran.

Ich fixierte ihre Stupsnase, die sich in all den Jahren kaum verändert hatte.

»Ich werde mein Leben neu überdenken. Vielleicht ist es am Anfang eine Fernbeziehung. Es gibt so viel zu regeln, ich werde so oder so erst mal nach Berlin zurückmüssen. Aber dann ... ist da die Option, nach Darlingerode zurückzukehren. Oder gar nach Wernigerode zu dir.« Mein Herz klopfte schneller, einfach nur, weil ich diesen Gedanken ausgesprochen hatte.

Vor wenigen Wochen noch wäre es für mich undenkbar gewesen, Berlin aufzugeben. Doch seit ich wieder hier war, war meine Bindung zu Darlingerode stärker geworden und die zu Laura noch mehr. Karriere und Status, Erfolg und Geld ... all dies stand nicht mehr oben auf meiner Prioritätenliste.

»Vielleicht kann ich einen Ableger von Perfect Events hier

gründen?« In Berlin wäre es möglich, stiller Teilhaber zu sein, und hier ... hier könnte ich kleinere und persönlichere Events gestalten. Wie das Adventsfest auf dem Gnadenhof. Dazu brauchte ich Mikes Einverständnis, da er mein Partner war, aber ich sah keinen Grund, der dagegensprechen könnte.

»Du würdest wirklich deinen Job in Berlin für mich aufgeben?«

»Für uns. Die Arbeit und der Stress dort ... sind mir ohnehin zu viel geworden, Laura. Ich vermute schon länger, dass ich auf dem falschen Weg war. Dieses ständige Funktionieren-müssen. So gesehen war es vielleicht sogar ein Wink des Schicksals, dass ich hierher zurückgekommen bin.«

Hier genoss ich das ruhige Leben, die liebenswerte Gemeinschaft rund um die Pfoten-Villa und das Gefühl von echter Verbundenheit, das ich fast vergessen hätte.

»Hier habe ich nicht nur dich wiedergefunden, Laura, sondern auch mich selbst. Doch wir sollten all dies nicht hier und jetzt entscheiden.« Ich lächelte sie an. »Wir planen einen Schritt nach dem anderen. Schauen, was möglich ist. Ohne Druck.«

»Das hört sich gut an«, flüsterte sie und küsste mich erneut, ehe sie auf ihre Fersen zurücksank und nach meiner Hand griff.

Gemeinsam machten wir uns auf den Weg zurück. Mit Rosalinde an der Seite, die Dampfwölkchen schnaufend durch den Schnee trabte.

»Oh, ihr Lieben, ich bin so glücklich, dass Rosalinde wieder da ist«, rief Clementine. Gemeinsam mit Noah, Frau Sommer und Therri stand sie auf dem Hof, den wir durch den Hintereingang betraten.

Therri stürzte zu unserem Weihnachtsschweinchen und drückte es sanft. »Ich habe mir solche Sorgen gemacht! Dass du mir nie wieder ausbüxt, Rosalinde.«

Rosalinde quiekte zustimmend.

Tante Clementines Blick glitt von Therri und Rosalinde zu unseren verschränkten Händen. Für einen Moment hielt sie inne, dann breitete sich ein Lächeln auf ihrem Gesicht aus, das ihre Augen zum Funkeln brachte. Sie öffnete den Mund, schloss ihn wieder, als suchte sie nach den richtigen Worten.

»Na, das wurde aber auch Zeit«, sagte sie schließlich, und die Wärme in ihrer Stimme ließ mein Herz schneller schlagen.

Ich schaute zu Laura, die den Blick senkte. Ein entzückender rosa Schatten hatte sich auf ihre Wangen gelegt.

»Wisst ihr zwei eigentlich, wie lange Darlingerode darauf gewartet hat?«

Noahs Brauen schossen nach oben, und er stupste die Weinverkäuferin in die Seite, die daraufhin große Augen machte. »Sieht aus, als hätten Valli und Laura heute nicht nur Rosalinde gefunden«, flüsterte er laut genug, dass wir es hören konnten.

Laura drückte meine Hand fest, und in ihren Augen leuchtete Wärme.

»Ich habe es immer gewusst, ihr zwei gehört zusammen!« Clementine umarmte uns.

»Hey, was ist denn das?« Therri musterte Rosalindes Hinterlauf.

»Sie muss bei ihrer Flucht gestürzt sein oder sich gestoßen haben«, erläuterte Laura. Der Kratzer erschien nicht dramatisch, aber geblutet hatte er.

»Das arme Ding, brauchen wir einen Tierarzt?« Tante Clementine hatte das Handy parat.

»Lass mal, ich kann den Kratzer versorgen. Er ist zum Glück nicht schlimm, aber wir sollten aufpassen, dass sich nichts entzündet.«

Wir alle schauten Laura an.

Sie zuckte mit den Schultern. »Es ist nur eine kleine Versorgung, keine große Operation. Außerdem bin ich heute schon einmal mutig gewesen. Das schaffe ich auch ein zweites Mal.«

»Ja, wirklich, Kind, würdest du das tun?«

»Ich denke, für den Moment können wir auf Tierarztrechnungen verzichten.« Sie zwinkerte, und ich legte einen Arm um sie.

»Bin stolz auf dich«, raunte ich ihr ins Ohr.

Ein Küsschen folgte auf meine Wange.

»Ich besorge noch etwas aus der Apotheke, dann kümmere ich mich um Rosalinde.«

»Wir haben doch alles da, Kind. Verbandszeug, Desinfektionsmittel ...«

»Weiß ich, Clementine. Aber die Calendula-Salbe ist so gut wie leer.«

Ich stutzte. »Was ist das?«

»Ein pflanzliches Mittel gegen Bakterien, Viren und Pilze, das gleichzeitig das Immunsystem stärken soll. In der Praxis hat es mir gute Dienste geleistet.«

»Ah, stimmt. Danke, Laura.«

Laura nickte Clementine zu.

»Bringt ihr Rosalinde schon mal in ihre Box.«

Sie übergab die Schweinedame an Therri.

»Ich komme mit«, sagte ich und folgte ihr über den Hof zur Straße.

34. Kapitel

Laura

Eben erst hatten wir uns zum ersten Mal geküsst, ein Gefühl, wie über Wolken zu schweben. Und kaum einen Augenblick später war es offiziell mit uns. Ein schönes Gefühl.

Wir schlenderten zusammen durch die verschneite Straße. Hand in Hand. Nichts hatte sich je richtiger angefühlt. Mir war klar, dass unsere Eltern bereits Bescheid wussten, weil Clementine sie bestimmt sofort angerufen hatte.

Aber das war in Ordnung. Meinetwegen konnte es die ganze Welt wissen.

Aus der Apotheke holten wir die Salbe, um die kleine Wunde versorgen zu können. Valli warf mir einen Blick zu, und ich wusste sofort, was er dachte.

Schmunzelnd schüttelte ich den Kopf. »Das ist eine Aufgabe, die jeder mit Fingerspitzengefühl erledigen könnte. Man muss dafür keine Tierärztin sein.« Diesmal klang meine Stimme weicher als sonst, wenn dieses Thema aufkam.

Wie merkwürdig, dachte ich im selben Moment. Zum ersten Mal seit Freddys Tod erschien mir der Gedanke, irgendwann in eine Tierarztpraxis zurückzukehren, nicht mehr völlig abwegig. Jetzt war es definitiv noch zu früh dafür, aber auf lange Sicht ... das Leben konnte manchmal kurz sein.

Valli öffnete das Tor, hielt es mir auf, sodass ich das verschneite Anwesen betreten konnte. Ein Dach aus Schnee hatte sich über die Villa gelegt. Wir liefen an ihr vorbei zum Stall, aus dem fröhliches Ziegengemecker drang.

Doch als wir kurz darauf vor Rosalindes Box standen, blieb mir das Herz stehen.

Sie war erneut leer.

War die Schweinedame wieder verschwunden?

Mathilda und Berta beobachteten uns, reckten ihre Köpfe über die Holzbegrenzung, während Valli und ich uns hektisch umschauten, aber es gab weder Einbruchs- noch Ausbruchsspuren.

»Sie kann nicht einfach weggelaufen sein«, sagte Valli.

Ich stimmte zu. Nur wo war sie dann? Konnte es sein, dass Justin zurückgekommen war?

Besser, ich sagte Clementine Bescheid. Die Ärmste würde hoffentlich gelassen reagieren.

Ich zückte das Handy, um sie anzurufen. Da bemerkte ich eine Nachricht, die offenbar eingetrudelt war, während wir noch unterwegs gewesen waren.

Kommt ins Haus. Ihr werdet staunen. Wir sind alle hier. Rosa auch.

Rosa? Also Rosalinde? Im Haus? Ich hielt Valli mein Display vor die Nase.

»Was bedeutet das?«

»Finden wir es heraus.«

Ich steckte das Handy weg, und gemeinsam gingen wir zur Villa. Kaum hatte ich die Haustür aufgeschlossen, ertönte ein Grunzen. Gefolgt von ein paar Stimmen, die scheinbar aus dem Krankenzimmer drangen. Kein Hauch von Panik oder Sorge schwang darin mit. Bonny lief aufgeregt zwischen uns und der offen stehenden Tür hin und her, Caruso folgte ihr hechelnd. Ein paar andere Fellnasen lugten aus verschiedenen Ecken in Richtung des Krankenzimmers, wo etwas ihre Aufmerksamkeit erregte.

Valli legte ab und ging voran. Ich tat es ihm gleich.

Als wir durch die offen stehende Tür in den Raum schauten, saßen sie alle dort. Clementine, Therri und Noah mit je einer Tasse auf dem Schoß. Nur Frau Sommer fehlte, war vermutlich bereits gegangen. Rosalinde hatte es sich hingegen auf einer flauschigen Decke gemütlich gemacht und fühlte sich sichtlich wohl. Da unsere Sorgenfellchen inzwischen genesen waren, hatte sie das Krankenzimmer für sich.

»Was ist denn hier los?«, fragte ich.

»Ah, da seid ihr ja. Therri hat mich überzeugt, Rosalinde vorerst hier unterzubringen, damit wir uns besser um sie kümmern können und sie nach diesem schrecklichen Erlebnis nicht allein ist. Sie hat ja ursprünglich in einer Wohnung gelebt und ist Menschenkontakt gewohnt«, erklärte mir Clementine.

»Ja, aber das ist ... nicht artgerecht.«

»Rosalinde sieht das anders«, meinte Therri und kraulte der Schweinedame das Ohr, woraufhin diese gurrende Laute ausstieß.

Tatsächlich wirkte Rosalinde kein bisschen unglücklich. Im Gegenteil. Ich hatte sie nie so zufrieden gesehen.

»Aber ... «

Valli legte mir sanft eine Hand auf die Schulter. »In dir steckt eben eine waschechte Tierärztin, daher machst du dir solche Sorgen. Aber sieh dir Rosalinde an. Sie ist glücklich. Und dieser Raum ist ja auch extra für Tiere gedacht. Sobald sie sich etwas erholt hat, gewöhnen wir sie langsam an den Stall, in Ordnung?«, fragte Valli.

Das hörte sich nach einem akzeptablen Plan an.

»Also schön, ich will mal nicht so sein. Jetzt sollte ich aber die Wunde versorgen.«

Clementine hatte mir alles Nötige rausgelegt, ich holte die Salbe aus der Apothekentüte.

»Ich assistiere dir!« Therri rutschte zur Schweinedame vor und hielt sorgsam ihr Bein fest.

Ich staunte über die Griffe, die saßen. »Hast du das schon mal gemacht?«

»Ich habe 'ne Ausbildung zur Tierarzthelferin hinter mir.«

Die Welt steckte voller Überraschungen.

Ich wusch mir die Hände, zog die Einweghandschuhe an und desinfizierte den Wundbereich. Zwar war es hier nicht so steril wie in einer Praxis, aber das musste es für die Versorgung eines kleinen Kratzers auch nicht sein. Schweine wurden im Stall oft unter ähnlichen Bedingungen versorgt. Ich wartete einen Moment, ehe ich den Kratzer mit der kühlenden Wundsalbe einrieb. Anschließend legte ich einen Verband an. Mit Therris Hilfe war es spielend leicht, den Stoff um das Bein zu wickeln.

»Es ist geschafft!«

»Vielen Dank, Laura, das hast du gut gemacht.« Clementine lächelte.

»Keine große Sache. Ich behalte die Stelle im Auge, um sicherzugehen, dass sie gut verheilt.«

Ich räumte die Sachen in die Hausapotheke.

»Nun setzt euch zu uns, wir haben Kakao für alle da«, sagte Tante Clementine.

Valli nahm Platz, reichte mir die Hand. Ich ließ mich neben ihn sinken, kuschelte mich an seinen Norwegerpulli.

Ein Norwegerpulli! Wie früher, dachte ich und strich mit der Hand über den rauen Stoff.

35. Kapitel

Laura

Valli zog die Bettdecke bis zu meinem Kinn hoch, legte die Arme von hinten um mich. Spontan hatte ich entschieden, die Nacht in der Pfoten-Villa zu verbringen. Clementine lag längst in den Federn. Nach der ganzen Aufregung war nun alles ruhig im Haus, während draußen der Winterwind wehte und Schneeflocken durch die Luft wirbelte.

Es war das erste Mal, dass Valli und ich intim miteinander gewesen waren, ich seinen nackten Oberkörper an meinem unbekleideten Rücken spürte. Ein Moment von solch großer Bedeutung und zugleich so herrlich friedlich, dass es mir irreal vorkam. Wie oft hatte ich als Teenager davon geträumt? Wie oft in letzter Zeit? Und jetzt schmiegte er sich tatsächlich an mich.

Wenn mir jemand Anfang des Jahres gesagt hätte, was in diesem Dezember passieren würde, ich hätte es für eine alberne Geschichte gehalten. Dass er und ich ... nach all der Zeit ... zusammenkommen würden.

Ich drehte meinen Kopf in seine Richtung.

Sein Lächeln genügte, um ein süßes Kribbeln durch meinen Körper zu schicken.

Es verstärkte sich, als er die Augen schloss und mir entgegenstrebte, bis sich unsere Lippen zärtlich berührten. Ich spürte ein heißes Prickeln um meinen Mund, mich alles um uns herum vergessen ließ. Als gäbe es nur ihn und mich. Er zog die Decke höher, hüllte uns ein, in unsere eigene Welt. Es war wie in einem Kokon. Warm, geschützt.

Mit den Händen streichelte er mich sanft, küsste mich überall. Es war genau so, wie ich es mir erhofft hatte. Nein, noch besser. Denn dies hier war echt. Wir versanken ineinander und in dieser süßen Welt unter der Decke ...

Valli seufzte glücklich, als er irgendwann die Decke zurückwarf. Kühle Luft empfing uns. In unserem Kokon war es so heiß gewesen, dass die Zimmertemperatur mich zittern ließ. Valli reagierte schnell, schloss mich fester in seine Arme. »Ich wärme dich.«

Ich schmiegte mich enger an ihn. Genoss es, seinen Herzschlag an meinem zu spüren, ihm so nah sein zu dürfen, und döste ein ...

Es war wie in alten Zeiten. Gemeinsam mit Clementine saßen wir am nächsten Morgen am Frühstückstisch in der kleinen Küche, umringt von Samtpfoten und Spürnasen, genossen Toast und tranken leckeren Kaffee. Anschließend versorgten wir alle tierischen Bewohnerinnen und Bewohner. Darunter Rosalinde, die überglücklich dreinblickte, als ich ihre Wunde untersuchte. Schorf hatte sich auf dem Kratzer gebildet. Ein Verband war nicht mehr nötig.

»Ach, wenn nur Oskar hier wäre. Ich glaube, es hätte ihm sehr gefallen, Rosalinde hier zu haben«, sagte Clementine wehmütig.

Oskar war für seine große Tierliebe bekannt gewesen, es war anzunehmen, dass er Clementines Entscheidung, das Schwein aufzunehmen, zugestimmt hätte.

Wir setzten uns in die Küche zurück, um eine zweite Tasse Kaffee zu genießen. Jetzt, da Valli und ich vereint waren, kam mir zum ersten Mal der Gedanke, dass Clementine einsam sein könnte. Seit Oskar von uns gegangen war, führte sie den Hof mit aller Kraft, aber ihr Privatleben existierte kaum.

»Wisst ihr was passiert ist?«, fragte Clementine.

Valli hob die Brauen. »Was denn?«

»Heute Morgen hat Herr Josefs angerufen, da habt ihr noch in den Federn gelegen.«

»Was wollte er denn?«

»Er hat mich gefragt, ob er mich mal zu einem Kaffee im Kräuterhäuschen einladen könnte.«

Herr Josefs? Ach nein, wie süß! Deswegen legte er sich für die Pfoten-Villa ins Zeug, wann immer es ging. Ich fand es toll von ihm, dass er diesen Schritt gewagt und Clementine gefragt hatte.

Ich beugte mich zu ihr vor. »Und? Was hast du gesagt?«

»Dass das eine wunderbare Idee ist. Sobald der Stresspegel gesunken ist, wollen wir uns für einen gemütlichen Nachmittag treffen.« Ein entzückender rosa Schatten legte sich über Clementines Wangen.

Das klang großartig!

»Manchmal sind Veränderungen genau das Richtige«, sagte ich, und Clementine legte grinsend den Kopf schief.

»Da kann ich dir nur recht geben, Laura.« Sie zwinkerte mir zu.

Ich griff nach Vallis Hand, drückte sie. »Manchmal dauert es nur eine Weile, ehe man das auch versteht.«

»Eine ganz schön lange Weile. Aber sagt, Kinder, wie stellt ihr euch nun alles Weitere vor? Ihr wisst sicher, dass ihr hier immer einen Platz in der Pfoten-Villa habt. Doch ich vermute, dass ihr lieber eure eigenen vier Wände bewohnen möchtet.«

»Ach, es ist alles noch in Planung, Tantchen. Wir gehen es langsam an.«

Ich nickte zustimmend. Ein Schritt nach dem anderen, wie wir es besprochen hatten.

»Aber höre ich da heraus, dass ihr im Harz bleiben werdet?« Nun klang sie hoffnungsvoll.

Valli nickte. »Das ist auf jeden Fall, was wir uns wünschen.«

Clementine strahlte.

Ein Räuspern ließ mich zur Tür sehen. Therri stand dort.

»Kann ich mit dir sprechen, Laura? Gibt ein Problem.«

Mein Blick wanderte zur Küchenuhr, noch eine Stunde bis zu meinem ersten Termin des Tages. Somit hatte ich Zeit.

»Na klar«, sagte ich, etwas überrascht, denn ich war ja nicht unbedingt Therris Vertraute. »Entschuldigt mich kurz.«

»Sicher«, sagten Valli und Clementine wie aus einem Munde. Ich schob den Stuhl zurück, stand auf und folgte Therri in den Flur.

»Was ist denn los?«

»Das ist total crazy«, erklärte sie. »Komm am besten mit.« Sie nahm meinen Mantel vom Haken und warf ihn mir zu, ehe sie durch die Eingangstür trat.

»Was soll das, Therri?« Kaum hatte ich einen Schritt nach draußen gemacht, wehe mir die kalte Winterluft entgegen. Ich schlüpfte rasch in meinen gepolsterten Mantel und zog ihn zu. Therri ging unermüdlich voran, zog das Tor am Haupteingang auf.

»Was ist denn passiert?«

»Das soll dir Justin selbst erklären.«

»Was?«

Da entdeckte ich ihn. Den Kerl im knallroten Anorak, der gerade auf uns zuschlenderte. Die Hände in die Taschen gesteckt. Ob die Polizei bei ihm gewesen war? Fraglich.

»Was sucht der denn hier?«

»Er hat mir ein Video geschickt, das beweist, dass er Rosalinde nicht entführen wollte.«

»Aha.«

»Hör ihn bitte zumindest an«, sagte Therri eindringlich.

Ich seufzte innerlich. Der Kerl hatte es offenbar geschafft, sie doch noch um den kleinen Finger zu wickeln. Anders konnte ich mir ihren Sinneswandel nicht erklären.

Justin blieb ein paar Schritte von uns entfernt stehen, als prüfte er die Lage, trat schließlich näher und übergab Therri ein Handy.

»Hier schau selbst.« Sie hielt mir das Display vor die Nase, auf dem ein Video abspielte. Zu sehen war ein vermummter hochgewachsener Kerl, der durch das hintere Gatter auf den Hof kam, sich dem Stall in gebückter Haltung näherte und, sich vorher mehrfach umblickend, eintrat. Aufgrund der Dunkelheit war er nur schattenhaft zu erkennen. Kurz darauf rannte Rosalinde quiekend hinaus, gefolgt von dem Vermummten, der vergeblich versuchte, sie einzuholen.

»Hey, was machen Sie da?«, rief der Mann, der filmte und bei dem es sich offensichtlich um Justin handelte. Er versuchte, Rosalinde zu fangen, die auf ihn zukam. Aber unser Schweinchen machte eine Kehrtwende und stürmte in Richtung des offenen Gatters, durch das auch der Täter zuvor geflohen war. Die Aufnahme war am Schluss ziemlich verwackelt. Dennoch war klar, dass Justin aus anderen Gründen als einer Entführung vor Ort gewesen war.

Ich schaute zu ihm auf. Feiner Schnee hatte sich auf seine Mütze und seine Winterjacke gelegt.

»Siehst du? Er war es nicht.« Ich stimmte Therri zu. Auch wenn die Frage offenblieb, was Justin auf dem Hof zu suchen gehabt hatte.

»Was ist an dem Tag genau vorgefallen?«, fragte ich Justin.

»Ich wollte noch mal mit Therri reden. Ich wusste ja, dass sie früh mit der Arbeit auf dem Hof beginnt. Wollte in Ruhe und allein mit ihr sprechen, bevor hier der Betrieb so richtig losgeht. Ich vermisse sie. Deswegen war ich hier. Ich habe diese dunkle Gestalt nur zufällig gesehen, die über den Hof schlich. Ich habe mir gleich gedacht, dass der Mann was im

Schilde führt. Also habe ich die Kamera angeschaltet. Und wie ihr gesehen habt, lag ich richtig. Er hat versucht, Rosalinde zu entführen.«

Aber warum? Und wer war der Kerl? Welches Motiv steckte dahinter?

»Darf ich das Video noch mal sehen?«

»Klar.« Therri hielt es mir erneut hin.

Bei genauerer Betrachtung hinkte der Kerl ein bisschen. Aber erst, seit er aus dem Stall geflüchtet war. Vielleicht, weil Rosalinde sich gewehrt hatte. Stammte daher ihre Schramme? Sicher hatte sie sich nicht ohne Weiteres entführen lassen wollen.

Es wäre leichter, ihn zu identifizieren, wenn sein Gesicht auf dem Video zu erkennen wäre. Aber gut, zumindest gab es ein paar Anhaltspunkte.

»Tut mir leid, dass ich dich für den Täter hielt. Ich habs auch noch der Polizei gesagt ...«, murmelte Therri.

»Schon gut, was hättest du auch anderes denken sollen? Ich bin ja auch noch weggerannt, als du aus dem Haus kamst. Wenn ich dageblieben wäre, hätte ich es ja erklären können. Aber mir sind ... die Nerven durchgegangen.«

Hörte sich überraschend glaubwürdig an.

»Wir sollten die Polizei auf den neuesten Stand bringen und ihr das Video übermitteln«, sagte ich.

Justin erklärte sich einverstanden, das zu übernehmen. So konnte er auch gleich seine Version der Geschichte zu Protokoll geben, während ich gemeinsam mit Therri die anderen über die Neuigkeiten aufklären wollte.

Es herrschte sofort helle Aufregung im Haus.

»Wieso hat sonst niemand den Vermummten gesehen? Steckte jemand aus Rosalindes vorheriger Familie dahinter? Aber die wollte sie doch nicht mehr. Außerdem hätte sie mit uns reden können. Besuchsrecht hätten wir ihr bestimmt gewehrt. Das haben Oskar und ich stets so gehandhabt.«

Therri zuckte mit den Schultern. »Vielleicht ging es weniger um Rosalinde, sondern mehr darum, Unruhe zu stiften.«

»Das wäre ein starkes Stück. Und warum sollte das jemand tun? Wir sind doch nur ein kleiner Hof!« Clementine legte eine Hand an die Brust, als müsste sie ihr Herz beruhigen. »Und dann auch noch auf Kosten eines kleinen Schweinchens! Wer immer es war, dieser Mensch hat kein Herz für Tiere.«

Zeitgleich schauten Valli und ich einander an. Ich wusste, er dachte dasselbe wie ich. Hier in Darlingerode gab es nur eine Person, die Tiere verabscheute ...

36. Kapitel

Laura

Was hatte Aalberg zu solch einer Tat angetrieben? Das wussten wohl nur er und der Himmel. Bis jetzt. Valli und ich waren nach meinem Beratungstermin in der Villa in seinen Wagen gestiegen und zum Gemeindehaus gefahren. Parken war dort aufgrund des Weihnachtsmarkts kaum möglich, also fuhren wir in eine Seitenstraße.

»Sieh mal, da passen wir rein«, erklärte Valli und lenkte seinen BMW geschickt in die Lücke. Kaum hatte er den Motor ausgeschaltete, klingelte ein Handy.

»Entschuldige«, murmelte er und warf einen Blick aufs Display. Seine Brauen zogen sich zusammen.

»Alles okay?«, fragte ich leise.

»Mach dir keine Gedanken, es ist nur Mike.«

Nur Mike? Für mich symbolisierte er Berlin und Vallis Karriere wie kein anderer. Wenn Mike etwas wollte, beunruhigte mich das. Denn auch wenn wir unsere Pläne besprochen hatten, sorgte ich mich darum, dass Valli sich umentscheiden könnte. Wenn wir es uns hier einrichteten, würden wir es schön haben, daran hatte ich keinen Zweifel. Nur war Wernigerode nicht Berlin.

»Hey«, sagte Valli sanft und legte den Arm um mich. »Es geht nur um eine Einladung für ein Event im Schloss Grunewald. Er hat gefragt, ob ich kommen werde.«

»Das klingt eigentlich nett …«

Mit seinen Lippen strich er über meine Wange. Es prickelte unwillkürlich darin.

»Glaub mir, Laura. Ich will mir hier etwas Eigenes aufbauen. Der Harz ist auch mein Zuhause.«

Ja, das hatte er schon gesagt. Und es klang wie die schönste Melodie in meinen Ohren.

Ich lächelte zärtlich. »Ich weiß. Und ich finde den Gedanken, dass du hierbleiben möchtest, wunderschön. Aber noch ist nichts mit der Agentur in Berlin geregelt. Mike weiß nicht einmal etwas von deinen Plänen.«

»Deswegen spiele ich mit dem Gedanken, auf das Fest im Schloss zu gehen. Dann kann ich alles mit Mike persönlich klären. Ich biete ihm an, zum stillen Teilhaber zu werden.«

Schmunzelnd rieb er sich das Kinn. »Lass uns zusammen hinfahren.«

»Was?«

»Na, wieso nicht? Ich stelle dich Mike als meine Freundin vor. Und außerdem wolltest du doch eh nach Berlin, mich besuchen, dann kannst du mal ein Event erleben, das Perfect Events organisiert hat.« Er zwinkerte.

»Aber passt das denn zeitlich mit unserem Fest?«

»Zufällig ja. Das Event im Schloss findet schon am kommenden Wochenende statt.«

Klang nicht übel, und ich war neugierig. So eine Veranstaltung wäre mal etwas völlig anderes.

»Mit dir zusammen könnte ich dort Spaß haben«, sagte er und beugte sich zu mir vor, küsste mich zärtlich auf die Lippen, warm und weich.

»Ich komme gern mit, Valli, und unterstütze dich, so gut ich kann.«

Er strich mir eine Strähne aus dem Gesicht. »Das freut mich. Und nun sollten wir langsam los, Aalberg muss uns Rede und Antwort stehen.«

Ich seufzte. Sicher würde er alles leugnen. Selbst wenn er

humpelte, würde er irgendeine Ausrede dafür erfinden. Aber wir mussten es zumindest versuchen.

Wir stiegen aus, liefen die Straße hoch bis zum Hauptplatz, wo die Buden des Weihnachtsmarkts sich aneinanderreihten, die hölzernen Laden verschlossen.

In ihrer Mitte ragte ein großer Christbaum auf, dessen Lichterketten noch ausgeschaltet waren.

»Der Christkindl Markt schläft offenbar noch«, sagte Valli leise. Anders sah es vor dem Gemeindehaus aus. Dort standen zwei Polizeiwagen mit flackerndem Blaulicht. Eine Traube aus Menschen hatte sich vor dem Eingang des altehrwürdigen Gebäudes gebildet.

»Was ist denn da los?«, fragte ich. So viel Aufregung am Morgen war selten.

»Lass uns nachsehen.«

Ich nickte ihm zu, hakte mich bei ihm ein, und gemeinsam gingen wir zu der Versammlung. Eine rothaarige Frau, die gestikulierend hin und her lief, sprach in ihr Diktiergerät. Die kannte ich doch! Frau Wentheim, die Reporterin, die uns neulich ausgeholfen hatte, als es um den Chorauftritt gegangen war.

»Es sollen fünfzigtausend Euro veruntreut worden sein, so ein Insider. Im Augenblick warten wir ab, zwei Beamte sind reingegangen, mit Widerstand rechnen sie nicht ... ah, da kommen sie ...«

»Ich kann es nicht glauben, er war so ein anständiger Mann«, sagte jemand anders.

»Das muss ein Fehler sein! So hören Sie, Sie verhaften den Falschen!«, rief die Vorzimmerdame, die mir ebenfalls bereits bekannt war. Sie tippelte vor zwei Polizisten her, die Aalberg in ihre Mitte gezwängt hatten und ihn aus dem Gebäude führten. Er wirkte gefasst, beinahe würdevoll, als hätte er die Umstände akzeptiert, wie sie waren.

Erst auf den zweiten Blick erkannte ich, dass er humpelte.

Wie wir es vermutet hatten. Gleichzeitig traute ich meinen Augen nicht. Kam mir vor wie im falschen Film.

Hatte er uns die Gelder etwa gestrichen, um sie sich selbst einzuverleiben? So wie er es offenbar mit anderen Fördergeldern getan hatte? Aber warum hatte er Rosalinde entführen wollen?

Die Gespräche der Schaulustigen um uns herum verstummten. Frau Wentheim trat näher an Aalberg heran, wurde jedoch von einem Polizisten höflich zurückgewiesen. Für ein längeres Interview war jetzt keine Zeit.

Dann entdeckte Aalberg uns, und etwas flackerte in seinem Blick auf.

»Einen Moment noch«, sagte er zu den Beamten, bevor sie den vorderen Wagen erreicht hatten. Wie ruhig seine Stimme klang. Die Polizisten tauschten Blicke aus, nickten dann. Vielleicht war es die seltsame Würde des Augenblicks, die sie zustimmen ließ.

Aalberg trat auf uns zu, ein Bein hinter sich herziehend. Die Hände auf dem Rücken. Die Miene starr wie eine Maske. Beide Beamte wachsam im Hintergrund.

»Frau Erle. Wie geht es Ihnen damit, dass Ihr Maskottchen verschwunden ist? Hoffentlich bleiben nun nicht die Besuchenden auf Ihrem Adventsfest aus. Das wäre ja ein Jammer.« Er sagte es leise genug, dass nur wir es hörten. Dann lachte er, während mir dämmerte, dass sein Mitleid nur gespielt war. Er hatte Rosalinde bewusst freigelassen. Um unsere Pfoten-Villa zu schädigen.

Er warf einen Blick auf die Reporterin. »Für heute hat sie wenigstens einiges Interessantes zu berichten.« Dies sagte er lauter, damit auch Frau Wentheim es hörte.

Unwillkürlich ballte ich die Hände zu Fäusten, sprach jedoch ruhig.

»Ich fürchte, ich muss Sie enttäuschen, Herr Aalberg, Rosalinde ist wieder bei uns. Wir haben sie gefunden, und sie ist wohlauf.«

Aalberg presste die Lippen zu einer schmalen Linie zusammen. »Ach ja? Na, da haben Sie ja noch mal Glück gehabt.«

»Genug geplaudert.« Die Polizisten griffen Aalberg rechts und links an den Oberarmen und zogen ihn von uns weg, führten ihn zum Wagen.

»Der Vorsitzende des Fördervereins wird gerade wegen Veruntreuung von Fördergeldern abgeführt«, sprach die Reporterin in ihr Gerät, klar und deutlich.

Valli und ich verfolgten, wie Aalberg in einem der beiden Polizeiautos Platz nahm.

Ich konnte es nicht glauben.

War das Karma?

»Herr Aalberg, machen Sie sich keine Sorgen! Ich rufe Ihren Anwalt an. Das wird sich alles regeln! Das ist nur ein Missverständnis.« Die Worte sprudelten aus der Vorzimmerdame heraus, und schon eilte sie ins Gebäude zurück.

»Sollten sich die Anschuldigungen als wahr herausstellen, wird der Förderverein einen neuen Vorsitzenden oder eine Vorsitzende wählen müssen«, erklärte die Reporterin, während der Polizeiwagen zurücksetzte, wendete und schließlich an uns vorbeifuhr, mit einem Aalberg, der einen Blick aus dem hinteren Fenster zu mir warf.

Der zweite Wagen holte auf, versperrte mir die Sicht auf ihn.

Langsam löste sich die Gruppe um uns herum auf. Schließlich standen nur noch Valli und ich vor dem Gemeindehaus.

»Kneif mich mal, ist das eben wirklich passiert?« Ich hielt ihm den Arm hin, aber Valli nahm nur meine Hand, drückte sie.

»Scheint, als hätte unser Vorsitzender mehr Dreck am Stecken als nur einen Einbruch in unseren Stall. Für diesen wäre er vermutlich nie belangt worden, schließlich ist Rosalinde wieder zurück, aber durch die Veruntreuung könnte er im Gefängnis landen. Mindestens aber verliert er seinen Posten.«

Ich blickte schweigend die Straße runter, nur die Spuren im Schnee verrieten, was geschehen war.

»Und doch verstehe ich immer noch nicht, warum er uns schaden wollte. Warum hat er versucht, Spenden für die Pfoten-Villa zu verhindern? Damit der Hof endgültig vor dem Aus gestanden hätte? Weil er Tiere so hasst? Oder ging es ihm nur darum, dass der von ihm geförderte Weihnachtsmarkt allein glänzen sollte?

Valli wog den Kopf hin und her. »Vielleicht eine Mischung aus allem.«

37. Kapitel

Laura

»Bereit?«, fragte Valli.

Ich atmete tief durch, schaute an der hellen Fassade von Schloss Grunewald hoch, das eine kompakte Architektur voller liebevoller Details aufwies. Die Fenster im unteren Geschoss waren erleuchtet.

Seit heute Morgen hatte Valli dabei geholfen, dem großen Event den letzten Schliff zu geben, während ich eine kleine Tour durch Berlin unternommen hatte. Sightseeing, leckeres Essen, was Menschen eben so machten, wenn sie zum ersten Mal in einer Metropole waren.

Berlin war toll. Ich hatte mich sofort verliebt. Konnte endlich verstehen, was Valli an dieser lebendigen und bunten Stadt faszinierte. Aber ich hatte auch einiges vermisst. Zum Beispiel meinen geliebten Schnee. Zwar waren ein paar winzige Flöckchen durch die Luft getanzt, aber sie waren schnell geschmolzen.

Schließlich war ich mit dem Taxi zum Grunewaldsee gefahren und hatte Valli getroffen, der unglaublich gut in diesem maßgeschneiderten Anzug aussah.

Fast erkannte ich meinen Valli nicht wieder, aber als er lächelte, verschwand dieses Gefühl der Fremdheit, und ich konnte nicht umhin, mich auf die Zehenspitzen zu stellen und ihn zu küssen.

»Wir können«, sagte ich, und wir traten ins Schloss, das innen prunkvoll aussah. Bögen unter den Decken, Stuck an den Wänden und dazu vornehme Leute überall. Ich kam mir vor wie in einem Film. Erst recht, als ich ein paar bekannte Gesichter erkannte, die ich sonst nur im Fernsehen sah.

Da kam eine hochgewachsene Blondine auf uns zu. Die Hand ausgestreckt, ergriff sie die von Valli, kaum, dass sie uns erreicht hatte. »Herr Hagedorn, ich muss Ihnen sagen, ich bin überaus begeistert von diesem Fest!«

»Wie schön, das freut mich sehr!«, sagte Valli und wandte sich mir zu. »Das ist Belinda Ave, vom gleichnamigen Modeunternehmen. Sie ist die heutige Gastgeberin.«

»Und Sie sind wohl Laura, die Freundin von Herrn Hagedorn.«

Oh, sie wusste, wen sie vor sich hatte.

Ich nickte eingeschüchtert, weil hier alles so anders war. Das war also die Welt, in der Valli gelebt hatte, seit er Darlingerode verlassen hatte.

»Ich freue mich sehr, dass Sie gekommen sind, Laura. Bitte haben Sie heute Abend eine gute Zeit mit uns, ja?«

Nun schüttelte Belinda Ave mir beide Hände und lächelte dabei so freundlich, dass ich sogleich lockerer wurde.

»Danke, die werde ich haben.«

»Probieren Sie unbedingt das Fingerfood.« Sie zwinkerte mir zu und wandte sich um, um sich um andere Gäste zu kümmern.

»Sie ist ziemlich nett.«

Valli nickte, erkannte wohl jemanden in der Menge und hob die Hand. »Ich würde gern ein paar Leute begrüßen. Magst du mich begleiten?«

»Natürlich.«

Schon liefen wir los. Valli kannte so gut wie alle, weshalb wir kaum eine Atempause hatten. Für mich war das Okay, weil Valli es vermochte, mich in jede Unterhaltung einzubinden. So lernte ich interessante Persönlichkeiten aus

Sport, TV und Wirtschaft kennen, sogar ein paar aus der Politik. Ich merkte aber auch, wie sicher Valli sich innerhalb dieser Gesellschaft bewegte. Er hatte keine Berührungsängste, wusste, sich auszudrücken, und agierte stets besonnen. Als, ja, als gehörte er hierher.

Ich verbannte diesen Gedanken schnell. Es war nur zu verständlich, dass er nach so vielen Jahren in Berlin Anschluss gefunden hatte. Und sein Job brachte es nun einmal mit sich, dass er in diesen Kreisen verkehrte.

»Läuft alles wie am Schnürchen. Ich würde sagen, wir sind so was von zurück«, meinte plötzlich ein Mann im Anzug und drückte Valli an sich. Das musste Mike sein.

Auch er war vornehm gekleidet. Beachtete mich nicht.

»Zum Glück hat Belinda uns nicht abgeschrieben nach der KaDeWe-Sache …«

Valli nickte, ließ von ihm ab und deutete auf mich. »Mike, darf ich dir Laura vorstellen?«

»Laura, natürlich.« Erst jetzt sah Mike mich an, reichte mir die Hand. »Hab viel von dir gehört.«

»Nur Gutes, hoffe ich.«

»Klar.«

Mike nippte an seinem Sektglas, wippte hin und her, als wäre er unruhig.

»Ich würde dich gern mal sprechen, Valentin. Unter vier Augen. Nichts für ungut, Laura.«

»Schon okay, ich weiß mich zu beschäftigen.«

»Ich bin gleich zurück.« Valentin hauchte mir einen Kuss auf die Wange, ehe er Mike folgte.

Gemeinsam verließen sie den großen Saal, während ich mir das Büfett ansah.

Krabbenhäppchen, Hummerschwänze, Kaviar. Ich stellte mir eine kleine Auswahl aus Gemüse auf einem Teller zusammen und nahm den ersten Bissen. Mmh, nicht schlecht.

»Und? Schmeckt es Ihnen?«, fragte Belinda.

»Oh, ja, köstlich.«

Belinda strahlte. »Schön, das höre ich gern. Erzählen Sie mal, wo kommen Sie her?«

»Aus dem Harz.«

»Wirklich?«

Ich nickte, nahm noch einen Happen.

»Ich war dort früher oft zum Skifahren. Eine schöne Gegend.«

»Wie wahr. Und voller Schnee. Ich fahre allerdings kein Ski«, erklärte ich.

»Was machen Sie dann?«

»Ich biete Tierverhaltensberatungen an und arbeite ehrenamtlich auf dem Gnadenhof von Vallis Tante.«

»Oh.« Nun leuchteten Belindas Augen. »Sie geben alten und kranken Tieren ein *Forever Home.*«

»Genau. Kennen Sie sich aus?«

»Na ja, ich war einst Schirmherrin eines Gnadenhofs in Brandenburg. Eine wichtige Arbeit. Aber nicht leicht, die Finanzierung zu stemmen.«

Ich verzog unwillkürlich den Mund. »Da sagen Sie was.«

»Stecken Sie in Schwierigkeiten?«, fragte Belinda sanft.

Ich seufzte.

»Wir haben Fördermittel verloren«, erklärte ich. »Unser zweiter Geschäftsführer Noah ist auf der Suche nach neuen Unterstützerinnen und Unterstützern.«

Belinda nickte. »Das ist sinnvoll.«

»Vor allem dringend, denn die Ressourcen reichen gerade mal bis zum Frühling, wenn wir jeden Cent viermal umdrehen. Zum Glück hat uns Valli geholfen, das Programm für das alljährliche Adventsfest aufzupeppen. Wir hoffen auf großzügige Spenden, mit denen wir uns noch etwas länger über Wasser halten können.«

»Oh, ein Event von Valentin wird bestimmt fantastisch. Ich habe schon oft Veranstaltungen von Perfect Events organisieren lassen. Sie waren alle große Erfolge.« Aufmunternd lächelte sie mich an. Leider übertrug sich ihr Optimismus nicht so recht auf mich.

Da strich sie mir fast mütterlich über die Schulter. »Es ist bald Weihnachten, Laura, da geschehen Wunder, das wissen Sie doch bestimmt.« Ein fernes Funkeln trat in ihren Blick, das ich schwer deuten konnte. »Und jetzt versprechen Sie mir, dass Sie alle trüben Gedanken verscheuchen. Zumindest für diesen Abend.«

Ich lächelte. »Na schön.«

»Kommen Sie, ich stelle Ihnen ein paar Leute vor.«

Ich ließ mich von ihr mitziehen, unterhielt mich mit einem Bezirkspolitiker, einem Moderator und einer Schauspielerin. Es waren nette Gespräche, die mich aufheiterten. Irgendwann fragte ich mich jedoch, wo Valli blieb.

Ich schaute zum Eingang, hoffte, dass er jede Sekunde den Saal betrat. Aber vergeblich.

»Dieses Fest ist wirklich eine Klasse für sich«, sagte eine ältere Dame neben mir zu ihrem Begleiter.

Dieser nickte. »Valentin Hagedorn und Mike Sasser haben sich selbst übertroffen. Nach all diesen bösen Schlagzeilen, die es über die Agentur gab.«

»Eine Schande, dass sie so viele Aufträge verloren haben.«

»In der Tat, Luise. Da kann ich gut verstehen, dass Valentin kürzertreten, vielleicht sogar die Agentur verlassen will.«

Ich hob die Augenbrauen. Das hatte sich schnell herumgesprochen.

»Tatsächlich? Ich dachte, das wäre nur ein Gerücht, Edgar.«

»In jedem Gerücht steckt ein Quäntchen Wahrheit.«

»Dabei ist doch Licht am Horizont. Die Schuld für den Brand lag nicht bei ihm, viele neue Aufträge stehen in den Startlöchern. Ich habe für das nächste Jahr ein Sommerfestival auf der Pfaueninsel geplant. Da würde ich auch gern auf die Unterstützung von Valentin zurückgreifen. Ich verstehe nicht, warum er das Handtuch werfen möchte.«

»Warte mal ab, Luise. Ich glaube, Mike wird Valentin umstimmen und ihm klarmachen, wo er hingehört.«

»Denkst du wirklich, Edgar?«

»Ich weiß zufällig, dass Mike in diesem Moment mit ihm spricht. Ich bin mir sicher, es geht genau darum.«

»Dann hoffen wir mal, dass der Junge die richtige Entscheidung trifft.«

Das Pärchen begab sich auf die Tanzfläche, während ich mich in eine Salzsäure verwandelt hatte.

Was, wenn es Mike gelang, Valli zu überzeugen, hierzubleiben?

Es würde mir das Herz brechen.

Aber hatte das Pärchen nicht recht? Valli hatte sich hier so viel aufgebaut. Allein dieses Fest. Es war … fantastisch, gigantisch! Es war sein Traum. Er hatte so hart für all dies gearbeitet. Sollte er es meinetwegen aufgeben?

Wie von selbst setzten sich meine Füße in Bewegung Richtung Ausgang. Meine Gedanken überschlugen sich. Ich brauchte Klarheit.

Im Foyer angekommen, erblickte ich prominente Paare, die miteinander plauderten oder sich anderweitig vergnügten.

Unweit entfernt entdeckte ich eine kleine Bar. Dort saßen sie.

Ich hob den Arm, winkte Valli zu, aber er sah mich nicht, wirkte hoch konzentriert. Aus einem Impuls heraus näherte ich mich ihm. Ich musste wissen, was vor sich ging.

»Liegt es an diesem Landei?«, zischte Mike gereizt.

Ich hielt abrupt inne. Er sprach von mir.

»Nenn sie nicht so! Ich bin selbst vom Land.«

»Sorry, war nicht so gemeint. Ich vergesse manchmal, dass du kein geborener Berliner bist …« Er kippte seinen Drink hinunter. »Gib deine Karriere nicht ihretwegen auf.

Ich verstehe, Laura bedeutet dir was. Kindheit und so. Aber denk an all die Möglichkeiten, die du in der Großstadt hast. Wir hatten einen Plan, oder nicht? Die beste und größte Eventagentur Berlins zu werden. Ich weiß ... ich war nicht ganz fair zu dir, und dich in eine Auszeit zu schicken, war vielleicht harsch.«

»Es war genau richtig, Mike, so wurde mir klar, was ich wirklich möchte.«

»Aber unsere Kundschaft fragt explizit nach dir. Die wollen dich als Veranstalter, nicht nur Perfect Events. Dein Name hat hier Gewicht.«

Mein Herz stolperte.

Schmerzlich wurde mir bewusst, Mike hatte recht. Es wäre unklug, sein Leben hier aufzugeben. Würde Valli das nicht immer bereuen?

Wir ... wir könnten vielleicht wieder Freunde sein. Irgendwie würde es sich einrenken. Ich wollte nicht der Grund sein, dass er seinen Traum aufgab. Schon die ganze Zeit nagte die Vorstellung an mir.

»Ich liebe sie«, sagte Valli überraschend. Ein warmes Gefühl schlich sich in mein Herz.

Ich liebe dich auch, wollte ich ihm sagen. Deswegen war ich auch bereit, ihn gehen zu lassen. Egal, wie weh es tat.

»Ich möchte bei ihr sein, Mike. Verstehst du? Ich habe vergessen, wie schön es im Harz ist. Wie es sich anfühlt, nach Hause zu kommen und wirklich geliebt zu werden. Das kann mir die Agentur nicht geben.«

Valli seufzte. »Mir ging es in letzter Zeit nicht gut. Wobei, nein, das ist untertrieben. Mir ging es beschissen. Seit ich wieder im Harz bin bei Laura, ist alles anders. Ich genieße das Leben wieder. Das habe ich vorher nicht mehr gemacht, es total verlernt.«

»O bitte ... jetzt werde nicht theatralisch.«

Valli lachte. »Es ist so. Das hier ...« Er fasste an den Kragen seines edlen Jacketts. »Das ist nur ein Kostüm. Das bin nicht ich.«

Mein Puls wurde schneller. War das wahr?

»Ein Kostüm? Ich bitte dich.« Mike sprang verärgert auf. »Du machst den größten Fehler deines Lebens!«

»Nein, Mike. Der größte Fehler meines Lebens war es, Darlingerode den Rücken zu kehren.«

Mike schüttelte den Kopf. »Ist das dein letztes Wort?

Wenn du diesen Weg wirklich gehen willst, bleibt dir nur, deine Gesellschafteranteile zu veräußern. Andernfalls greift das Wettbewerbsverbot aus unserem Gesellschaftsvertrag. Denn ich werde keiner Firmenerweiterung zustimmen.«

Ich hielt den Atem an.

»Wenn es sein muss, trennen sich unsere Wege, und ich verkaufe meine Anteile an der Firma«, sagte Valli ruhig.

»Wie du willst.« Schnaubend rauschte Mike davon, rempelte mich in seiner Wut an.

Vallis Blick wanderte zu mir. Mein Herz klopfte noch schneller.

Schon erhob er sich, mit diesem Leuchten in den Augen, das meine Knie weich werden ließ. »Laura? Wie lange stehst du denn schon hier? Warum hast du nichts gesagt?«

»Ich ... wollte nicht stören ... du ... du kannst doch nicht alles aufgeben, deine Anteile verkaufen und ...«

Er legte seine Hand sanft um meine, es fühlte sich so wunderschön an. Vertraut und aufregend zugleich.

»Ich gebe nichts auf. Ich mache mich selbstständig, fange neu an, und diesmal wird alles so, wie ich es mir vorstelle. Damit gewinne ich sogar unendlich viel hinzu.«

Ich biss mir auf die Unterlippe, da legte Valli eine Hand an meine Wange.

»Verstehst du es nicht, Laura? Diesmal hast du mich gerettet. Denn ich würde hier in Berlin nicht glücklich werden. Aber das musste ich erst kapieren.« Er lächelte mich an, zwinkerte. »Also nimmst du mich bitte mit zurück nach Darlingerode?«

Ich lachte vor Erleichterung, es kam mir sogar ein Tränchen, das er schmunzelnd mit dem Daumen wegwischte.

»Natürlich, du gehörst zu uns, Valli. Schon die ganze Zeit.«

Er beugte sich zu mir herunter und küsste mich so zärtlich, dass ich für einen Moment das Gefühl hatte, meine Füße würden vom Boden abheben ...

38. Kapitel

Laura

Nur noch eine Woche, dann ist Weihnachten, dachte ich, als ich mit meiner Klientin in meinem Büro in Darlingerode saß. Unglaublich, wie schnell die Zeit verging.

Der Beratungstermin mit Frau Waldburg war mein letzter des Jahres. Ich besprach mit ihr die Vergesellschaftung zweier kastrierter Kater, verabschiedete sie schließlich mit einem guten Gefühl und brachte sie zur Haustür. Dabei ging ich in Gedanken meine Bilanz durch und stellte fest, dass meine kleine Firma in der kurzen Zeit, die sie erst existierte, beachtlich gewachsen war.

Da trat Noah ein, in den Händen ein paar geöffnete Briefe, auf die er fixiert war. Großen Schrittes kam er auf mich zu und stieß fast mit mir zusammen.

»Vorsicht!«, sagte ich lachend, als ich ihm auswich. In letzter Zeit war er so vertieft in seinen Job als Geschäftsleiter, dass er kaum etwas anderes wahrnahm als Unterlagen, Briefe und Zahlen.

»Entschuldige!« Schmunzelnd blieb er stehen. »Ich wollte dich nicht umrennen.«

»Hast du ja auch nicht. Gibts was Neues?«

»Alles nur Absagen von Vereinen, die so knapp bei Kasse sind, dass sie uns nicht fördern können.«

»Mist.« Kein guter Ausblick fürs neue Jahr. »Aber was ist

mit unserem Förderverein? Könnte der uns nicht wieder unterstützen, jetzt, da Aalberg weg ist?«

»Das habe ich mich auch schon gefragt, es ist jedoch unklar, ob ein neuer Vorsitzender oder eine neue Vorsitzende anders entscheidet als Aalberg. Selbst wenn, das macht uns ziemlich abhängig, wenn man genau drüber nachdenkt. Ich hab deswegen neulich mit Herrn Josefs gesprochen, und er hat mich auf eine Idee gebracht.« Noah verschränkte die Arme, die Briefe lugten nun seitlich hervor.

»Ach ja?«

Die kleine Grumpy strich mir um die Beine, ich hob sie hoch, kraulte sie, woraufhin sie laut schnurrte.

Auch Bonny trabte heran, als wollte sie unbedingt hören, was Noah zu sagen hatte.

»Wir könnten einen eigenen Verein gründen und unser eigener Herr sein. Ich hab das recherchiert. Ein paar Auflagen müssten erfüllt, eine Satzung geschrieben werden, und es braucht sieben Mitglieder bei der Gründung. Aber die könnten wir zusammenbekommen. Dann stünden uns weiterhin Unterstützungsgelder zur Verfügung.«

»Hört sich gar nicht schlecht an.« Viele Gnadenhöfe waren eingetragene Vereine. Genauso wie das Tierheim von Herrn Josefs. Als Oskar und Clementine den Gnadenhof eröffnet hatten, war das vielleicht keine Option gewesen, aber inzwischen wäre es sinnvoll, diesen Schritt zu gehen. Der Förderverein als Zwischenschritt würde dann entfallen.

»Vielleicht besprichst du deine Idee mit Clementine?«

»Das habe ich vor.« Noah klopfte mir auf die Schulter und ging zu Clementines Büro, das direkt neben meinem lag. »Ich werde mal ein Konzept erstellen«, sagte er noch, dann schloss er die Tür.

Bonny schaute fragend zu mir hoch.

»Ich denke, unser Noah macht das schon«, erwiderte ich.

Bonny gab ein *Wuff* von sich, und Grumpy strampelte mit den Beinchen. Ich setzte die kleine Colourpointkatze ab, und sie eilte Richtung Treppe, wo die Samtpfotenparade es sich wieder einmal gemütlich gemacht hatte.

Ich entschied, noch mal nach Rosalinde und ihrem Kratzer zu sehen. Inzwischen befand sie sich wieder im Stall, hatte sich dort eingelebt.

»Möchtest du mitkommen?«, fragte ich Bonny, die sogleich vorauslief. Gemeinsam verließen wir das Haus, liefen über den Hof zum Stall, aus dem ich Bertas Meckern und Rosalindes Grunzen vernahm.

Als wir eintraten, schauten unsere drei Bewohnerinnen neugierig auf, hofften wohl auf eine Extraration Futter. Ich schüttelte lächelnd den Kopf, streichelte Berta und Mathilda, ehe ich Rosalindes Box öffnete und mich zu ihr hockte. Bonny blieb in einigem Abstand stehen.

Rosalinde kannte den Untersuchungsablauf schon, streckte das Beinchen aus. Eine kleine Narbe war zu sehen, aber die Wunde war gut verheilt.

Keine Entzündung, keine Schwellung.

Ich strich sanft über die Stelle, Rosalinde gluckste zufrieden. Es hatte mir Freude gemacht, sie zu verarzten, und mich an alte Zeiten erinnert, in denen ich Tiere in der Praxis versorgt hatte. Meine Brust zog sich zusammen. Vielleicht hatte Valli recht, und ich sollte es noch einmal als Tierärztin versuchen. Die Beratungen waren zwar ein schöner Ersatz, dennoch vermisste ich meinen alten Job.

Nachdem Valli mich vom Eis gezogen hatte, hatte ich angefangen, die Dinge neu zu bewerten. War es an der Zeit, auch meine Entscheidung bezüglich der Praxis zu überdenken?

Ich kraulte Rosalinde hinter dem Ohr, was ihr so gut gefiel, dass sie vergnüglich die Augen schloss. Dann erhob ich mich, schloss die Box und machte mich mit Bonny auf den Weg zurück in die Villa …

39. Kapitel

Valentin

Der Endspurt hatte begonnen. Noch vier Tage, dann eröffnete der Hof sein traditionelles Adventsfest. Es gab viel zu tun. Zum Glück waren unsere ehrenamtlichen Helferinnen und Helfer eingetroffen, um die Tische und Stände für das Adventsfest aus dem Keller zu holen und im Hof aufzubauen.

Mit jedem Auto, das vor dem Anwesen hielt, wuchs die Gruppe der Helfenden. Sie kamen in dicken Jacken, mit Schals und Mützen, die Wangen vom kühlen Wind gerötet.

Ich versuchte, alles zu koordinieren, verteilte die Aufgaben, half aus, wenn es Fragen gab.

Zwei Frauen mittleren Alters wuchteten gemeinsam eine Holzplatte aus dem Haus, die Lippen angestrengt zusammengepresst, aber Entschlossenheit im Blick.

»Vorsicht, nicht so kippen«, rief die Größere der beiden, während sie rückwärts über den matschigen Boden balancierte. Sie trugen den Tisch zum Standort des Glühweinausschanks, wo Noah das dazugehörige Aluminiumgestell mit Plane aufbaute.

In der Nähe des Stalls kämpften drei Helfer mit einem Pavillon, der sich nur widerwillig entfalten ließ.

Am Eingang zum Hofgelände befestigte ein älterer Herr ein handgemaltes Schild am Holzpfosten.

Adventsfest der Pfoten-Villa prangte in verschnörkelten Buchstaben auf weißem Grund.

Überall wurde gewerkelt, gemalt und gebastelt, aufgebaut und dekoriert.

»Stärkung für die fleißigen Bienen«, rief Clementine und balancierte ein Tablett mit dampfenden Tassen. Wie auf Kommando unterbrachen alle ihre Arbeit.

Seit Noah tatkräftig bei der Leitung half, ging es meiner Tante viel besser. Es war sogar die Rede von der Gründung eines eigenen Vereins. Clementine war so begeistert, dass sie kaum über etwas anderes sprach. Und es hatten sich auch schon genügend potenzielle Mitglieder gemeldet. Allerdings wollten wir die Gründung erst nach dem Fest angehen, denn gerade war so viel los, dass wir fast außer Atem kamen. Aber nur fast. Ich passte besser auf mich auf. Achtete darauf, mich nicht zu übernehmen und Spaß an der Organisation des Fests zu haben.

Die Anwesenden schnappten sich je eine Tasse von Clementines Tablett und legten die Hände um die warmen Becher. Dampf stieg in die kalte Luft.

»Wir brauchen noch mindestens drei Stunden für den Stand«, meinte ein Mann mit Brille.

»Länger. Es müssen noch Lichterketten aufgehängt werden«, sagte Therri.

Zustimmendes Nicken in der Runde.

»Ja, richtig. Das hatte ich vergessen.«

Ich nahm Clementine ein Stück zur Seite.

»Tantchen, wie jedes Jahr habe ich dir eine Spende für die Tiere überwiesen. Allerdings ist es diesmal weniger als sonst. Das tut mir wirklich leid, zumal der Hof es so dringend gebrauchen könnte, aber du weißt ja, dass ich mich nächstes Jahr neu aufstelle und nach Wernigerode ziehe und ...«

»Junge, ich weiß doch, dass du viel vor dir hast. Aller Anfang ist schwer. Ich freue mich, dass du trotz dieser Lage an uns gedacht hast.« Sie umarmte mich zart.

»Gehen wir wieder an die Arbeit?«, rief jemand. Nacheinander stellten alle ihre Tassen auf Clementines Tablett zurück und machten sich ans Werk. In der Mitte des Hofs ließen wir ausreichend Platz frei, denn dort sollten die Harzer Herzstimmen ihren Auftritt haben. Ein paar Strohballen ringsherum würden als Sitzplätze dienen.

Die Zeit verging wie im Flug, und allzu schnell neigte sich der Tag dem Ende zum Mit der einsetzenden Dämmerung leuchteten die ersten Lichterketten auf, die an der Vorderseite des Stalls und an der Villa angebracht waren. Das warme Licht brach sich in den nun dichter fallenden Schneeflocken, und für einen Moment hielten alle inne, um das Bild zu betrachten. Der Hof verwandelte sich langsam in einen Ort der Vorfreude und Gemeinschaft.

Laura lächelte mir zu. »Sieht toll aus.«

Das tat es. Aber es lag immer noch viel Arbeit vor uns.

Am nächsten Tag begutachtete ich die von Lotta und Frau Sommer dekorierte Scheune und hakte einen weiteren Punkt auf meiner Liste ab. Der Geruch von Tannengrün und Holz umhüllte mich wie ein vertrauter Mantel. Der Gnadenhof war so anders als die großen Hallen und glitzernden Hotels, in denen ich sonst Events organisierte, und zugleich fühlte es sich so viel richtiger an, hier zu sein.

»Die Sitzplätze für die Weihnachtsgeschichten sind aufgestellt«, rief Noah vom anderen Ende der Scheune. Mit dem Daumen deutete er hinter sich zu den Heuballen, die er dort platziert hatte. »Wir brauchen nur noch zwei Heizstrahler, sonst wird es für die Kinder zu kalt.«

»Keine Sorge, Noah, ich habe welche ausgeliehen und mitgebracht.«

»Gefällt dir denn die Scheune?«, fragte Frau Sommer, während Lotta hinter ihr hervorlugte.

»Auf jeden Fall, ihr habt gute Arbeit geleistet. Hier die Weihnachtsgeschichten zu hören, wird stimmungsvoll werden.« Dafür sorgten unzählige bunte Sterne und Lichter.

Eine sanfte Berührung an der Schulter ließ mich herumfahren. Laura lächelte mich sanft an, in ihren Händen zwei Sandwiches.

»Ich dachte, du könntest einen Snack gebrauchen.« Sie reichte mir eines der Brote. »Du bist seit sieben Uhr morgens auf den Beinen.«

Dankbar nahm ich das Sandwich entgegen und nahm einen Bissen. »So viel zu tun, so wenig Zeit.«

»Apropos viel zu tun, sag mal, was machen denn unsere Nachbarinnen und Nachbarn aus unserer alten Straße auf dem Hof? Auch Mama und Papa, mit Lichterketten ...«

»Sie haben entschieden, uns etwas von ihrer Dekoration abzugeben, und hängen nun Lichterketten, Leuchtsterne und alles Mögliche hier auf. Offenbar waren alle der Ansicht, was wir gestern gemacht haben, sei noch zu wenig.« Ich zwinkerte.

»Okay, dabei sieht es hier schon richtig gut aus. Der Gnadenhof erstrahlt förmlich.«

»So war es gedacht.« Ging nichts über das richtige Ambiente. Mit all den Lichtern würden die Leute uns schon aus der Ferne bemerken.

Ich nahm einen weiteren Bissen vom Sandwich.

»Und was gibt es noch zu tun? Ich will auch anpacken!«

»Lass mal nachdenken. Morgen ist Chorprobe. Übermorgen wird der Weihnachtsbaum für das gemeinsame Schmücken angeliefert. Die Gewinne für die Verlosung treffen ein, die könntest du sortieren und beschildern. Hauptgewinn, Trostpreis und so weiter.«

»Alles klar, das mache ich!«

»Übrigens, ich hab eine Nachricht von Stefan erhalten. Er ist seit gestern zurück und kommt heute her, bringt auch die

Geschenke für meine Weihnachtsmann-Aktion mit«, erklärte ich.

»Ich weiß, er hat mir auch schon geschrieben.«

»Scheint, als ginge es seiner Großmutter wieder gut.«

»Zum Glück.«

»Und ... wirst du dann mit ihm sprechen? Wegen ... uns?«

Laura nickte. »Das habe ich vor.«

Sie biss sich auf die Unterlippe. Auch sie schien unsicher, wie das Gespräch mit Stefan verlaufen würde.

»Und du ziehst das wirklich durch? Als Weihnachtsmann?«, fragte Laura.

»Aber sicher. Immerhin habe ich das Kostüm.«

»Das hast du.« Sie strich mir über die Schulter. »Das Adventsfest wird perfekt werden.«

Doch um Perfektion ging es mir nicht. In Berlin hatte alles perfekt sein müssen. Hier standen andere Dinge im Vordergrund. Herzlichkeit, Gemeinschaft, die Tiere und natürlich die Rettung des Hofs.

Mein Handy klingelte. Therri rief an. Ich hatte sie losgeschickt, um noch einmal kräftig Werbung für das Fest zu machen und Flyer an die Leute im Dorf zu verteilen.

»Entschuldige, Laura«, sagte ich und ging ran. »Ja, Therri? Was gibts?«

»Die Leute reißen mir die Flyer aus den Händen. Gibt es Nachschub?«

Ich schmunzelte. Das lag sicher am Motiv. Unser Weihnachtsschweinchen zog alle Aufmerksamkeit auf sich. »Wir haben noch eine Kiste mit Flyern hier, daraus kannst du welche nehmen.«

»Super! Dann komme ich zurück und hole welche ab.«

»Gut, ich stelle sie dir auf den Küchentisch. Bis gleich.«

Ich legte auf.

Laura lächelte. »Therri läuft also durchs Dorf und verteilt Flyer?«

»Ja, und die Leute scheinen sehr interessiert zu sein.«

»Hört sich nach einem guten Zeichen an.«

»Ich leg sie mal schnell bereit, bin gleich zurück.«

Laura folgte mir aus dem Stall. In der Mitte des Hofs, zwischen den Ständen, stellten ein paar Ehrenamtliche bereits den Fuß für den Baum auf. Weitere Lichter wurden aufgehängt, selbst über unsere Köpfe hinweg. Es war, als hätte sich ganz Darlingerode hier versammelt, um zu helfen, was mich unglaublich berührte. Der letzte Bissen vom Sandwich verschwand in meinem Mund.

»Ach, sieh mal, das wollte ich dir noch zeigen.« Ich deutete zu einer großen Tafel neben dem Eingang, auf der das Programm für beide Tage geschrieben stand.

Laura betrachtete das Programm und nickte. »Es ist perfekt. Die Menschen können ankommen und sich erst einmal umsehen, und danach geht es mit dem Programm los. So ist genug Zeit, alles zu genießen.«

»Irgendetwas fehlt noch …« Stirnrunzelnd schaute ich auf meine Liste.

»Die Spendendosen? Wir wollten sie an jedem Stand aufstellen. Das kann ich übernehmen!«

»Super. Und zusätzlich hängen wir eine Box an Rosalindes Stall. Ich wette, da stecken die Leute gern etwas in den Schlitz«, sagte Therri, die zu uns stieß.

Ich nickte. »Die Idee mit der Box am Stall ist einen Versuch wert, immerhin ist Rosalinde ja unser Weihnachtsmaskottchen.«

»Das stimmt. Liegen die Flyer bereit?«

»Tut mir leid, Therri, ich war gerade auf dem Weg ins Haus.«

»Lass mal, Valli, ich kümmere mich darum.« Laura winkte Therri mit sich.

Da lief ein Hüne im dicken Wintermantel, die Mütze tief ins Gesicht gezogen, durch das Tor zum Haus, verschwand mit einem dicken Beutel in der Villa. Stefan … mit den Geschenken im Jutesack.

Ich sollte Laura beistehen, ging es mir durch den Kopf. Entschlossen folgte ich ihm. Gab mir mit Therri die Klinke in die Hand, die sich mit Flyern eingedeckt hatte.

»Ich zieh dann mal wieder los.«

»Viel Erfolg!«

»Hier ist ja schon viel Betrieb.« Ich vernahm Stefans Stimme aus dem Flur und folgte dieser.

»Da sagst du was, so viele Helferinnen und Helfer hatten wir die letzten Jahre nicht. Schön, dass du wieder da bist«, sagte Laura.

»Meiner Oma geht es zum Glück wieder gut.«

Ich räusperte mich, hatte sogleich die Aufmerksamkeit der beiden und nickte Laura zu, stellte mich an ihre Seite.

»Hör mal, Stefan ... ich ... wir wollen mit dir reden, es ist so ...«

Stefan schaute zwischen uns beiden hin und her und nickte plötzlich, als hätte er immer schon geahnt, dass zwischen uns mehr sein könnte. Er zog die Schultern bis zum Kinn hoch und seufzte. »Lass mal gut sein, Laura. Ich kann mir denken, was du mir sagen willst.«

»Tatsächlich?«

»Ja, schon. Seit Valli wieder hier ist, leuchten eure Augen ständig, wenn ihr zusammen seid. Ich hab versucht, es zu ignorieren. Mir einzureden, dass das nichts bedeutet. Aber wisst ihr, es ist okay. Ich mag dich echt gern, Laura ... und ich hätte es schön gefunden, wenn wir uns nähergekommen wären. Aber Valli und du ... ihr gehört einfach zusammen.«

Ich war erstaunt, wie Stefan die Sache sah. Wieder einmal bewahrheitete sich, was ich bereits wusste. Stefan war ein guter Kerl.

»Wir sind noch Freunde?«, fragte ich.

»Klaro! Ich wünsch euch alles Glück der Welt, ehrlich. Ihr habt es verdient. Nach all der Zeit.«

Er reichte mir den Jutesack. »Bitte schön, Valli. Die Geschenke für dich als Weihnachtsmann.«

Ich nahm den Sack an und schaute hinein, lauter bunt eingepackte Präsente. Ach, Stefan … er hatte sich so viel Mühe gegeben.

Da kam mir eine Idee, wie ich ihm zumindest eine kleine Freude machen konnte.

»Sag mal, Stefan, würdest du vielleicht doch unseren Weihnachtsmann mimen wollen? Ich fühl mich damit nicht so wohl, passt nicht so zu mir, verstehst du?«

Stefan machte große Augen, strahlte plötzlich übers ganze Gesicht. »Ist das dein Ernst, Valli? Ich würde es gern machen! Aber du hast doch schon ein Kostüm.«

»Es ist mir ehrlich gesagt etwas zu groß, aber ich glaube, für dich ist es genau richtig. Also, was sagst du?«

»Supergern, Valli! Hohoho!«

40. Kapitel

Laura

Die Dämmerung legte sich sanft über den verschneiten Gnadenhof, während ich die Beleuchtung des Weihnachtsbaums anschaltete, den unsere Besucherinnen und Besucher gestern, am ersten Adventsfesttag, zusammen geschmückt hatten. Es war ein heiteres Spektakel gewesen, mit amüsanten Gesprächen, Kinderlachen und einer Schar bunter Kugeln, die nun andächtig zwischen zahlreichen Lichtern glänzten.

Mit einem Gefühl von Erleichterung dachte ich an den gestrigen Tag zurück, der bereits ein voller Erfolg gewesen war – so viele Menschen waren gekommen, um unseren Hof zu besuchen und das Adventsfest zu genießen. Und heute, am zweiten Festtag, kamen noch mehr Besuchende. Überall auf dem Hof liefen Menschen herum, was mein Herz vor Freude hüpfen ließ.

Valli trat neben mich, griff meine Hand und drückte sie zärtlich. Obwohl er keine Handschuhe trug, waren seine Finger angenehm warm, und die vertraute Berührung sendete wohlige Schauer durch meinen Körper.

»Bist du zufrieden mit unserem Fest?«

Ich lächelte. »Absolut. Es ist … wundervoll.«

»Das höre ich gern, und es wartet noch eine Überraschung nach dem Chorauftritt auf uns.«

»Was denn für eine …«

Er legte den Finger an die Lippen und grinste. Seine Augen funkelten, als würde er es genießen, dieses Geheimnis noch eine Weile zu bewahren.

»Ach, du willst wohl, dass ich vor Neugierde platze.«

Wir lachten, und liefen gemeinsam über den Markt. Der verführerische Duft von gebrannten Mandeln vermischte sich mit dem würzigen Aroma von Zimt und Nelken. Er stammte von Jolandas Plätzchen, die sie für unseren Kuchenstand gespendet hatte. Beherzt verkaufte Clementine kleine Beutelchen mit einer Mischung verschiedener Köstlichkeiten. Zwischen den Ständen drängten sich die Besucherinnen und Besucher, nippten an dampfenden Bechern. Kinder mit roten Wangen schleckten an Zuckerstangen. Die Stände selbst waren liebevoll dekoriert: Handgearbeitete Holzfiguren lagen auf einer rot karierten Tischdecke, selbst gestrickte Schals und Mützen hingen an einem alten Kleiderständer, der mit Tannenzweigen umwickelt war.

Schließlich war es so weit, der große Auftritt, auf den sich alle freuten, stand kurz bevor, und die allgemeine Aufmerksamkeit wandte sich zur Hofmitte.

Dort hatte sich der Chor versammelt, die roten Schals der Mitglieder glänzten warm im Lichterschein. Hier und da wurde noch ein Platz getauscht, bis die Aufstellung richtig war. Wie eine festliche Parade standen sie da, bereit, alles für den Auftritt zu geben. Ich entdeckte Vallis und meine Eltern, Jolanda und viele andere bekannte Gesichter aus Darlingerode. Valli und ich gesellten uns hinzu.

»Einen wunderbaren guten Abend! Wir sind der Harzer Herzchor und begrüßen euch herzlich zu unserem Weihnachtskonzert«, rief Janusz mit seiner warmen, tiefen Stimme ins Mikrofon. Die Leute versammelten sich neugierig um die Sängerinnen und Sänger. Wie Valli es vorhergesehen hatten, waren extra für das kleine Konzert weitere Gäste gekommen, denn wurde zusehends voller auf dem Hof.

Valli legte den Arm um mich, und ich kuschelte mich an

ihn, genoss die Wärme, die durch seinen dicken Wintermantel drang. Dabei glitt mein Blick über die Anwesenden. Unweit entfernt machte ich Clementine aus, die am Kuchenstand eine Pause eingelegt hatte und nun Herrn Josefs anlächelte, der die Geste erwiderte. Sie schienen nicht nur den Abend zu genießen, sondern auch ihr Wiedersehen. Lotta lief mit einer der Spendenboxen herum, die ich gefertigt hatte. Therri und Justin saßen auf einem der Heuballen. Zwar waren sie kein Paar, hatten sich aber angenähert. Stefan lief in Vallis Weihnachtsmannkostüm herum, an den Beinen ein bisschen Hochwasser, doch er ging ganz und gar in seiner Rolle auf, verteilte Geschenke hier und da. Ab und zu kam Bonny aus dem Haus, um nach dem Rechten zu sehen. Da es ihr aber zu viel Trubel war, verschwand sie rasch wieder nach drinnen zu den anderen Tieren. Wir hatten dafür gesorgt, dass all unsere Schützlinge sich zurückziehen konnten.

Doch als der Chor zu singen begann, wurde es auf dem Hof still. Es schien, als würde die friedfertige Atmosphäre auf einen jeden übergehen. Sogar der Wind hielt den Atem an.

Die ersten Töne schwebten durch die kühle Winterluft, klar und rein. Schnee begann, wieder zu fallen, große, weiche Flocken, die im Licht der Dekoration glitzerten wie Diamantenstaub.

Überall sah ich lächelnde Gesichter, Menschen, die sich unterhielten, lachten, gemeinsam die Vorweihnachtszeit genossen. Es war, als hätte sich ein Zauber über Darlingerode gelegt – einer, der aus der Kombination von Gemeinschaft, Tierliebe und Weihnachtsstimmung entstanden war.

Es war ein unglaublich schöner und besinnlicher Augenblick, den wir alle miteinander teilten. All die Arbeit hatte sich also gelohnt.

Ich genoss es, Vallis Arm um mich zu spüren. Mein Valli. Wir gehörten zusammen. Vielen war es schon länger klar gewesen. Jetzt auch uns. Ich träumte mich fort mit der Musik und seiner wärmenden Nähe und tauchte erst wieder auf, als das letzte Lied der Harzer Herzstimmen verklungen war und die Leute frenetisch Beifall spendeten. Jemand forderte eine Zugabe, was Janusz dazu veranlasste, *Sleigh Ride* anzustimmen. Stimmgewaltig bot der Chor den Song dar, in einer Art Kanon. Einige Leute schunkelten, andere klatschten. Regelmäßig landeten Spenden in unseren Boxen. Und nachdem der letzte Ton gesungen war und die Chormitglieder den Platz geräumt hatten, traute ich meinen Augen kaum, musste zweimal hinsehen.

»Was ... machen Mike und Belinda Ave denn hier?«

Valli lachte. Seine Augen strahlten voll Freude. »Das ist meine Überraschung.«

»Ich verstehe nicht ...«

»Mike und ich sind zwar im Streit auseinandergegangen, aber wir sind auch gute Kumpels. Vor zwei Tagen hat er angerufen, weil er sich die Sache mit der Zweigstelle in Wernigerode durch den Kopf gehen lassen hat. Er meinte, es sei eigentlich eine gute Idee.«

»Oh, wow.« Damit hatte ich nicht gerechnet.

»Es kommt noch besser. Unser Plan ist, dass Perfect Events über kurz oder lang in ganz Deutschland vertreten sein wird. Schließlich sollen auch andere Regionen von unseren exquisiten Events profitieren.« Er zwinkerte.

»Das ist toll. Aber heißt das nicht auch, dass ihr dann in der ganzen Bundesrepublik unterwegs sein werdet?«

Das wäre doch erneut Stress pur.

Mitarbeitende anzustellen, die dann ihre eigene Agentur in ihrer Region leiten.«

Ich nickte. Das hörte sich nach einem perfekten Kompromiss für Valli an, der nun beides haben konnte, seinen Traumjob und uns und den Harz.

»Und was macht Belinda hier?«

Die Leute im Publikum hatten sie längst erkannt, war sie

als Modedesignerin doch oft in den Medien. Ein aufgeregtes Murmeln ging durch die Menge. Therri reichte ihr ein Mikrofon.

»Guten Abend, liebe Gemeinde von Darlingerode. Ich grüße Sie alle herzlich. Wow, das war ein fantastischer Auftritt, oder?«, rief Belinda in die Menge.

Die Leute jubelten.

»Mir kam zu Ohren, dass heute Abend Spenden für diesen Ort gesammelt werden, an dem alte und kranke Tiere ein Zuhause finden. Und da habe ich mir gedacht, dass ich auch einen Beitrag leisten möchte. Ist zufällig Clementine Hagedorn im Publikum?«

Tante Clementine schien vor Schreck erstarrt.

Wie in Zeitlupe hob sie die Hand.

»Ah, wunderbar. Kommen Sie bitte zu mir, ja?«

Zögerlich nickte meine Tante und trat nach vorn. Die Leute bildeten eine Gasse für sie. Als sie schließlich bei Belinda ankam, zog diese sie sanft ans Mikrofon heran.

»Erzählen Sie uns doch ein bisschen von der Pfoten-Villa, ja?«

»Ich ... ähm ... na gut. Die Pfoten-Villa zu eröffnen, war der Traum von Oskar, meinem verstorbenen Mann, und mir ... Denn ... wissen Sie, viele Tiere finden kein Zuhause mehr. Doch bei uns ... können sie einen ruhigen Lebensabend verbringen. Wir haben sehr dafür gekämpft, diesen Hof am Leben zu halten. Und ... wir sind auch gerade dabei, neue Wege zu gehen, wollen einen Verein gründen ...«

»Tatsächlich? Dann habe ich vielleicht genau das Richtige für Sie, sagen wir, eine Art Startkapital.«

Clementines Augen weiteten sich.

»Hier habe ich einen Scheck für die Kleine Pfoten-Villa, der wohl genügen dürfte, um den Gnadenhof für die nächsten beiden Jahre abzusichern.«

Belinda wedelte mit dem Scheck in der Hand und steckte ihn publikumswirksam in die Box, die Lotta ihr hinhielt.

»Himmel! Ich danke Ihnen, das ist … unglaublich großzügig«, sagte Tante Clementine. »Sie helfen unseren Tieren sehr damit. Vielen Dank.«

Die Leute klatschten, Therri sprang vom Heuballen auf und jubelte, verlor das Gleichgewicht. Justin fing sie auf, ehe er kräftig mitjubelte.

So wie Therri strahlte, war ich sicher: Sie würde uns auch nach ihren abgeleisteten Sozialstunden erhalten bleiben.

Ich strich Valli über den Arm. »Wie hast du das denn geschafft? Das ist wirklich ein Winterwunder für die kleine Pfoten-Villa.«

Er lachte. »Ich war das gar nicht. Sondern du.«

»Ich?«

»Du hast Belinda auf ihrem Fest offenbar so beeindruckt, dass sie unbedingt helfen wollte.«

Richtig, sie hatte erwähnt, dass sie einmal Schirmherrin eines Gnadenhofs gewesen war. Dennoch hatte ich nicht mit solch einer Großzügigkeit gerechnet.

Ich lachte vor Glück und legte die Arme um seinen Hals, küsste ihn zärtlich auf den Mund. Endlich wurde alles wieder gut. Weihnachten konnte kommen und das neue Jahr auch. Ich freute mich auf alles, was auf uns zukommen würde. Neue Wege gehen. Das war das passende Motto.

»Ich habe auch eine Neuigkeit für dich«, verkündete ich.

»Ach ja? Ich bin ganz Ohr.«

»Ich denke, ich werde es riskieren.«

»Was meinst du?«

»Ich werde bei der Praxis anfragen, ob sie mich zurücknehmen möchten. Und falls nicht, suche ich mir eine andere. Du hattest nämlich recht. Was damals passiert ist, war schrecklich. Und ich will nicht, dass mir das noch mal passiert. Aber das bedeutet nicht, dass ich meinen Traum aufgeben muss.«

Ein Strahlen trat in seine Augen. »Ist nicht wahr!«

»Doch. Ich bin etwas nervös, aber ich weiß, dass das der richtige Weg ist.«

»Das freut mich wirklich sehr. Aber was wird aus deinem Büro in der Pfoten-Villa?«

»Ich werde weiter Beratungen anbieten. Einmal die Woche vor Ort und ansonsten online. Die Leute benötigen jemanden, der ihnen zur Seite steht, wenn sie nicht weiterwissen.«

»Klingt famos.« Er zog mich an sich. Ich schaute in seine warmen Augen, die im Schein der Lichterketten funkelten. Mein Herz machte einen Sprung, als ich all die Liebe darin sah.

Der Schnee fiel nun wie ein weißer Vorhang um uns herum, der uns von der Welt abschirmte. Jede Flocke glitzerte wie ein kleiner Stern, als würde der Himmel seine Magie auf uns herabregnen lassen. Ich schmiegte mich enger an Valli, spürte seinen gleichmäßigen Herzschlag an der Brust.

Plötzlich zog er etwas aus seiner Manteltasche hervor.

»Ich wollte sie dir eigentlich erst zu Weihnachten schenken. Aber ich dachte mir, heute ist der richtige Tag«, raunte er.

»Meine ... Schneekugel.« Ich nahm sie vorsichtig an. Wie schön sie aussah, genau wie meine alte, wodurch sie die Vergangenheit mit dem Hier und Jetzt verband. Ich würde sie zu der anderen ins Regal stellen, nebeneinander.

»Danke, Valli ... sie ist ... wundervoll.«

Zärtlich strich er mir eine Strähne aus dem Gesicht, beugte sich über mich und berührte sanft meinen Mund mit seinen Lippen.

In diesem Moment wurde mir klar, dass dies nicht nur das Ende eines wundervollen Adventsfestes war, sondern der Beginn von etwas noch Größerem – unserer gemeinsamen Zukunft, die sich vor uns ausbreitete wie eine unberührte Schneefläche, bereit, für unsere gemeinsamen Spuren.

Nachwort

Vielen Dank fürs Lesen meines Romans. Ich hoffe, die kleine Auszeit in Darlingerode und der Pfoten-Villa konnte ein wenig Wohlfühlatmosphäre und winterliche Stimmung verbreiten.

Obwohl Darlingerode und Wernigerode reale Orte im Harz sind, habe ich sie teilweise fiktiv verwendet, während es sich bei der Pfoten-Villa um eine idealisierte Darstellung eines Gnadenhofs handelt. Im echten Leben ist die Arbeit auf einem Gnadenhof körperlich anstrengender, emotional herausfordernder und ohne Happy-End-Garantie. Umso bedeutsamer ist der Beitrag, den Helferinnen und Helfer jeden Tag leisten, um den dort lebenden Tieren einen angenehmen Lebensabend zu bereiten.

Mein besonderer Dank gilt dem Team von Piper – Between Pages, das mir die Möglichkeit gegeben hat, diese Herzensgeschichte zu schreiben. Ebenso möchte ich meiner lieben Lektorin Diana danken, die mich mit Mühe, Einfühlsamkeit und neuen Perspektiven bei diesem Projekt unterstützt hat! Es hat mir wieder sehr viel Freude gemacht.

Alles Liebe und eine besinnliche Zeit.
Kerstin Garde